무형의 매력

궁금이 지음

민족출판사

차례

2 무형의 매력

조용히 살자

5년 3개월 동안에 책 18권을 완성했으면 이제 좀 천천히 갈 때도 됐다. 속도를 줄이는 걸 도와주기라도 한 듯 때를 맞춰서 내 귀에 불미스러운 정보가 전달됐다. 좀 부드럽게 포장한다면 자기 글을 쓰느라고 업무에 지장을 주는 것은 아니냐는 친절한 관심이다. 나쁘게 표현한다면 사적인 일로 공적인 업무에 신경 쓸 겨를이 없어지는 게 아니냐는 억측이다.

앞으로는 집에서만 글을 쓰기로 했다. 내용은 아무한테도 공개하지 않고 분량이 차면 조용히 책으로만 독자들과 만날 계획이다. 책으로 나오기까지는 아무도 읽어본 사람이 없을 것이니 언급할 수 있는 범위가 퍽 넓어져 오히려 홀가분한 느낌이다. 지난 63개월을 마무리하는 하나의 분기점인 것 만큼 아무도 보지도 듣지도 않을 해명인줄 알면서 그래도 한마디 하고 넘어간다.

매일 사무실에 도착하는 시간은 아침 6시 반이고 정상적인 출근시간은 8시 반이다. 일을 시작하기 전까지 옹근 120분의 개인적인 시간을 갖는다. 글 1,500자 정도는 빠르면 40분에 완성할 때도 있고 보통 90분이 걸리고 간혹 120분으로 연장될 때도 있다. 전에 위챗에 올릴 때에는 주말과 공휴일에는 쉬였는데 위챗을 포기한 뒤로 오히려 매일 쓰게 됐고 집에서 쉬게 되는 주말에 더 많이 쓸 때도 있었다. 설명이 구차한데 한마디로 개괄하면 지금까지 모든 책은 업무를 정식 시작하기 전 시간과 공휴일만으로도 충분히 완성할 수 있는 량이였다. 여기에 점심시간은 포함되지 않는다.

무시할 수도 있는 여론이였지만 어쨌든 정서상 영향을 받을 수밖에 없었다. 기분도 꿀꿀한데 마침 5.1절 련휴의 첫 당직이 또 내 차례로 돌아왔다. 휴식일의 당직이라 전화기를 지키는 외에 별다른 실무는 없다. 책을 좀 보려니 눈은 줄을 따라 내려가는데 머리에 들어오는 건 아무 것도 없다. 지루한 시간을 보내고 저녁 9시에 사무청사 울안을 나오니 맞은편에서 아빠트개조공사를 하는 아저씨들이 어둠 속에서 띄

염띄염 쭈크리고 앉아 어딘가에 전화를 하고 있다. 고향말을 써서 알아듣지는 못하지만 밝은 목소리와 웃음소리로 미루어보아 아마도 집에다 하나 보다. 흐린 날에는 황사가 아니면 비가 오고 어쩌다 개이면 또 해볕이 따가운 환경에서 현재 지붕공사를 하고 있는 아저씨들이다. 고달픈 하루였지만 이 순간 만큼은 가족들과 행복을 공유하며 환담을 나누고 있다. 어둠 속에 쭈크리고 앉은 그 륜곽에서 이들이야말로 나보다 낫지 않은가 하는 생각이 들며 부러워진다.

늦은 시간이라 부른 택시는 금방 달려온다. 택시에 앉았는데 딱히 할 일이 없고 이날따라 웬지 시간이 아까워진다. 사무실에서 들고나온 책을 펼치고 차 안의 등을 켰는데 광선이 희미하다. 그래도 눈은 아껴야겠다는 생각에 차 안의 등은 다시 끄고 휴대폰에 내장된 플래쉬를 켜고 책을 보기 시작했다. 오늘은 이상한 손님을 만났다고 기사아저씨도 꽤 의아해했을 것이다. 잘난 척하려고 그런 건 아니고 책이 마지막 몇페지만 남았는데 빨리 마무리하고 싶은 강박증의 작간이였다. 다행히 차가 집에 도착하기를 10분 앞두고 다 읽었다. 그러고 나서 아주 흐뭇하게 앞표지 안에 4월 29일을 적어넣었다. 언제부터인가 책을 읽기 시작한 날자와 마무리한 날자를 적어놓는 습관이 생겨났다.

등에 작은 낭종이 생겨난 지 오래되는데 최근에 와서 커지기 시작했다. 약간 통증도 있어서 병원을 찾으려 하는 때에 오전오후로 회의가 있지 않으면 휴식일에는 또 당직이 물려 있어서 오늘에야 병원을 찾아갔다. 어떻게 또 붐비는 병원을 헤집고 다닐가 걱정했더랬는데 평소보다 사람이 훨씬 적다. 다들 기차역과 관광지에 몰려가고 나니 병원이 찬밥신세인가 보다.

반시간만 기다리니 내 순서다. 의사가 손 한번 대지 않고 눈으로 보기만 하더니 먼저 약을 먹고 연고를 바르면서 지켜보자고 한다. 원래는 시원하게 수술로 떼여버리려고 갔는데 다소 허무한 결과다. 한편 작은 수술이지만 그래도 칼을 대는 일인데 다행이라는 생각도 든다. 작심하고 간 병원인데 약값이 고작 100원 미만이다.

병원을 나오니 나머지 시간은 갑자기 번 것 같은 느낌이다. 운동 삼아 천천히 집 방향으로 산책을 하다 보니 북경전람관에서 진행중인 가사도우미전시회를 만났다. 돈만 내면 손가락 하나 까딱하지 않고 모든 집살림을 떠맡길 수 있는 봉사를 전시하고 있다. 게으름의 산실을 만들어가는 건지 아니면 편리함의 향수를 제공하는 건지는 모르겠지만 분명한 건 사람의 가사로동능력을 점점 퇴화시키는 지름길을 여기저기서 깔아주고 있다.

관심이 적어서 10분만 돌고 나와 산책을 계속 이어가는데 동물원 입구에서 사람들이 장사진을 이루었다. 인파는 서로에게 떠밀려가듯이 빼곡하게 흐르고 있다. 불과 반년도 지나지 않았는데 그 공포스러웠던 바이러스의 기억은 어디로 사라졌는지 모를 정도로 곤혹스럽게 만드는 그림이다. 물론 동물원 안의 갖가지 동물도 숨 막히는 사람무리에 곤혹스럽기는 마찬가지일 것이다.

하늘이 푸르고 구름이 이쁜 하루다. 오늘부터 재출발이다.

비커피인의 커피수확

련휴를 이틀 남겨두고 있다. 련휴 때마다 왜 앞뒤로 주말을 끌어다 쉬도록 만드느냐는 불만이 인터넷을 달구지만 불만은 불만이고 놀러 다닐 건 놀러 다녀야 한다. 휴일 첫날에 당직이 끼여서 련 일곱날을 출근하고 나흘을 쉬는 련휴지만 그래도 주말보다는 두배로 길어서 좋다. 아침에 알람이 울리지 않아도 되는 날이 아직도 이틀 남았다, 이제 하루 남았다 하면서 초읽기를 하는 것만으로도 행복한 일이다.

5.1절 기간에 수도강철회사공원에서 맥주축제를 한다고 해서 찾아갔다. 소염제를 먹고 있어서 술을 마시지는 못하지만 그래도 내가 살고 있는 구역에서 맥주축제를 한다는데 참을 수가 없었다. 하다못해 사진이라도 남겨야 한다. 그

런데 정작 가보니 인터넷에 뜬 홍보와는 다르게 어느 한 식당의 내부 행사였다. 원래는 맥주축제라고 하면 머리 속에 자연스럽게 떠오르는 그림이 있다. 길 량켠에 각종 맥주상들이 길게 늘어서고 오가는 사람들이 북적이는 가운데 작은 컵에다 생맥주를 부어주면서 맛보게 하는 그런 광경이다. 그런데 이건 원래도 식당에서 팔았던 맥주를 팔면서 이름만 붙여놓은 껍데기축제다. 오히려 커피행사가 바깥에 부스를 만들어놓고 그럴듯하게 모양새를 갖추었다. 썩어도 준치라는데 아무리 술을 안 마신다고 하여 커피행사를 기웃거릴 수는 없다.

그래도 스타벅스라는 곳은 찾게 된다. 커피를 마시는 건 아니고 차를 시켜놓고 갈증도 덜겸 다리쉼을 하는 게 목적이다. 가게 안에 앉아서 마시는 사람보다 사들고 나가는 고객이 더 많다. 특정부위가 민망한 요가복을 입고 한정판 운동화까지 신은 젊은이가 자전거를 창가에 세워놓고 들어온다. 자전거 운동에 빠져있는 친구가 떠오르며 그 친구도 저러고 다니겠지라는 생각을 하게 된다. 자전거가 비싼 만큼 시선에서 벗어나면 안되니 식당에 가도 안에 들여놓거나 수시로 살필 수 있는 곳에 세워두는 건 기본이다.

"한개 나라 운영도 결국은 한개 도시 운영의 확대판이예요."

옆상에서 계집아이 둘을 데리고 온 2남 1녀가 정치를 담론하고 있다. 기조연설은 그중의 한 아저씨만의 몫이다. 아이들은 어른들의 화제에 관심이 없거니와 들어도 모를 소리다. 나머지 1남 1녀도 별로 끼이지는 못하고 경청하는 립장이다. 커피를 손에 든 채 팔굽을 상에 고이고 중간중간 머리를 끄덕이면서 듣고 있다는 성의를 표시한다. 요즘 여론에서 한참 뜨거운 산동성 치박 불고기도 빠질 수 없다. 한개 시 수장의 역할이 얼마나 중요한지를 조목조목 짚어가고 있다.

"굳이 치박만 찾을 필요가 없습니다. 제남에도 불고기가 있고 유방의 불고기도 못지 않게 맛있습니다."

치박시의 서기가 이제 우리 시에만 몰리지 말고 주변의 다른 시에도 좀 분산되여갔으면 좋겠다면서 한 행복한 양보이다. 전국적인 주목을 받으며 경제가 활성화되는 건 두말할 것 없이 좋은 일이지만 모든 현상에는 긍정과 부정 두가지 방면의 요소가 잠재해있기 마련이다. 이를테면 사람이 너무 몰리면 치안 확보 압력도 만만치 않다. 시선이 집중되면 어느 한개 세부에서 작은 문제가 생겨도 순식간에 여론을 타고 일파만파 번져갈 위험부담도 존재한다. 더도 덜도 말고 한가위만 같아라는 게 그 말이다.

과유불급이고 물극필반이라는 말들이 괜히 생겨난 게 아니다. 치박시 서기도 이제 그만큼 알려졌으면 적정선에서 안정이 필요하다. 치박시에서 천년까지 서기 노릇을 할 것도 아니고 정치 앞날이 구만리인데 사람이 계속 몰리고 너도나도 휴대폰을 들고 구석구석 찍어서 인터넷에 올리는 마당에 어느 날 어디에서 무슨 일이 생기지 말라는 보장도 없다. 박수칠 때 떠나라고 제발 이제 그만 몰려들었으면 좋겠다는 고민을 하고 있을지도 모른다. 전국 각 시의 서기들로서는 얼마나 고대하는 성과인지는 모르겠지만 치박시 서기의 고민은 당사자만이 안다.

불고기에서는 둘째 가라면 섭섭할 연길시의 서기는 어떤 감수일가. 모르긴 해도 분명 웃선으로부터 우리는 뭐하고 있었냐는 질의를 받았을 것이다. 특히 방역이 풀린 뒤로 연길시에도 전국 각지의 관광객이 몰려들고 있는 시점에서 꼬치구이라는 이 명품을 왜 우리가 먼저 터치우지 못했냐는 유감이 없다면 그게 오히려 비정상이다. 많은 돌파적인 창의력은 열매를 맺고 나면 별것 아닌 것 같지만 내가 처음 발의

했다는 게 중요하다. 이미 1등이 정해져있는데 그 때에 가서 사실 나도 할 수 있었는데, 내 거랑 더 맛있었는데라며 땅을 치면서 한탄해도 그 땐 이미 빠스가 떠나간 뒤다.

오늘은 술이 없는 일상, 그래도 귀는 열려있었다.

그들과 그이들

일찍 깼더라길래 동계올림픽공원에 운동하러 나갔다. 집에서 차로 15분이면 도착하는 조용한 공원이다. 영정하를 끼고 있어서 아침부터 낚시를 나온 사람들이 심심치 않게 보인다. 강 옆에 서서 물속을 들여다보면 한뼘 크기의 물고기들이 자유롭게 노닐고 있다. 가끔은 물우로 솟구쳐서 작은 파문을 일으키기도 한다. 마치 나 잡아봐라며 낚시군을 놀리기라도 하듯이 말이다.

동그랗고 긴 가방을 등에다 가로 멘 젊은 남녀가 교각 밑에서 왼손엔 낚시대를 들고 오른손은 부단히 낚시줄을 감아올리고 있다. 보통은 조용히 앉아서 찌를 들여다보는 게 낚시인데 이들 둘은 낚시를 던졌다 끌어오고 끌어왔다가는 다시 던져놓는 게 업이다. 옆에는 미끼를 담아놓은 통도 없고 물고기를 잡으면 넣어둘 그물도 보이지 않는다. 차분하게 한곳에 자리를 잡고 하는 게 아니고 뭐번 던져봤다가 아니다 싶으면 금방 자리를 옮긴다.

전에 시골에서 형들이 흐르는 물에서 털낚시라는 걸 하는 모습을 본 적이 있다. 낚시코에다 깃털을 달아놓고 강에다 던진 다음 계속 팔목을 놀려서 잡아당기는 동작을 반복한다. 그 과정에 물고기가 깃털을 먹이인 줄로 착각하고 물었다가 걸려드는 원리를 리용한 낚시다. 그 생각이 나서 가까이 다가가서 살펴봤더니 아니나 다를가 낚시에는 빛을 반사하면서 반짝이는 가짜 미끼가 걸려있다. 미끼가 떨어질 념려도 없고 번마다 바꿔 끼워야 하는 번거로움도 없다. 고기가 안 물린다 싶으면 그냥 낚시대만 들고 자리를 옮기면 된다.

낚시군들은 손맛이라는 말을 한다. 고기가 입질을 할 때 찌로부터 전달되는 흥분에서 낚아챌 때 낚시대가 휘여지면서 전해지는 짜릿함과 성취감을 일컬을 것이다. 오늘 만난 1남 1녀의 젊은이가 그런 손맛을 즐기고 있다. 남자가 낚는 건 보지 못했는데 녀성이 한마리를 끌어올리더니 무슨 고기라고 이름을 말하고는 다시 강에다 풀어준다. 물고기를 잡았던 손에 비늘이 묻었는지 몇번 비비더니 계속한다. 제사보다는 제밥에 관심이 있다더니 이건 반대 경우다. 고기에는 관심이 없고 그냥 잡는 과정을 즐기고 있다. 그런데 물고기가 한번 낚시에 찔리고 나면 먹이활동을 잘하지 않는다고 들었다. 좋은 의도에서 다시 풀어주기는 했지만 낚시군이 바라는 대로 물고기가 아무 일 없었던 듯이 계속 잘살아갈지는 모르는 일이다.

이렇게 우리는 본인들의 의사와는 상관없이 어느 날부터인가 가정집에 들여져서 살아가야만 하는 반려동물로도 부족하여 넓은 강에서 잘만 살아가고 있는 물고기한테도 괜히 속임수를 써가면서 아가미를 꿰뚫어놓고는 다시 물에 집어넣는다. 물고기의 립장에서는 두번째 생명을 주어서 고맙다고 해야 할 일일지 아니면 병 주고 약 주냐며 화를 내야 할 일일지 그건 당사자만이 알 수 있는 일이다. 어찌됐든 다시 강에 보내져서 생명에 지장이 없다면 어항의 제한된 공간에서만 살다가 생을 마감하는 물고기들보다는 행운인 셈이다.

저 멀리서 갈색 푸들 한마리가 입에다 페트병을 물고 주인과 함께 산책중이다. 인적이 드문 이른아침이라 목줄도 하지 않아서 이리저리 자유롭게 뛰여다니며 즐기는 조깅시간이다. 실외에 나오면 운동량이 갑자기 늘어나는 강아지가 혀를 날름거리며 몸을 식혀도 모자랄 판에 왜 굳이 입에다 생수병은 물고 다니는 걸가. 매일 저렇게 물어날라서 집에다 모아두었다가 판다면 몰라도. 그런데 한참 뒤에 보니 조금전까지 입에 물었던 생수병은 어디다 버렸는지 이번엔 애매한 풀잎을 물어뜯고 있다. 개 풀 뜯어먹는 소리라는 말이 있지만 이것은 다른 경우다.

페트병을 물었을 때 주인은 빼앗지 않았는데 풀을 뜯으니 주인이 다가가서 먹지 말라며 말린다. 도처에 널린 게 풀인데 강아지는 여기서 제지당하면 저기서 뜯으며 주인과 유격전을 하고 있다. 그러니 아까 페트병을 입에 물고 다닌 것도 주인의 관심을 끌기 위한 책략이였는데 그만 실패했다. 이제 이렇게 되면 래일 아침에도 계속 풀을 뜯을 것이다. 주인이 다 먹여주고 재워주지만 강아지에게도 자기만의 견생관이라는 게 있는데 개의 일생도 참 쉽지만은 않다.

밤에 집에서 내다보면 이 구역에서 경관조명이 제일 화려한 건물이 문화관이다. 전에 한번 들어가봤는데 방역 기간이라 그런지 별로 시원치 않더라길래 오늘 다시 찾았다. 안전검색대는 지나야 하는데 마스크 착용요구는 없다. 2층에 있는 소형 로천극장은 전과 마찬가지로 부모들이 아이를 데리고 나와 놀기 좋은 공간이다. 관중석은 나무계단으로 만들어놓았는데 계단에 편안하게 드러누워 휴식을 취하고 있는 어른이 있는가 하면 내려가는 방향으로 계단을 몇개 타고 엎드려 천천히 두 손을 허우적거리며 아래로 미끄럼질하는 아이도 있다. 옷이 더러워지고 단추가 떨어질 수 있는 건 둘째치고라도 체중에 의한 계단의 모서리와의 마찰에서 아플 법도 하건만 전혀 개의치 않고 두 팔을 허우적거리며 이동하고 있다.

전생에 무엇을 구했는지는 모르겠으나 인간의 아이가 제일 행복한 것 같다.

뜻하지 않은 일들

오후에는 베란다 창문에 매달려 아무 생각 없이 밖을 내다보는데 갑자기 끽~ 하며 자동차의 급정거 소리가 들린다. 도로를 내려다보는 순간 까만색 강아지가 차 범퍼에 치이면서 튕겨나간다. 차가 제때에 멈춰서면서 크게 다치지는 않았는지 강아지가 황급하게 일어나서는 인도를 따라 줄행랑을 놓는다. 횡단보도였는데 행인 우선이지 강아지까지 우선이라는 규정은 없었던만큼 차가 속도를 줄이지 않았나 보다. 급정거를 했던 차는 몇초간을 그 자리에 멈춰서있다. 아마도 운전자가 놀란 가슴을 달래고 있나 보다.

그런가 하면 오전에 산책을 나갔다가 돌아오는 길에 달리는 차 뒤를 죽어라고 쫓아가는 누렁이를 만났다. 오늘은 강아지들이 힘든 날인가 보다. 누렁이는 차주인이 버리고 갔는지 아니면 비슷한 차운전자를 자기 주인으로 잘못 착각했는지는 알길이 없으나 놓치지 않겠다고 따라가는 속도에 놀랐다.

련 사흘째 고정 산책코스를 다녀왔는데 늘 로숙생활을 하던 검둥이가 보이지 않는다. 지난 몇년간 혹독한 겨울도 용하게 견뎌왔던 검둥이가 원래 자리에서 사라졌다. 애견인사들이 지어줬던 간이집도 보이지 않는다. 어디 확인할 데도 없고 십중팔구는 불상사를 당한 것 같다. 두 눈 우에 하얀 점이 박혀있던 검둥이의 얼굴이 눈앞에 선한데 아마도 다시 만날 것 같지 못하다.

북경의 나무들이 한창 푸른 잎을 준비하고 있을 3월 중순에 운남에 휴가를 다녀오다 보니 오랜만에 산책로의 우거진 록음을 만났다. 영정하를 끌어들인 인수로의 물은 량도 많고 흐름도 빨라지고 수질도 깨끗해졌다. 타성으로 빠진 사람들이 아직 돌아오지 않았는지 아니면 갑자기 더워진 날씨에 다들 출입을 자제하는지 산책로가 조용하다. 인수로에서 가끔 들려오는 개구리 소리와 나무 우에서 재잘거리는 참새소리가 기분을 상쾌하게 만들어준다.

오늘까지 닷새째 금주인데 때마다 밥이 맛있고 배가 빨리 고파난다. 아침을 먹고 나갔음에도 면집을 만나면 들어가고 싶어진다. 면집 같은 데는 좋은 맥주가 없을 게 뻔하니 전에는 눈길도 주지 않았는데 요즘 달라졌다. 맥주라는 전제조건이 해제되니 식당 선택의 폭이 확 넓어졌다.

중경에서 1990년대부터 인기를 끌기 시작한 물고기료리 전문집에 들어갔다. 네이버의 검색 대로 번역하면 백김치 물고기다. 한국에서는 중국료리의 음을 그대로 따다가 사용하기 때문에 좀 빌려다 쓰자고 해도 도움이 되지 않는다. 식당에 들어서면 종업원들이 뭐라고 큰소리로 반기는데 알아듣지는 못하겠고 그냥 기계적인 절차의 일환으로 받아들인다. 뼈를 다 앗아낸 고기를 얇게 썰어서 시큼한 맛이 나는 절인 야채와 함께 끓인 료리인데 매운맛까지 어우러져서 밥을 먹기에 적격이다. 커다란 그릇에는 "물고기보다 백김치가 더 맛있을 것"이라는 글자가 새겨져있다. 어차피 물고기는 남을 가능성은 적지만 백김치가 홀대받을 수는 있으니 약자를 돕는 립장에서 괜찮은 홍보다. 물고기탕을 시켜 국이 기본이네라고 해놓고는 나중에 혼자서 고기를 다 골라먹더라는 일화가 생각난다.

물고기라고 하면 안휘료리도 만만치 않다. 또 번역이 어려운데 썩두부를 본 따서 번역한다면 썩쏘가리찜이다. 향은 별로인데 정작 맛은 일품인 물고기찜이다. 쫀득쫀득 씹는 맛이 있고 잔뼈가 없어서 귀차니스트들이 먹기 좋은 료리다. 전에는 그런 경우를 만나지 못했는데 이날은 종업원이 주동적으로 나서서 뼈를 추려주겠다고 한다. 모든 뼈를 다 가려주는가 했는데 알고 보니 숟가락으로 몸체를 가르고 등뼈만 앗아준다. 먹는 데 크게 도움은 되지 않았지만 물고기를 뒤집는 절차반은 줄여줬다.

최근에는 외식을 해도 술이 없이 주식만 먹다 보니 밥을 반공기로도 시킬 수 있다는 유익한 정보도 알게 되였다. 한공기로는 모자라고 두공기는 남는 경우를 고려해 반으로 시킬 수도 있도록 배려했다. 랑비를 줄이고 밥값이 몇원이라도 적게 나오게 하는 괜찮은 방법이다.

술을 안 마시니 별거 다 따지게 된다. 요즘 술을 끊었다고 하니 주변에서 이런 질문을 해온다.

"그렇게 한달만 견지하면 어떤 변화가 일어날가?"

일초의 망설임도 없이 답이 튕겨나갔다.

"머저리 되겠지무."

작은 아픔의 과대포장

건강검진을 예약했다. 술을 끊은 김에 피와 간이 모두 정상에 가까울 때 한번 검사를 받아보고 싶었다. 일년 가도록 이런 날이 거의 없었기 때문이다. 아주 소중한 시간이다. 원래는 다음주 쯤에 잡힐 것으로 예상하고 어제 오후에 예약 전화를 했는데 오늘 아침에 오라고 한다. 뜻밖이지만 어쨌든 빠르면 좋은 일이다. 예약이나 약속은 멀리 잡을수록 변수가 생길 확률이 높기 때문이다.

평상시 출근과 마찬가지로 6시 반에 사무실에 도착해 컴퓨터를 켠 다음 뜨거운 물을 길어다놓고 나서 택시를 불렀다. 사실 사무실을 거치지 않고 직접 병원으로 가도 되지만 내가 이미 출근했다는 도장을 찍어놓아야 한다. 그래서 일부러 사무실문도 열어놓고 나온다.

"어마어마한 데로 가네요. 아마도 문 앞까지는 가지 못 하고 근처에서 내려야 할 거예요."

택시기사의 말을 들으면서 괜히 내가 대단한 대우를 받는 느낌이다. 실제로 재작년까지만 해도 이 병원은 택시를 부를 때 내비게이션에서 뜨지 않았다. 검진을 마치고 문 앞에서 택시를 부르려고 해도 잡히지 않았다. 세상은 불공평하고 억울해도 소수만 향수할 수 있는 령역이라는 게 있는 법이다. 내가 잘났다는 게 아니고 어떻게 하다 보니 살아온 세월과 바꿔온 대가라고나 할가. 내 우로 올라갈수록 그 소수의 수자가 점점 적어진다. 누구에게도 억울함의 몫은 주어지는 법이다. 억울함에 번마다 민감하고 불공평에 사사건건 울화통이 터지면 세상을 살아가지 못한다.

검진은 7시 반부터 시작하는데 7시에 도착했다. 내가 1호다. 15분이 지나니 한명이 더 오고 20분이 지나니 또 한명이 와서 7시 반이 되였음에도 모두 세명이다. 다 비여있는 검사실에 임의로 들어가면 된다. 검사를 마치고 나오면 꼭 비여있는 다른 검사실이 있다. 줄을 설 필요가 없다. 전에 초음파 한번 하려면 몇십분씩 기다려야 하던 때가 생각난다.

호흡을 불어넣는 검사는 처음 불어넣는 시간과 일정한 간격을 두고 한번 더 불어야 한다. 모든 검사를 마쳤는데 그 시간 간격을 기다리느라고 십분을 넘게 허비했다. 그랬음에도 모든 검진을 마치는 데 한시간도 걸리지 않았다. 기다리는 사이에 조찬을 가져다주더라기에 아무 생각 없이 우유를 꺼내 빨대를 입에 물었는데 의사복을 입은 친구가 손사래를 친다.

"삼촌, 최근 독감도 돌고 하여 여기서 마스크를 내리시면 안됩니다."

이미 풀린 방역만 생각했지 독감을 미처 생각하지 못했다. 그런데 그게 중요한 게 아니고 지금까지는 형이라는 말만 듣다가 삼촌이라고 하니 기분이 묘하다. 녀성들이 언니와 이모의 차이에 민감해하는 그 마음을 알 것 같다.

번마다 보면 검사를 받아도 별로 의미가 없는 것 같아서 올해에는 외과를 포기하려 했는데 등에 난 낭종이 아직 낫지 않아서 고것만 물어보려고 들어갔다.

"어느 병원에서 검사를 받은 거예요?"

뜻인즉 이렇게 치료를 해서 될 일이 아니라는 뜻이다.

일단 어느 병원이든 다시 가서 감염된 부위를 처치하고 다음 단계 치료에 들어가라고 알려준다. 당장에서 병원 예약은 안되고 림시방편으로 회사 의무소에 가서 응급처치를 받았다.

"감염이 심한데요. 어디에서 치료를 받은 거예요? 어떤 약을 주던가요? 이건 약으로 될 일이 아닌 것 같은데요. 내가 봤을 땐 주사로 치료해도 보름은 걸릴 단계에 와있어요."

전에도 같은 낭종이 생겼던 적이 있어서 나도 일정한 경험을 갖고 있다. 그 때도 주사를 맞아야 된다고 해서 일주일을 맞았는데 차도가 없었다. 미심쩍어서 다른 병원에 갔더니 감염이 이렇게 진척될 때까지 뭘하고 이제야 왔냐는 핀잔을 들었다. 그래서 이번에도 주사는 아니다 싶어 다시 더 큰 병원으로 예약했다.

이런 생각을 한다. 피부에 작은 종양 하나가 생겼는데도 이렇게 의사마다 다르고 번거로운데 다른 수많은 병은 어떻게 감내하며 살아가야 하는 걸가. 호랑이나 사자와 같은 동물들은 평생 병원이라는 걸 몰라도 나름 평생을 살아간다. 하다못해 다른 동물과 싸우다 피부에 홈채기가 나도 그들은 치료를 받을 곳이 없다. 기껏해야 자기 혀로 핥아서 치유한다.

그렇다면 인간은 병원이 있다는 걸 고맙게 생각해야 하는 걸가 아니면 다음에 찾아올 병을 앞둔 생명의 연장이고 또 다른 고통에 대한 준비라고 봐야 할가. 나는 지금도 할머니가 무슨 병으로 돌아가셨는지 모른다. 할머니는 시골에서 병원이라는 걸 모르고 사셨기 때문이다. 정통편 아니면 치통편이 전부의 의약수단이였던 시절에 할머니는 밖에 나가려고 신을 신다가 쓰러진 게 생의 마지막이였다.

며칠 뒤에는 동료가 창자에 생긴 폴립을 제거하는 수술을 받아야 한다. 본인의 입으로는 작은 수술이라고 하지만 어쨌든 입원을 해야 되고 전신 마취를 한 상태에서 진행되는 수술이다. 전에 동창이 한번 한 적이 있는데 그 때 그 동창도 원래는 진찰실에서 해도 될 작은 수술이라며 자아위안을 했었다. 그런데 정작 입원을 하고 보니 느낌이 다르더라고 했다. 거기에 비하면 등에, 그것도 밖으로 생긴 종양은 아무 것도 아니다. 오히려 몸 안으로 생겨나지 않은 것만으로도 두 손 모아 고마워해야 할 일이다. 그렇더라도 사람은 평소와 다른 약간의 이상이 생기면 귀찮아지고 짜증이 난다. 주어진 대로 살아가는 모든 동물에 비하면 아주 취약한 객체이다. 그럼에도 만물의 령장이라는 인식은 변함이 없다. 어쩌면 그 자존심으로 위안하고 신심도 가지며 살아가는지도 모른다.

나쁠 건 없다.

결판

301병원이라는 데를 진찰을 받기 위해서는 처음 들어가봤다. 건물을 신축하기 전에 지인들의 일로 하여 다녀온 적은 있지만 새로 지은 다음에는 처음이다. 병원은 대청부터 시원하다. 마치 고급호텔에 들어온 것 같기도 하고 고속철역이나 공항에 들어온 것 같은 느낌도 든다. 큰 병원은 다르구나라는 생각을 하지 않을 수 없게 만든다.

"이미 감염이 크게 진척됐네요. 수술을 해야 되는데 우리 병원에는 그런 치료가 없으니 주변의 작은 병원에 가보세요."

순간 감기까지 종합병원을 찾지 말라고 했던 충고가 생각난다. 제한된 의료자원을 더 중하고 급한 환자들에게 돌리자는 차원에서 하는 얘기다. 이런 생각도 난다. 큰 자동차정

비소에 가면 다이야에 박힌 못을 처리하는 업무는 취급하지 않는다. 주변에 있는 작은 수리점에 가서 땜질을 하라고 한다.

취지는 알겠는데 환자의 립장에서는 그렇지 않다. 그래도 큰 병원이 시름이 놓인다. 중환자도 급하지만 내 몸도 소중하다. 하지만 랭정하게 생각해보면 작은 병원에 대한 맹목적인 불신과 큰 병원에 대한 필요 이상의 의뢰심이 없지는 않다. 모기를 잡는 데 대포를 쏘냐는 식으로 말을 하면서도 정작 본인이 아프면 그렇지 않다.

뭐 안된다는데 용 빼는 수가 없다. 다른 '작은' 병원을 찾아가야 한다. 그런데 주변의 병원을 검색하여 확인해보니 당일 예약은 다 차있는 상태다. 하루라도 지체하면 그만큼 염증이 진척되니 예약이고 뭐고 무작정 가까운 병원을 찾아갔다.

"이건 이미 터진 상태라 굳이 칼을 대지 않아도 될 듯 싶기도 하네요."

참 애매하다. 의사마다 다 소견이 다르다. 그래도 방금 전 큰 병원의 의사가 수술을 해야 된다고 했으니 내가 하겠다고 고집했다.

"본인의 뜻이 정 그렇다면 하는 건 문제 없는데 후속 치료가 오래갈 거예요."

오래가더라도 빨리 시작하는 게 낫다는 생각에 결연히 수술을 마쳤다. 앓던 이를 뺐다는 게 이럴 때에도 적용되는구나라는 생각이 들었다. 병원문을 나서는 기분이 홀가분하다. 물론 앞으로 열흘은 매일 병원출입을 해야 하지만 말이다.

301병원에 오랜만에 찾아갔는데 대기실에서 뭐라도 건질 게 없나 두리번거렸다. 사람이 밀집하는 곳인만큼 안내방송에서는 마스크 착용을 요구한다. 아예 마스크를 들고 오지 않았는지 한 단발머리 녀성이 간호사한테 마스크가 없냐고 물어본다. 간호사 탁자 옆에 놓여있는 작은 상자의 서랍을 열면 그 안에 마스크가 차곡차곡 쌓여있다. 녀성은 마스크를 꺼내서는 먼지라도 털 듯이 몇번이고 공중에다 대고 흔든 뒤 얼굴에 가져간다. 그런데 마스크를 뜯은 포장지는 그대로 서랍에 다시 집어넣는다. 마스크를 공짜로 받아쓰는 게 고마울 대신 쓰레기를 고스란히 놓고 가는 셈이다. 큰 병원을 찾아오긴 했는데 그녀의 소행이 참 안타깝다.

"번호표를 받으신 분들은 자동인식기에 스캔하시고 게시판에 이름이 뜰 때까지 기다리시면 됩니다. 그 어떤 보충수속도 필요 없습니다."

당연한 안내방송인 것 같지만 왜 아직도 내 순서가 오지 않냐, 혹시 빼먹은 거 아니냐고 우려하는 환자들을 안심시키는 친절하고 실용적인 방송이다. 여러 병원에 다녀보았지만 세부적인 곳에서 병원마다 환자들에게 돌리는 배려가 갈린다. 정해진 공식이 없는 이상 어떻게 하면 하나라도 더 자세한 봉사를 제공하느냐는 병원마다의 몫이다.

병은 키우지 말라고 이전부터 어른들이 충고했건만 사람은 당장 통증이 없는 한 게으름을 피우는 데 게을리하지 않는다. 어떻게 하다 보면 나아지겠지라는 요행심리도 아낌없이 발휘시킨다. 자기는 다 마시고 피우면서 환자보고는 술 담배를 하지 말라는 게 의사라면서 스스로의 나쁜 습관을 위한 용서와 위안의 언덕을 찾는다.

다음번에는 꼭 명심해야지 하다가도 시간이 흐르면서 아픔과 상처도 따라서 희미해져간다. 신체의 자가 면역과 치유 능력을 믿고 싶어한다. 약은 여기에 좋으면 저기에 나쁘다는 핑게를 대면서 한알이라도 적게 먹으려 한다.

물리적 통증이 없는 병이 더 무섭다.

왜 이것도 몰라?!

아이의 공부를 가르치다가 이것도 모르냐며 속 터져하는 엄마들이 한둘이 아니다. 자기도 그렇게 컸으면서 말이다.

요즘 병원 타령을 많이 했는데 오늘도 그 드라마의 련속이다.

진료하는 의사한테 물었다.

"수술을 마친 뒤에 며칠에 한번씩 처치해야 돼요?"

"2~3일에 한번꼴로 하면 돼요."

진료하는 의사는 처방전만 떼주고 정작 수술을 하는 의사는 따로 있었다. 그 의사한테 한번 더 물었다.

"앞으로 며칠에 한번씩 처치해야 돼요?"

"열흘 동안은 매일 해야 돼요."

두 의사의 답이 다르다. 안전한 쪽으로 잡아서 매일 처치하기로 했다. 오늘은 집에서 쉬는 날이라 수술했던 직장 근처 병원을 찾아가기에는 좀 멀다. 별것도 아닌지라 아빠트 단지 서문에 있는 지역사회진료소를 찾아서 처치하기로 했다. 진료소에서는 다들 사회보험카드를 내밀고 수속을 하는데 나는 그게 없어서 신분증을 들이밀었더니 처음 오냐, 자부담으로 치료하냐며 의아해한다. 그러더니 신심이 없는지 먼저 의사한테 가서 처치가 가능한지를 알아보고 오라고 한다. 의사가 상처를 들여다보더니 아무래도 병원에 가는 게 좋겠다고 한다. 그래서 집에서 제일 가까운 병원을 찾아갔다. 의사들은 그냥 보면 아는지 대뜸 물어본다.

"어느 병원에서 했어요?"

"회사 부근의 병원에서 했습니다."

"언제 했어요?"

"어제 했습니다."

"그럼 사실 오늘 올 필요 없이 사흘에 한번 처치하면 되는데…뭐 기왕에 왔으니 치료를 받고 가세요."

떼여주는 처방 대로 돈을 물고 간호사한테서 처치를 받는데 또 묻는다.

"어느 병원에서 했어요? 왜 우리 병원에서 하지 않았나요?"

뜻인즉 우리 병원을 믿지 못해 다른 병원에서 한 것 같은데 그렇다면 믿는 병원에서 쭉 처치하시지 왜 여기에 왔냐는 뉴앙스다.

"회사와 가까운 병원에서 하느라고 그랬어요. 오늘 처치하고 언제 또 하면 돼요?"

"사흘에 한번씩 하면 돼요."

"어제 수술을 한 의사는 매일 하라고 그러던데요…"

"그 병원은 모르겠고 우리 병원은 사흘에 한번만 하면 돼요."

작은 수술 하나로 병원 다섯개를 거치면서 저마다 다른 소리를 하니 도대체 어느 말을 믿어야 할지 혼란스럽다. 아프지 않으면 부자라는 게 단순한 돈 차원의 얘기가 아니라는 걸 다시한번 실감했다.

주말이면 어디든 돌아다녀야 하는 날이지만 오늘은 그냥 집에 있고 싶었다. 치료와 돌아다니는 것 사이에는 아무런 련관성도 없지만 그래도 괜히 나대고 싶지 않았다. 대신 책은 많이 축났다.

요즘은 로사의 작품을 하나하나 소화하고 있다. 나는 인터넷의 답글을 보다가도 묘한 말이 있으면 어느 성에서 올라온 답글인지 확인한다. 열에 일곱은 빗나가지 않고 출처가 북경이다. 로사가 북경작가라는 점에서 일정한 점수를 따고 들어가는 것도 있겠지만 선입견을 제치고 봐도 확실히 언어구사가 통속적이면서도 해학적이다.

다른 작품집에 실린 단 한편의 수필에 끌려 그 자리에서 인터넷을 검색해 《로사전집》을 샀는데 역시 로사는 소설도 매력적이다. 나는 수필에 비하면 시나 소설에서는 별로 얻는 게 없다고 생각하는 편이다. 시는 이게 무슨 말이냐고 머리를 싸가며 리해하는 과정이 싫고 소설은 일단 허구라는 전제가 깔리기 때문에 가짜에 내가 왜 시간을 할여해야 되냐는 생각이 든다. 이 나이에 한가함을 달래기 위해 소일거리로 책을 읽기에는 시간이 아깝다. 그런 편견의 전제가 깔렸음에도 로사의 작품은 충분히 시간을 투자할 가치가 있다고 여겨진다.

소설가들은 그 많은 인물과 얽히고 설키는 복잡한 이야기 선개를 어떻게 구상해내냐는 의문에 대해 가평요작가는 자기 작품 속 소설작가의 말을 빌어 간단명료하게 해답했다.

"소설은 작가 자신의 머리속에서 스쳐지나가는 화면을 문자화하는 작업입니다."

마치 요즘의 인공지능이 기다란 영상에서 문자 부분만 쏙 뽑아 정리해주고 심지어는 번역까지 해주는 것처럼 쉬운 작업인양 비쳐진다. 화면마다 일시정지시켜놓고 자막을 옮겨적는 그런 원시적인 우둔한 작업이 아니라는 말처럼 들린다. 과연 그러한지는 황새의 뜻을 뱁새가 알 리 없다.

프로한테는 가벼운 기침으로 해결될 일이지만 아마츄어는 독감을 앓고도 터득하기 어려운 게 있나 보다.

차잔을 든 회식

또 한명의 선배가 퇴직했다. 이제 내가 사무실의 최고령자가 됐다. 어제저녁에는 선배를 환송하는 사무실 회식이 있었다. 고추가루 팔러 가는 날에 바람이 분다더니 하필이면 내가 금주하는 기간에 회식이 잡혔다. 평생의 직장생활을 마치고 동료 전체와 마지막으로 회식하는 뜻 깊고도 관건적인 날에 나는 불미스럽게도 맥주잔에 차물을 부어가지고 건배사를 해야 했다. 오래 살고 볼 일이다.

어제까지 술을 딱 열흘째 끊었다. 술을 마시지 않아도 하늘은 무너지지 않았고 생활은 계속 이어졌다. 혹시 전화가 와서 한잔 하자고 하면 미안해서 어떻게 거절하냐는 씨나리오도 작성해봤지만 결국 내가 김치국을 마시고 있었다. 아무도 마시자고 전화 걸어오는 사람이 없었다. 술을 끊은 자체보다 더 슬픈 게 요청해오는 사람이 아무도 없었다는 현실이였다.

사무실 회식은 5시 반부터 일찍 시작됐다. 이제 년령이 늘어가다 보니 녀동료 두명은 지정장소가 아닌 엉뚱한 곳으로 하염없이 찾아가느라고 한참을 기다려도 회식장소에 나타나지 않는다. 후배들이 전화를 하면 신호등까지 왔으니 거의 도착한다고 한다. 신호등은 어디에 가면 없으며 그게 어느 신호등인지도 본인들만 알고 회식 현장의 사람들은 아무도 모른다. 착한 추측도 해본다.

"혹시 퇴직하는 선배를 위해 깜짝 이벤트로 케이크를 시켜가지고 오지 않을가?"

"그럴 수도 있겠네요."

"속이 깊네. 신호등이라고 속여넘기고 결국엔 케이크를 기다리고 있나 보다…"

이번에는 단체로 김치국을 마셨다. 한참 뒤에 룸에 들어서는 그들의 두 손은 깨끗하게 비여있었다. 아무리 기웃거려봐도 둥그렇게 포장한 커다란 케이크는 보이지 않는다. 전에 자주 가는 식당이려니 하고 전혀 의심함이 없이 자연스럽게 엉뚱한 식당으로 간 거였다. 우리는 귀신에 홀린 것처럼이라는 말을 한다. 어떤 통지에도 어느 누구도 그들이 찾아간 식당이라고 말한 적이 없건마는 그들은 아주 자연스럽게 아무도 기다리는 사람이 없는 엉뚱한 식당으로 당당하게 찾아갔던 것이다.

혹자는 배가 차오르는 게 싫고 혹자는 살이 찌는 게 걱정되고 혹자는 건강상의 원인으로 직장동료간 회식음주는 점점 배갈 쪽으로 흘러가고 있다. 단 한명의 후배만이 누구와도 기준을 맞출 상대가 없이 외롭게 맥주를 기울이고 있다. 알콜 함량이야 어떻든간에 큰 잔을 기울여야 하는 맥주는 아무래도 배갈보다 건배하기 부담스럽기 마련이다. 가랑비에 옷이 젖는다고 아무리 3.4도와 42도의 대결이지만 맥주도 많이 마시면 취하기 마련이다. 물론 이튿날에 어느 것이 더 속이 볶이냐는 문제에서는 당연히 배갈이 월등한 우위를 차지한다.

어디 가서 내가 배갈을 마시더라는 소문을 내지 말라며 은근히 배갈 쪽으로 선택한 녀후배들은 알콜의 작용으로 평소보다는 활약적인 모습을 연출한다. 아니아니 하며 아이 셋을 낳고 간다더니 요 잔이 마지막 잔이라던 배갈은 제동장치가 허술하다. 술 한모금 마시지 않으면서 모든 장면을 기억하는 사람이 한명 끼여있는 것도 약간 부담스럽다. 다들 어제 어떻게 끝났냐, 몇차까지 갔냐며 서로가 물어보고 집에 어떻게 들어갔는지 모르겠다고 하는 마당에 어느 한명만 당시 상황을 영상 틀어놓듯이 구석구석 다 재생하고 있으면 필림이 끊긴 나머지 사람들로서는 마음 한구석에 묘한 기분이 고인다. 무슨 큰 실수가 있었다기보다는 지우개로 지워버리듯이 어느 순간이 하얗게 공백이 돼버린 주체들로서는 개운하지만은 않은 것도 당연지사다.

배가 차오르는 맥주에 반해 배갈은 목이 타는 갈증을 동반한다. 그 상황을 해소하려다 보니 광천수가 많이 축이 난다. 그러다 보면 맥주 마신 사람보다도 화장실을 더 찾는 아이로니한 상황이 출현된다. 절대 나쁜 뜻으로 하는 얘기는 아닌데 본의 아니게 미꾸리탕을 먹고 룡트림을 하는 결과가 초래되는 셈이다.

아쉬운 대로 회식은 끝났는데 똑같이 마셔도 각자의 주량이라는 게 있으니 술이 약간 모자라는 후배도 있다.

"술은 안하더라도 자리를 한번만 더 옮겨서 얘기하면 안될가요?"

"젊은이들끼리 한잔 더 하고 나는 나중에 술을 회복하면 그 때 가서 보지."

이제 그만하고 집에 가자는 걸 억지로 붙잡고 딱 한잔만 더 하자며 자정을 넘겨 새벽으로 달렸던 나였는데 이제 후배가 주동적으로 더 마시자고 해도 거절해야 하는 날이 왔다.

술은 아니지만 차물도 건배사를 했으면 굽을 내야 하는 성의를 필요로 한다. 그래도 술보다는 쉬울 것이라고 생각하는 게 정상이지만 그건 맹물을 대량으로 마셔본 사람이 잘 안다. 커피가 수면에 영향준다는 소리는 익숙히 들어 알고 있는데 차물도 비슷한 기능을 갖고 있다는 걸 미처 생각지 못했다. 다른데를 더 거치지 않고 집에 일찍 들어가긴 했는데 잠이 오지 않는다.

술보다 물이 더 나쁠 때가 있다.

도리는 그런데 그게 왜 나냐고?

아침 출근길에 뉴스를 보니 당녀사와 류녀사 사이에 벌어진 주차공간 분쟁이 화제다. 결론부터 얘기하면 류녀사의 주차공간을 차지한 당녀사가 차를 옮겨달라는 류녀사의 요구를 무시하면서 발생했다. 류녀사는 다른 곳에 아빠트 한채가 더 있어서 주로 거기에서 살다 보니 주차공간 분쟁이 발생한 아빠트에는 드문드문 오는 형태였다. 그사이 자기 집 주차공간에 다른 차가 세워진 걸 보면서 처음에는 림시로 세웠겠지 하고 넘어갔는데 어느 날 차를 세우자고 보니 또 차지하고 있길래 옮겨달라는 전화를 한다. 당시 당녀사의 태도는 이러했다.

"그 주차공간는 본인이 임대한 거예요 아니면 산 거예

요? 전에 석달을 세워도 다른 차가 세워진 걸 본 적이 없는데. 지금은 내가 집에 없으니 옮길 수 없어요. 저녁이 돼야 돌아가요."

원래는 미안하다는 말 한마디면 해결될 일이였는데 당녀사의 태도가 당돌하면서 일이 커졌다. 류녀사는 아빠트관리사무소를 찾아 관련 상황을 반영했고 관리사무소가 당녀사에게 련락했을 때 이런 답이 돌아온다.

"그 주차공간이 그 사람의 것이라는 구매계약서를 보여주세요. 아니면 옮길 수 없습니다."

당신의 엄마가 당신의 엄마라는 증명서를 제출하라던 생각이 난다. 백번 양보해서 그것이 류녀사의 주차공간이 아니라고 치더라도 동시에 당녀사의 주차공간도 아닌데 남의 자리를 3개월간이나 차지하고도 너무 당당했다. 결국은 일이 커져서 인터넷을 타게 됐고 당녀사가 근무하는 회사에까지 영향이 파급되는 결과를 초래했다. 요즘은 네티즌들이 무서운 줄 알아야 한다. 당녀사가 모 부동산회사에 근무한다는 걸 알게 된 네티즌은 당녀사 회사의 계정에 이런 조롱의 답글을 남겼다.

"안녕하세요? 당모모를 찾습니다. 그 녀자가 추천하는

집이 아니면 안 살 겁니다. 그녀가 추천한 집이라면 주차공간을 사지 않아도 될 것 같아서요. 내가 어디에 세우고 싶으면 어디에 세우면 되겠던데요."

네티즌들의 공격이 쏟아지자 회사는 결국 당녀사가 이미 회사를 떠났다는 성명을 발표했다. 남의 주차공간을 차지하고도 미안하다는 말 한마디 없이 당당하다가 애매한 회사의 명예까지 말아먹게 생겼던 것이다.

사람들의 법제의식이 늘면서 동시에 법을 구실로 억지를 부리는 현상도 동반한다. 심지어 불심검문을 하는 경찰앞에서까지 당신이 진짜 경찰 맞냐며 시비를 거는 사람들도 있다. 공무집행방해혐의로 경찰에 련행되고 나면 그 때에 가서야 금방 꼬리를 내리며 세상 순한 양이 되지만 당시 현장에서는 아주 기고만장하다. 영화를 너무 봤는지 이건 이른바 자유를 너무 부풀렸다. 부풀린 나머지 자기에게 불리하기만 하면 다 자유를 제한하는 것이라고 반발한다. 그렇게 주변의 사정에는 관계없이 제 마음에만 쏙 드는 자유만 주장한다면 엄마가 나한테 했던 말처럼 너는 원래 사람이 하나도 없는 저기 산속에 가 살아야 한다.

사람은 무의식간에 자기 리익을 바탕과 출발점으로 하

여 문제를 인식하고 론리를 작성하는 경향을 갖고 산다. 인정하든 안하든 그게 객관 현실이다. 우리는 쑥 모성애의 위대함을 구가하면서 살아왔는데 그 사랑에도 리기심이 다분하게 용해되여있다. 자기 아이에 대한 무조건적인 사랑일뿐 다른 집 아이에게까지 적용되는 건 아니다. 내 아이한테는 온몸에 가시가 돋친 약점이 있더라도 그것이 함치르르하다고 칭찬하고 싶은 게 친엄마의 마음이다. 온몸을 곱슬곱슬 부드럽게 장식한 순하디순한 양임에도 남에게 잡혀먹히우기나 할 약골이라고 흉 보는 게 남의 엄마의 마음이다.

다들 차분하게 줄을 서서 기다리는 도로에서 중간에 끼여들다가 사고를 내고는 왜 깜빡이까지 켰는데 양보를 안하냐며 화를 내는 당당한 운전자도 있다. 왜 어른이 탔는데 자리를 양보하지 않느냐며 젊은이들을 닦아세우는 유교의 최고봉—유아독존의 어르신도 계신다. 자기가 남의 자리를 차지해놓고는 다른 자리도 많은데 왜 꼭 이 자리냐며 먼저 앉은 게 임자라면서 억지부리는 막무가내 고속철 승객 사건은 어제오늘의 일이 아니다. 남편이 금방 온다며 닫히는 고속철 문을 막고 서서 철도 안전에 엄중한 위협을 조성하는 녀성도 다 자기만의 합리한 립장이 있다.

친구한테서 이런 말을 들었다.

“남자보다도 더 남자였는데 결국은 녀성입디다.”

통쾌함으로나 의리로나 남자에 전혀 밀리지 않는 후배가 친구 회사에 입사했다. 남자가 100점이라면 120점을 주고 싶은 녀후배였다. 그런데 어느 날 결혼을 하더니 80점으로 할인되고 아이를 낳더니 50점으로 자리를 잡아가더라고 했다. 녀성 비하의 뜻은 손톱 만큼도 없고 오로지 다 자기의 립장과 사정이 있다는 얘기를 하려는 취지에서 한 얘기일 따름이다.

세상을 살아가면서 역지사지는 참고답안일 뿐이다.

재회를 위한 시간들

등에 난 낭종수술자리 치료는 격일로 하기로 최종 결정했다. 매일 치료해서 나쁠 게 없다고 생각했더랬는데 매일 하면 오히려 새살이 자라나는 데 불리하다는 의사를 만났다. 나쁜 점을 확실하게 짚어주니 결정도 쉬워진다.

그나저나 번마다 솜으로 상처를 쓸어낼 때마다 전해지는 통증은 숨이 넘어갈 듯 아프다. 젊은 간호사가 처치하는 앞에서 앓음소리를 내기도 그렇고 눈을 꽉 감으며 참아낸다. 좀 아플 것이라고 예고한다든가, 이제 금방 끝나간다든가라는 식의 크게 도움이 되지 않는 말이라도 해줬으면 좋으련만 간호사와 환자는 묵묵히 통증을 주고받는 단일 형식으로만 교류한다.

직장에서 병원까지 걸어서 40분거리이다. 구내식당에서 7시에 아침을 먹고 운동 삼아 걷기 딱 좋은 거리다. 마침 학생들이 등교하는 시간이기도 하다. 출장차 공항으로 가는 사람처럼 바퀴 달린 가방을 끌고 가는 남학생을 보면서, 전동차 뒤에 앉아서 아버지의 등에다 교과서를 펼쳐들고 공부하고 있는 녀학생을 보면서 어린 나이에 참 고생이 많다는 생각을 한다.

가는 길에 보니 월계화가 만발했다. 지난해에는 이맘 쯤이면 모멘트에 매일 찍어서 올렸는데 올해에는 별로 관심이 없다. 무슨 원인일가? 방역 기간 제한된 심리공간에서 꽃이 유난히 반가웠던 것이였을가, 아니면 1년이라도 젊은 눈에 들어오는 꽃에 대한 느낌이 다른 것이였을가? 아무튼 전체적으로 화사하여 눈은 호강하고 기분도 좋은 건 변함이 없는데 사진으로 옮기고 싶은 욕구는 거짓말처럼 사라졌다.

이제부터는 모멘트에 적게 올리면서 살아야겠다는 생각도 작용했을 것이다. 공개하지 않을 꽃을 아까운 휴대폰 저장공간에 가득 채워놓고 묵힐 필요는 없다. 하물며 꽃은 올해에만 피는 한정판이 아니라 래년에도 후년에도 때만 되면 다시 만날 수 있는 재생가능 자원이다. 신선한 고기가 매일 매일 기다리고 있는데 굳이 랭동고에 얼궜다가 먹을 필요도 없을 것 같다.

병원도 처음에 가기 싫지 여러번 가고 나니 또 다닐 만하다. 처음에는 번호표를 어떻게 끊을지도 잘 모르겠고 어느 과가 몇층인지도 두리번거렸는데 이제는 계단이 어디에 있는지까지 다 알아서 굳이 굼뜬 엘레베터를 기다리지 않아도 된다. 갈 때에는 40분을 걸어갔다가 올 때에는 자전거를 타면 출근 시간 10분전에 사무실에 도착한다. 운동과 치료와 출근 어느 하나 지체하지 않는 합리한 시간 배치다.

사무청사 울안에 들어서는데 잔디를 관리하는 아저씨가 새파란 잔디밭에 앉아서 풀을 솎아내고 있다. 내가 보기에는 다 잔디와 비슷한 종류인 것 같은데 관리하는 아저씨는 다른 풀만 묘하게 골라서 뽑아낸다. 그것도 옆의 잔디가 상할가봐 작은 삽을 들고 조심스럽게 골라낸다. 뭐 다 같은 풀인데 함께 자라나게 하면 어떻냐 싶지만 인간이 심지 않고 자기절로 자라난 다른 종류의 풀은 잔디가 자라는데 영향을 주는가 보다. 사람이든 풀이든 건강관리라는 건 참 손이 많이 가는 일이다.

술을 끊으면서 맨정신에 차를 불러보니 전에 어떤 날에는 왜 비용이 두세배로 나오는 호화차를 불렀는지를 알 수 있게 되였다. 다른 차종이 주변에 있든 말든 앱에서는 무조건 호화차 추천이 떠오른다. 만약 해롱해롱한 상태였으면 무조건 눌러버렸다. 플랫폼도 취한 사람들의 실수를 리용해서 참 치사하게 장사를 한다. 내가 맨정신에는 반시간을 더 기다리든 한시간을 더 기다리든 너희들의 얍삽한 속임수에는 절대 안 넘어간다는 생각으로 무시해버렸더니 다른 차종이 금방 배정된다. 그러니까 가까운 곳에 다른 차가 없어서 호화차를 배정하는 게 아니라 무조건 비싸고 사람들이 잘 찾지 않는 차종의 일감을 해결하려는 목적으로 취객들에게 비용을 덮어씌우는 셈이다. 정말 못됐다.

술을 마셨을 때에도 과음하면 이튿날 우울할 때가 있었는데 술을 마시지 않은 맨정신이라고 그런 증상이 없는 건 아니였다. 맨정신이 건강에 굉장히 나쁘다던 말이 새삼스럽다. 안 좋은 심경일 때에는 지인을 불러서 통쾌하게 잔을 기울였으면 딱 좋겠는데 그게 안되니 부정적인 정서가 꿈틀거리게 된다. 물론 그 고비만 넘어가면 다 지나가긴 하지만 그 당시에는 갑갑하고 괴롭다. 술이 바로 그 고비를 넘겨주는 고마운 존재였다.

리산가족 못지 않게 반갑게 만날 날을 기다려본다.

일시정지

주말에는 광주에 있는 조카가 다녀갔다. 오랜만에 북경에 놀러 오는데 내가 술을 못 마시면 얼마나 섭섭해할가라는 고민을 일주일전부터 했다. 그런 가운데 지난 금요일에 병원에 갔더니 이제부터는 소염제를 먹지 않아도 된다고 한다. 시간도 참 절묘하게 맞춰준다. 소염제를 끊어도 된다고 하여 상처가 다 나았다는 말은 아니지만 적어도 술과 상극으로 나타났던 약이라는 이 장애는 제거된 셈이다.

술을 마시면 아무래도 위험부담은 있다. 상처가 나아지는 진척이 느려지거나 심하면 재감염을 초래할 수도 있다. 기껏해야 처음부터 다시 치료하면 된다는 각오로 조카가 도착한 토요일 점심부터 맥주를 시작했다. 맥주와는 딱 두주일만의 재회다. 일요일 아침에 깨니 속이 약간 볶였지만 오전에 서산공원에 한번 다녀오고 나니 점심 때 쯤에는 많이 풀린다. 그렇게 련 이틀을 점심에 앉으면 저녁까지 이어졌다. 지난 두주일에 대한 보상이라고나 할가.

오늘은 출근해야 되니 제시간에 일어나기는 했는데 밖에 나오고 보니 지하철을 타기 싫어서 택시를 불렀다. 지하철을 타기보다는 사무실에 일찍 도착하는만큼 쏘파에서 50분 정도 눈을 붙일 수 있다. 깊은 잠을 보충하는 건 아니지만 그래도 누워있는다는 자체만으로 피로 회복에 일정한 도움이 된다.

구내식당에서 아침을 먹고 병원에 가는데 약간 찔리기는 한다. 간호사가 상처를 보고 혹시 술을 마시지 않았냐고 물을가 봐서이다.

"지난번 치료가 어느 날이였죠?"

"지난 주 금요일이였습니다."

혹시 무슨 눈치를 채서 물어보는가 했는데 다행히 더 이상 캐묻지 않고 그냥 넘어간다. 설마 이 상태에서까지 술을 마시겠냐고 여길 것이다. 상처가 악화되면 당사자만 손해지 의사와는 별 상관이 없다. 본인이 병원에 오래 다닐 준비가 돼있다면 간호사야 같은 치료를 길게 반복하기만 하면 되는 일이다.

어쩔 수 없는 상황에서 주말 이틀을 혹사했으니 월요일부터 다시 금주상태에 들어가야 한다. 말끔하게 빨리 나은 다음에 시원하게 마시는 술이 맛도 있고 마음도 편하다. 사실은 조카도 상황을 모르는 게 아니여서 충분히 리해하고 자기 혼자서도 알아서 잘 마시게 되여있지만 내 마음이 편하지 않아서 괜히 같이 마셔주느라고 했다.

병원은 아침 8시부터 진료를 시작하는데 내가 도착하면 보통 10분에서 15분전이다. 간호사는 5분전에 도착하여 이런저런 준비를 한다. 그사이 다른 의사들 진료실도 기웃거리며 상쾌한 목소리로 아침인사를 하러 돌아다닌다. 그들의 명랑한 웃음소리에 내가 덩달아 기분이 좋아지고 그들의 일하는 환경이 부러워진다.

아침 산책길에서 만나는 할머니들의 시간이 매일 일정하다. 오늘도 먼저 도착한 할머니한테 후에 오는 할머니가 반갑게 인사를 한다.

"언니, 오늘도 일찍 나오셨네요."

내가 봤을 때는 비슷비슷한 나이건만 언니동생은 명확

히 하고 있다. 언니로 대접받아서 좋을지 아니면 내가 왜 그대의 언니냐며 더 젊어보이려는 마음을 갖고 사시는지는 내가 할머니로 살아보지 않아서 모르겠지만 분명한 건 좋은 아침이다. 그 뒤로 운동도구인 검을 등에다 멘 할머니들이 널직한 복장 차림으로 륙속 도착하고 있다. 비슷하게 모였다 싶으면 은은한 음악을 틀어놓고 검술을 련마한다. 방역 3년을 보지 못했는데도 그전과 여전하다.

전동자전거 손잡이 옆에다 손바닥만 한 우산을 달아놓은 아저씨를 만났다. 녀성들이 자외선을 가리느라고 커다란 양산을 설치하는 건 봤어도 핸들에 달아놓은 장난감 같은 우산은 처음 본다. 무슨 용도냐 했더니 휴대폰을 가려주고 있었다. 내비게이션을 리용해야 되는데 휴대폰 화면이 강한 빛에 로출되면 잘 보이지 않나 보다. 그 작은 우산이 볼수록 귀여워서 몇번을 들여다봤다. 아저씨한테는 실용품이였겠지만 내가 보기에는 장식품의 기능이 하나 더 추가되였다.

월계화가 얼굴에 얼굴을 비비며 빼곡이 피여나고 있다. 휴대폰에 손이 가려고 하지만 참고 지나간다. 찍어놓으면 또 모멘트에 올려야 되는데 그 버릇을 고치려면 원천을 봉쇄해야 한다. 보는 사람은 다 거기서 거기까지겠지만 찍는 사람은 또 나름의 각도와 의도가 있다. 그래서 대부분 사람들이 똑같은 걸 찍어올린다고 여길 때 본인만 그 꽃이 그 꽃이 아니라는 주장하에 꾸준히 발표한다. 그러면 너그럽게 번마다 '좋아요'를 눌러주는 사람들이 있는가 하면 심리피로감에 이마살을 찌프리는 사람들도 있다. 아예 보기를 차단하는 사람도 없으라는 법은 없다. 다 제멋에 사는 세상에 억지로 추천해주는 사진에 시간을 허비하고 싶지 않은 것도 당연한 선택이다.

어제는 기온이 갑자기 35도를 찍더니 오늘은 36도라고 나온다. 남향의 사무실은 가만히 앉아만 있어도 숨이 막힌다. 벽 하나를 사이 두었음에도 복도가 확연하게 시원하다. 겨울에 따뜻했던 대가를 초여름부터 돌려받고 있다.

다 리유가 있게 살아간다.

아침시간

아침에는 병원에 곧게 갈 수 있는 길이 있지만 조금 에돌아서 가는 금융가를 선택한다. 하나는 곧게 가는 길이 좁고 복잡하고 다음 하나는 곧게 가면 시간이 많이 남기 때문이다. 어차피 복도 걸상에 앉아 기다릴 거면 조용한 길로 천천히 산책하면서 가는 게 낫다. 금융가는 다들 돈이 많아서 여유가 있는지 출근이 이르지 않은 것 같다. 나는 구내식당에서 아침을 다 먹고 나와서 걷고 있구만은 이 동네는 조용하다. 여러 청사로 들어가는 차도 적거니와 걸어서 들어가는 직원들도 별로 보이지 않는다. 그래도 병원에 들어서야 주렁주렁 복도에 앉아있는 사람들이 많다.

내가 대기하는 복도에 있는 외과, 골과, 비뇨기과, 흉부

외과는 상대적으로 조용한 편이다. 골과에서 할아버지 한분이 진찰을 받고 있다. 할아버지가 잘 듣지 못해서 그러는지 의사의 목소리가 복도까지 쩌렁쩌렁 들린다.

"적게 움직이고 많이 휴식하세요."

보통은 운동을 많이 하라고 충고하는데 상황에 따라서 활동량을 될수록 줄이라는 권고도 한다. 요즘은 날씨가 더워서 땀이 나면 상처가 아무는 데 좋지 않을가 봐 나도 활동량을 줄이고 있는 중이다. 아직 에어컨이 없는 사무실은 가만히 앉아있어도 땀이 흐른다. 그런데 오늘 치료할 때 뭐라고 하지 않는 걸 봐서는 땀의 영향이 별로 크지 않은가 보다.

"다음에도 이틀 치를 한꺼번에 끊을가요?"

"그건 의사의 뜻에 따르세요."

"의사는 직접 치료하는 간호사한테 물어보라고 하던데요…"

"아니예요. 우리는 의사가 하라는 대로 할 뿐이예요."

지난번에 의사를 찾았을 때 상처를 확인할 필요가 있냐고 물었더니 간호사들이 알아서 한다고 했다. 그래서 오늘 간호사한테 물었더니 다시 의사한테로 공을 넘긴다. 내가 보기에는 다 일리가 있는 말이긴 한데 그래도 어느 한쪽에서 결론을 지어줘야 환자의 선택이 편하다.

사람이 온 하루 같은 일을 반복하다 보면 권태를 느낄 수도 있고 찾아오는 사람마다 같은 질문을 하면 짜증이 발동할 수도 있다. 지금은 현저하게 좋아졌지만 전에 은행과 같은 창구 업종은 거의다 태도가 좋지 않았다. 창구 직원이 보기에는 아주 상식적인 문제인 것 같은데 '상식'을 모르는 고객들이 너무 많다. 하긴 그 상식들을 다 꿰뚫고 있으면 내가 은행 창구에 취직하지 이렇게 밖에 앉아서 불친절을 감수하면서 불쌍하게 묻고 있겠냐고? 아는 길도 물어가고 돌다리도 두드려보고 건너겠다는 고객을 잘못됐다고 할 수는 없다.

"거기에 공용자전거를 세우면 안돼요."

"잠간 세웠다가 약을 끊은 후 다시 타고 갈게요."

"그래도 안됩니다. 옮겨주세요."

"거참…별거 다 가지고 딱딱하게 구네…"

병원 문 앞에 자전거를 세우겠다는 녀성과 앞마당을 지키는 경비 사이에서 오고간 대화다. 나는 잠간이면 된다고 생각하지만 하루 동안 그런 잠간의 경우를 수없이 만나야 하는 경비로서는 양보할 수 없는 잠간이다. 괜한 선심을 베풀어 세우게 했다가는 혹시 병원 간부의 눈에 뜨이기라도 하면 결과는 오로지 본인의 몫이다. 그런데 사람들은 흔히 작은 일에서 타인의 직무리행보다는 자기의 편리함을 우선순위에 둔다.

사무실에 돌아오는 자전거길은 복잡하다. 역에 들어서는 뻐스를 피해야 하고 불법주차를 한 차도 에돌아가야 하고 강세인 전동자전거의 눈치도 봐야 한다. 자동차 운전자가 틈새를 비집고 다니는 전동자전거를 아니꼽게 보듯이 전동자전거도 공용자전거를 무시하는 눈치다. 자기 속도에 자기 기술에 자기 비싼 차에 당연히 공용자전거가 양보해야 된다는 우월감이 비친다.

이런 당당함은 밀페식으로 만든 삼륜전동차에서 더 확연하게 나타난다. 들어가면 안되는 차로를 차지하고는 뒤차가 어떻게 재촉하든간에 들은 척도 않는다. 당신이 비싼 차를 운전하면 다냐는 오기를 부리기라도 하듯이 버젓이 저속운전을 이어간다.

이와 비슷한 심리는 신호등을 기다리던 운전자가 휴대폰을 보다가 신호가 바뀌였는데도 움직이지 않았을 때 뒤차가 재촉하면서도 생긴다. 그래 네가 재촉하면 나는 더 늦게 갈 거라면서 브레이크를 밟았다 뗐다 반복하며 뒤차의 재촉에 엇선다.

“아픔에는 비교가 없는 것 같아요. 손가락이 살짝 베여도 아프기는 마찬가지잖아요?”

다른 사람들이 아픈 데 비하면 이 정도는 약과라고 했더니 후배가 했던 말이다. 아프지 않았을 때를 소중히 여기고 고마워해야 하는데 사람들은 편편한 몸 아까운 줄 모르고 괜히 도로에서 위험한 선택을 할 때가 있다. 도리상 혹은 도로법상으로는 당당한 우세가 있다고 치더라도 굳이 자해를 하면서까지 ‘화풀이’를 할 필요가 있으랴 싶지만 순간의 오기와 충동이 무섭다.

배가 부르면 흥타령이 꿈틀거린다.

더위가 가셔지기까지

생각지 않게 오늘부터 사무실 에어컨이 작동했다. 아침 6시 반에 들어설 때까지 실내온도가 31도를 찍고 있었는데 어느 순간 시원하더라기에 다시 보니 28도로 떨어져있다. 천정으로부터 찬바람이 시원하게 내려오고 있다. 무더위와의 장기전을 각오했더랬는데 예상보다는 에어컨 바람이 많이 앞당겨졌다.

이런 생각이 난다. 폭염의 날씨에 부동자세로 념불을 외우고 있는 스님을 보고 어떤 사람이 물었다.

"스님은 덥지 않으세요?"

"마음에 열이 있으면 몸도 더운 거예요. 마음을 한번 비우고 있어봐요."

자연의 무더위를 어떻게 인간의 의지로 몰아낼 수 있을가 싶지만 에어컨이 없었던 지난 3일 동안 스님의 말을 떠올리면서 될수록 차분하게 앉아있으려고 노력해봤다. 신기하게도 더위가 견뎌졌다. 단언컨대 덥다고 안절부절 못하다 짜증까지 올라왔더라면 더 더웠을 것이다. 물론 그 과정에 안 참으면 또 어떻게 할 거냐는 포기에 가까운 배수진의 심리도 작용했다. 어떤 때에는 될 대로 되라고 포기하면 오히려 일이 자연스럽게 풀리는 경우가 있다. 련관성은 크게 없는 례지만 실생활에서 그렇게 노력해도 생기지 않던 아이가 포기하고 나니 덜컥 생기더라는 부부들이 있다.

어제는 치아 교정을 하면서 고생했던 경력을 쓴 녀작가의 글을 읽었다. 남의 일 같지 않다는 생각이 들면서 글에 더 몰입하게 됐다. 나도 8개월간의 교정을 거치면서 아픔을 겪었던지라 그 심정이 리해가 됐다. 그런데 이 녀작가의 고통에 비하면 나는 시간적인 길이로 보나 강도로 보나 비교가 되지 않는다. 나는 구강벽을 긁는 아픔만 견디면 됐는데 이 작가는 궤양까지 겹쳐서 이중으로 고생했다. 그러다 보니 의사를 욕할 정도로 원망스러웠지만 결국에는 그것이 자기가 한 선택이고 반드시 겪어야 할 과정이였다면 숙명으로 받아들이겠다는 자세로 마무리한다. 타인으로부터 받은 상처를 하루 생각하면 하루 아프고 일년을 되새기면 일년을 아프고 죽을 때까지 잊지 못하면 평생 아프다는 말이 생각난다.

이 작가는 또 자기가 그렇게 믿었던 친구가 어느 날 다른 사람들 앞에서 자신의 뒤담화를 하더라는 사실을 알게 된다. 자기가 그 친구의 경쟁대상이라고 생각한 적이 한번도 없거니와 더구나 자기가 그 친구보다 우수하다고 여긴 적도 없는데 도대체 무슨 리유로 질투의 상대가 됐는지 알 수가 없었다. 그 뒤로도 친구는 전과 다름없이 이 작가의 앞에서 친절했고 이른바 따뜻한 관심도 지속적으로 이어갔다.

작가도 뒤담화 사실을 모르는 척하고 예전과 다름없이 친구를 대했다. 그러자 주변에서 오히려 어떻게 그렇게 속마음을 숨기고 가식적으로 친구를 마주할 수 있냐는 반응으로 돌아왔다. 이 때 이 작가는 이런 심경을 밝혔다.

"돈으로 진 빚은 돈으로 갚을 날이 옵니다. 감정상의 원한도 청산하는 마감일이 있습니다. 그런데 지속적으로 이어지는 허위적인 관심에는 약이 없었습니다."

왜 뒤에 가서 그런 말을 하고 다니냐고 까밝힌다고 치자. 그런다고 이길 자신도 없거니와 이긴들 무슨 의미가 있을가 싶은 게 작가의 생각이였다. 사람들에게 보여지는 자리에서는 세상 착한 척하면서 간에 쓸개까지 다 떼여줄 것처럼 하다가도 돌아서면 뒤담화를 서슴지 않는 고단수를 마주하면 머리 속이 하얘진다. 눈에는 눈 이에는 이라고 하지만 진흙탕 싸움에는 승자가 없다. 불의에 맞섰던 의인이 정당방위냐 상호 구타냐의 혼돈 속에서 정의가 오히려 대가를 치러야 하는 경우가 실생활에서 없지 않다.

질투도 에너지가 있어야 한다. 상대방으로부터 나보다 나은 점을 발견해야 하고 분석하고 기억해야 한다. 그리고 그 나은 점을 깎아내릴 방법과 수단과 호소할 상대를 찾아야 한다. 혼자서는 안되겠다 싶으면 가세할 수 있는 자기편을 찾아야 한다. 이 모든 과정이 지속적인 에너지 소모를 동반한다.

질투는 부지런해야 한다. 내 사는 것도 버거운데 다른 사람에 신경 쓸 여력이 없이는 힘든 일이다. 질투는 1차로 끝나지 않는다. 하나가 비슷하게 무마되였다 싶으면 새 거리를 또 찾아내여 공격해야 한다. 그 공격은 은폐적으로 실시될 수도 있고 에돌아갈 수도 있고 정 급하면 대놓고 할 수도 있다. 어느 경우든 머리가 부지런하게 돌아가야 함을 전제로 한다.

그럼 영문도 모르고 질투의 목표가 돼버렸다면 어떻게 해야 되는 걸가.

무시가 제일 좋은 약이다—말이 쉽지…

일기의 연장선

호적선생은 주변 지인들의 자서전에 대해 이런 유감을 적었다.

> 우리 나라에 전기문학이 가장 결핍하다는 생각을 하게 됐다. 그래서 도처에 다니면서 자서전을 쓰라고 친구들에게 권장했다. 친구들은 저마다 대답은 잘했지만 쓸 념을 하지 않았다. 가장 안된 건 림장민선생이다. 그는 자서전을 자신의 50세 생일 기념으로 쓰겠다고 했다. 드디여 생일날이 왔다. 그런데 올해는 너무 바빠서 못 썼고 명년에 꼭 보충해 쓰겠다고 했다. 이듬해에 그는 세상을 떠났다.
>
> 량계초선생도 본인의 건강한 신체를 믿고 일찍부터 자서전을 쓰려고 하지 않았다. 그런데 그렇게 건강하던 중년

작가가 55세로 생을 마감하리라고는 미처 생각지 못했다.

어느 날 량사이선생을 만났을 때 자서전 한부를 쓰라고 간곡하게 권장했다. 그런데 두달전에 량사이선생의 부고를 접했다.

몇년전에 나의 한 녀성친구가 갑자기 펜을 잡더니 6~7만자의 자서전을 썼다. 그걸 읽고 나는 크게 감동했다. 우리 나라 녀성 자서전 문학사상 있어본 적 없는 실화작품이였다. 그런데 유감스럽게도 그녀가 어느 날 정신적인 착란으로 그 원고를 전부 태워버렸다.

호적선생의 이런 기술을 읽으면서 생각이 복잡해졌다. 한치 앞을 모르는 게 인생이라는 도리는 누구나 다 아는데 동시에 누구도 가까운 시일내에 죽는다고 생각하지는 않는다. 그래서 오늘의 무게가 많이 가벼워진다. "그럴 줄을 알았더라면…", 사람들은 이런 가설을 무한반복하면서도 계속 '그럴 줄'을 모른 채 살아간다.

창밖은 안개인 듯 비인 듯 하늘이 뽀얗다. 51세에 하늘나라로 간 친구가 오늘 또 생각난다. 나는 왜 친구들한테 자서전을 쓰라는 권장을 하지 않았던 걸가. 물론 권장했더라도 무슨 벌써부터 쓰겠냐고 했을 것이다. 지금 인구의 평균수

명 또한 호적선생이 살았던 시대보다 훨씬 높아졌다. 호적선생의 그 시대에도 오십에 간 친구들이 아까웠는데 지금은 더 말할 것도 없다.

친구는 며칠전까지만 해도 같이 잔을 기울였고 쓰러진 날 오전까지도 교실에 나가 강의를 했다. 점심시간에 집에 들어갔는데 맥이 없다며 누운 뒤로 다시 일어나지 못했다. 가족이나 지인 누구도 예상치 못했던 갑작스러운 상황이였다.

평소에 친구가 종종 위챗 모멘트에 올렸던 시가 있었는데 그 시를 한 고마운 제자가 정리했다. 조만간에 《솔개의 하늘》이라는 제목으로 출판된다. <솔개>는 친구가 노래방에 가면 빼놓지 않고 불렀던 노래제목이기도 하다. 전에 모멘트에 올라오는 친구의 시를 보는 당시에는 그러려니 하고 넘어갔는데 이제 유작으로 남고 나니 그 시들을 모멘트에 올릴 때마다 친구가 표달하고 싶었던 심경을 다시 들여다보게 될 것이다. 그 가운데는 분명 혼자가 아닌 나를 포함한 여러 가까운 친구들과 어울리면서 떠올랐던 생각도 들어있었을 것이다.

나는 절대 자서전이라는 걸 안 쓴다고 이미 선언한 상

태지만 호적선생의 글을 읽고 나니 생각이 복잡해진다. 물론 자서전처럼 체계적은 아니지만 살아온 궤적을 그사이 이미 많이 공개했다. 이제 와서 그 내용을 다시 배렬하여 반복한다는 것도 멋적은 일인 것 같기도 하고…

나는 명인들을 포함하여 주변의 어른들이 쓴 자서전을 한권도 읽은 적이 없다. 성공이든 실패든 고난의 궤적이든 성공의 상아탑이든 다른 사람이 살아온 생활에 관심이 없다. 어릴 때 《강철은 어떻게 단련되였는가》를 전후좌우에서 그렇게 극찬했다. 이 책을 읽지 않으면 뭔가 정신적인 각오가 부족한 것으로 인정받을 것만 같았다. 어린 나이에 벌써 '각오'라는 생각을 했다는 자체가 지금 생각해도 희한한 일이다. 어른들과 학교 선생님들의 독후감에 의하면 그 책을 읽기만 하면 무한한 용기가 생기고 앞으로 살아갈 길이 훤히 보일 것 같았다. 그래서 읽기는 했는데 책 앞표지의 외국인 그림과 책 속에 등장하는 철도외에는 인상에 남은 게 없다. 같은 시기에 만났던 《수호전》과 《삼국연의》에 비하면 같은 선상의 작품이 아니였다.

안 쓴다고 뱉은 말이 있기는 하지만 엉큼하게도 오늘 자서전에 대한 상상을 한번 해보기는 했다. 다른 사람들은 함

경북도 ××군의 어느 오막살이집으로부터 시작해서 할아버지의 원적지까지 기술하고 기억이 없었던 영아기의 이야기도 술술 잘 엮던데 만약 내가 쓴다면 아무리 생각해도 세살 이후의 일부터 시작해야만 할 것 같다. 남새로 치면 꼭지 부분이 잘려나간 오이라고나 할가. 먹는 데는 아무 지장이 없지만 미관상 부족해보일 것 같다. 새 책을 펼쳤는데 직접 3페지부터 시작된다고 생각하면 영 시름이 놓이지 않는다.

아무래도 하루하루를 적어놓는 게 많이 쉬울 것 같다.

상처

아프던 상처가 가렵기 시작한다. 아플 때는 고비만 넘기면 참아냈다는 성취감이라도 있었지만 긁을 수도 없는 가려움은 형용하기 어렵게 기분이 이상하다. 세계사를 보면 궁녀들을 웃게 하여 죽인 왕도 있었다. 움직이지 못하게 해놓고 지속적으로 간지럽혀서 죽이는 병적인 행위였다. 오히려 시원하게 목을 베어 죽이는 것보다 더 잔인한 수법이다.

그제 질투를 언급하면서 허위적인 관심에 대해 이야기했는데 오늘 간지러움이 나온 김에 한번 더 짚고 넘어간다. 허위적인 관심도 그 성격에 따라서 깊이를 달리한다. 아예 겉과 속이 다른 관심이 있는가 하면 주변의 눈치를 봐서 인정과 칭찬을 바라는 관심도 있고 어떤 상응한 보답을 바라는 관심도 있다. 정도의 차이는 있지만 넓은 범위에서 보면 오십보백보로 다 허위인 관심의 범주다. 자기를 위하는 김에 선심을 베푸는 것으로 상대방에게는 간지러운 상처를 남긴다.

식당에 가서 찬 맥주를 요구했는데 없으면 솔직히 없다는 데도 있지만 아무 말도 하지 않다가 료리를 다 시킨 다음에 맥주와 얼음을 들고 와서는 타서 먹으라고 하는 데도 있다. 어차피 차거워지는 건 마찬가지가 아니냐는 듯이 아주 자연스럽게 해법을 제시한다. 맥주를 좀 아는 사람으로서는 황당할 수밖에 없다. 애초에 솔직하게 찬 맥주가 없다고 했더라면 일어나서 다른 식당으로 갔으련만 료리를 이미 다 시킨 상태여서 대략 난감하다. 마시기 전부터 입는 음주 상처다.

신발 사러 가면 디자인은 딱 마음에 드는데 맞는 싸이즈가 없을 때가 있다. 그러면 점원이 친절하게 대안을 제시해주기를 신발끈을 더 조이든가 안에다 깔개를 대면 괜찮을 것이라고 한다. 틀린 얘기는 아닌데 참 맹랑한 판매 수법과 열정이다. 이쯤 되면 이 가게에서는 다른 신발에도 관심이 식어서 조용히 나와버린다. 상처까지는 아니지만 정서상 가벼운 흠집이 생긴다.

아직까지 북경 실정에서는 빠스 운전기사들이 사회 차량보다 횡단보도에서 규칙을 더 잘 지킨다. 응당하면서도 고마운 일이긴 한데 행인으로서는 그냥 시름 놓고 지나갈 수만은 없는 위험부담이 도사리고 있다. 빠스가 행인의 시선을 막아놓아서 다른 차로의 차들이 보이지 않기 때문이다. 횡단보도에서 행인을 양보해야 된다는 의식이 없는 운전자들은 멀쩡한 길에서 왜 멈춰서냐며 신경질적으로 가속페달을 더 밟는다. 이 때 횡단보도에서는 내가 우선이라고 생각하고 당당하게 건너가던 행인으로서는 위험천만한 일이다. 이건 상처 정도가 아니라 목숨으로까지 이어질 수 있는 문제다. 나만 잘한다고 해서 되지 않는 일도 있다.

굴원은 세인이 다 취해있는데 나만 깨여있다는 유명한 구절을 남겨서 후세들이 많이 써먹고 있다. 금주상태에서 자정 넘어 새벽으로 가는 시간까지 술상에 앉아있는 기분을 겪어본 사람은 안다. 꾹 참고 마시지 않는 애주가의 의지력에 박수를 보내야 할 일이지만 꼭 그런 것만은 아니다. 마시지 않는 사람은 늦게 흐르는 시간이 고통스럽겠지만 흥분으로 목소리가 높아진 사람들은 오가는 대화들을 법정의 서기관처럼 머리 속에 기록하고 있는 맨정신의 사람이 다소 부담스럽다. 술 취하면 사촌 기와집 사준다고 술김에 호언장담을 할 수도 있다. 현실에 옮기지도 못할 언약을 하는 자체가 잘못된 것이기는 하지만 서로가 기억 못할 말들을 수두룩하게 쏟아낼 수도 있는 게 술상이다. 그런데 그중의 일인이 말똥말똥해서 다 기억하고 또 그것을 다음날 재생시킨다면 그 감수도 겪어본 사람이 안다. 어떤 일은 그 당시보다는 돌이켜 생각해보면 오싹해난다.

처칠은 영원한 적도 영원한 친구도 없고 항구한 리익만 있을 뿐이라고 했다. 원래 나는 거꾸로 생각했었다. 적이면 영원한 적이거니와 친구면 더구나 영원한 친구라고 믿었다. 그런데 명인은 명인이고 명언은 명언으로서의 리유가 있었다. 나의 원래 신조가 흔들리면서 모택동의 말을 다시 들여다보게 되였다. 정치란 적을 적게 만들고 내 편을 많이 만드는 일이라고 했다. 그런데 과연 정치만 그럴가라는 생각을 하게 된다. 전에는 내 원칙을 깨느니 오히려 적으로 사는 게 낫다는 생각으로 살았는데 리익 앞에서 약해지는 원칙과 의리를 보면서 종국적으로 위인은 위인이고 철학은 철학이라는 수궁을 하게 되었다. 실망이라는 마음의 상처가 물리적인 아픔보다 더 쓰릴 때가 있다.

암은 보이지 않는 곳에서 겉에 난 혹보다 더 무섭다.

후반전 숙박

생각해보니 어제까지 지금 살고 있는 집에 이사온 지 옹근 23년이 됐다. 그전에는 합숙하는 반지하 한칸짜리 방이기는 했지만 그래도 천안문에서 6킬로메터밖에 떨어지지 않은 도심에 살았다. 그러다가 아직 건설하지도 않은 5순환도로 밖에 가자고 하니 아득했다. 아예 포기하고 쭉 반지하에서 살가라고도 생각해봤다. 그래도 합숙하는 세 가구가 주방과 화장실을 같이 쓰는 반지하보다는 낫지 않겠나 싶어서 이사를 가기로 결정했다.

20여년을 살고 나니 이곳도 환경이 많이 바뀌였다. 그사이 지하철도 한개 선이 더 들어오고 이제 6월이면 북경시에서 세번째로 생기는 조이시티도 개업한다. 서산과 3.5킬로메터 상거하여 등산도 편리하고 영정하를 끌어들이는 인수로에 물이 들어와 강을 끼고 사는 흉내를 낼 수도 있다. 인수로 량켠으로 조성된 공원은 오래된 나무들을 그대로 보존해 요즘처럼 기중기로 나무를 옮겨 심어서 만드는 공원보다는 자연의 색갈이 더 짙다. 북경시 은행보험산업단지가 대면적으로 들어서면서 넓다란 도로들이 여러갈래로 건설되고 주변 환경도 덩달아 세련되였다.

나는 원래 집은 잘 침대 하나만 있으면 된다고 생각하는 편이다. 물론 나만의 서재가 하나 추가되면 좋겠다는 꿈은 있었지만 지금 생각해보니 서재가 없다고 책을 못 읽는 건 아니였다. 이곳저곳에 책을 무져놓고 그 옆에서 한권두권 축내가는 재미도 따로 있었다. 벽면을 버젓하게 채운 온갖 전집을 흐뭇하게 바라보는 것보다는 실속있고 아늑했다. 은행에 쌓아두고 쓰지 않으면 내 돈이 아니라고 하더니 책도 읽지 않고 진렬만 하면 별로 곱지도 않은 무거운 장식품이다.

어느 날 보니 이 아빠트에 사는 사람들의 성분이 많이 복잡해졌다. 복도 창턱에 술병을 진렬하고 바닥에는 택배포장을 쌓아두고 있다. 맥주캔에 이과두병에 이름 모를 양주병까지 두루 내다놓는 걸 보면 나보다도 만만찮은 술군이다.

물론 청소하는 사람이 가져다 팔라는 사려 깊은 마음일 수도 있겠지만 그래도 공공구역에 쓰레기를 놓는다는 건 같은 층에 사는 다른 집들에 대한 례의가 아니다. 엘레베터에 휴지를 버리는가 하면 목줄을 하지 않은 개가 복도에서 활보하며 짖어댄다. 주인이 개한테 뭐라고 하면서 훈계하는 척하지만 개가 그 말을 들을 리 없다. '우리 개는 물지 않습니다'라는 자부심을 가진 대표적인 견주다.

이 아빠트에 20년을 살면서 쌓아온 정이 삽시간에 싸늘하게 식어간다. 급격히 이곳을 떠야겠다는 마음이 생겼다. 주거면적의 개선이 아닌 같은 크기의 집을 사더라도 이 아빠트만은 벗어나고 싶어졌다. 전에는 관심도 없었던 집 시세를 알아봤더니 교외 쪽으로 두개 역을 더 나가는 곳의 집값도 우리 집보다 한평에 2만원이 더 비싸다. 강을 하나 사이두고 다른 구에 속하는 아빠트라야 우리 집과 가격이 맞먹는다. 거리는 얼마 떨어지지 않았지만 어쨌든 6순환도로 밖이고 북경 행정구역 획분상 시교에 속한다.

오늘은 이 구역의 주변환경을 탐색해보려고 처음 S1이라는 렬차를 타봤다. 안내방송에서 사용하는 용어도 지하철이 아니라 렬차다. 지하철 환승역에서 무려 4층으로 올라와

타는데 전부 지상에서 운행되는 자기부상렬차다. 지하철과 같은 레루가 아닌 납작한 양철판 같은 데서 달린다. 지상에서 운행되니 시야가 좋아서 어느 아빠트를 선택하면 좋을지 대략 감이 생긴다. 감각상으로는 교외행정구역이라고 하면 아주 먼 곳으로 여겨졌더랬는데 정작 현장답사를 해보니 생각처럼 멀지는 않았다.

복잡한 게 질색인데 이 집을 파는 수속에 다른 집을 사는 수속을 하려니 아득하다. 하지만 복도에서 짖어대는 개와 버려지는 쓰레기를 생각하면 동력이 생기기는 한다. 이제 옮기면 그 집에서 생을 마감해야겠는데 좋은 이웃을 만났으면 좋겠다는 생각도 한다. 집이 무슨 자동차도 아니고 마음에 들지 않는다고 화김에 갈아치울 수 있는 물건도 아니다. 지금 사는 이웃은 나와 비슷한 시기에 함께 이사온 집인데 열쇠를 맡길 정도로 서로 믿고 화목하게 지낸다. 엄마가 그 집에 가서 배추김치 담그는 방법까지 전수했을 정도로 허물이 없다.

아무리 낡은 터에서 이밥 먹던 소리를 하지 말라들 하지만 시골에서 불을 때는 초가집에서도 살았을라니 수도의 아빠트에서 살면서 홍타령이라는 생각도 한다. 머슴이 출세하면 지주보다 더 악덕이 된다고 하던데 사람이 항상 올챙이 적 생각을 간직하고 산다는 게 그렇게 쉽지만은 않은 것 같다.

개소리 없는 집을 찾아 오늘이 1일이다.

생활 부스레기

아침에 아빠트단지를 나오는데 앞에서 마주오던 할아버지가 갑자기 허리를 굽히면서 목을 앞으로 내밀더니 코에다 엄지와 식지를 가져다 대고 시원하게 코를 푼다. 누구든 코안에 뭔가 막혀있는 느낌이면 개운하지 못하다. 할아버지의 이 몇가지 동작은 아주 매끈하게 맞물려서 삽시간에 완성된다. 한두번 해본 솜씨가 아니다. 손가락에 묻은 찐득한 액체는 가로수에다 비비는가 했더니 그 옆에 있는 공유자전거 안장에 발라놓는다. 손가락을 돌려가며 고루고루 닦아낸다. 보도블록에 코를 풀어놓는 건 그렇다 치고 사람이 보는 앞에서 아무렇지도 않게 그걸 안장에 문질러놓는다는 용기가 참 가상하다. 아침에 병원에 갔다가 돌아오는 길에 공유자전거 큐

알코드를 스캔하면서 안장을 몇번 더 들여다보게 된다. 북경시를 통털어 저런 로인이 몇명이나 되겠냐마는 그 로또가 나에게 당첨되지 말라는 법도 없다.

특히 올해 들어서서 지하철을 타는 사람들의 신발을 유심히 살폈더니 거의다 운동화를 신었다. 나도 괜히 불편하게 구두를 고집하지 말고 편한 신발을 신고 다녀야겠다는 생각에 주말에 아웃렛에 갔다.

“신발은 발이 편한 게 첫째죠.”

모양새고 재질이고 따지기 전에 편안함을 우선 고려해야 한다고 친절하게 권장한다. 그사이 내가 전화를 받는 걸 들었는지 한술 더 뜬다.

“안녕하세요?”

뜻하지 않게 점원의 입에서 조선말이 튀여나온다. 이 가게에 오기 전에 서점에 근무한 적이 있는데 그 때 한국인으로부터 몇마디 배웠다고 한다. 그러면서 나보고 한국인이냐고 묻는다. 중국에도 조선족이란 민족이 있어서 한국말처럼 들리는 언어를 사용하는 사람들이 있다는 걸 많이 알리고 다녀야겠다는 생각을 한다. 한편 혹시라도 내가 어떤 안 좋은 인상을 남기면 이들은 한국인들이 어떻더라고 평가할 것이다.

사람들이 5.1절에 돈을 다 써버렸는지 가게들마다 손님이 없다. 그러다 보니 손님이 한명만 들어섰다 하면 그야말로 고객은 왕이라는 리념을 철저하게 관철한다. 어쩌다 맞이하는 고객인데 신어만 보고 사지 않으면 기분이 언짢아할가봐 눈에 딱 들어오는 신발이 아니고는 손을 대기도 조심스럽다. 그러다 보니 어떤 가게에서는 손님이 들어왔는지 말았는지 눈길 한번 안 주고 자기 할 일을 하고 있는 점원이 고마울 때도 있다. 자의든 타의든 손님으로 하여금 아무런 부담 없이 편안하게 돌아볼 수 있게 배려해주는 셈이다. 물론 이런 상황이 써비스를 받는 손님의 구미에 따라서는 왜 나를 무시하냐는 인상을 줄 수도 있다.

점심에 물고기집에 들어갔더니 15글자 이상의 답글을 남기면 료리 하나를 추가로 준다고 한다. 이미 시킨 것으로도 남을 것 같다고 했지만 테블을 떠날 념을 하지 않고 홍보를 계속 이어간다. 그래서 몇글자 써주었더니 그걸로 그치는 게 아니고 반드시 본인의 휴대폰으로 찍어서 증거물로 남겨야 한단다. 그렇게 한건 하고 가더니 그냥 준다던 료리가 20분이 넘도록 좀처럼 올라올 줄을 모른다. 게다가 공짜로 준다는데 재촉하기도 무엇하다.

이 가게는 음료수가 무료다. 금주상태인 나한테는 좋은 일이다. 콜라를 세컵이나 받아다가 마셨다. 밥솥의 밥도 무료인 건 물론 마음대로 떠다먹게 한다. 밥도 두공기나 가득 채워 가져다먹었다. 두번째 공기는 배가 불러 좀 부담스럽기는 했지만 공짜라고 마구 퍼왔다가 남기는 것 같아서 억지로 다 먹었다. 그러고 나니 써비스로 준다던 료리가 올라온다. 이미 밥을 다 먹었는데 올라온다고 했더니 미안하다는 말 한마디 없이 그냥 웃고 간다. 이미 받아놓은 실적 사진이 있으니 그 뒤로 일어나는 일은 내 알 바가 아니라는 뜻으로 비쳐진다. 그런데 금방 15글자를 적어줬다면 나중에 부정적 답글 30글자를 남길 수도 있다는 생각은 하지 않나 보다. 다 먹고 살자고 하는 일인데 배불리 먹고 싱거운 답글을 달 리는 없지만 말이다.

조금전까지 가게에서는 보이지 않던 사람들이 어디에서 나타났는지 식당에는 벌써 줄을 서기 시작한다. 쇼핑보다는 전문 밥 먹으러 오는 사람들일가? 아무튼 휴일의 쇼핑쎈터는 식당마다 줄을 서는 게 하나의 풍경으로 자리 잡았다.

아침에 만났던 할아버지가 다음날에는 또 어느 자전거 안장에 코물을 도배할지 상상만 해도 속이 울렁거린다. 물론

이 계절의 뜨거운 해볕에서 액체가 조만간에 말라가기는 하겠지만 제발 그게 다 마르기 전까지 아무도 봉변을 당하지 않았으면 좋겠다.

별게 다 글의 소재가 되는 날도 있다.

공짜가 없다

보통가정에서 선생에게 지불하는 학비는 1년에 2원이였는데 엄마는 6원을 주었다. 그것도 나중에는 무려 12원까지 늘어났다. 2원을 낸 학생은 소리내여 읽고 암기하는 외에 어느 한 글자에 대해서도 선생님으로부터 자세한 가르침을 받지 못했다. 유독 학비를 많이 낸 나만은 글자마다 설명해주는 선생님의 특별 가르침을 받게 됐다.

호적선생이 어릴 때 학교에 다녔던 상황을 적은 내용이다. 이런 덕으로 호적은 8살이 채 되기 전에 독자적으로 책을 읽을 수 있었고 무려 《자치통감》을 읽을 수 있는 능력까지 키웠다. 《자치통감》을 접하면서 어린 나이에 벌써 무신론자가 됐다는 점에서 의미가 더해진다.

맹모삼천지교처럼 어느 시대에도 자식 공부시키려는 부모의 성의는 게으른 적이 없었다. 그러고 보면 온갖 재력과 인맥을 동원해 아이를 조금이라도 나은 학교에 보내려는 지금 부모의 마음이 그렇게 중뿔나지 않다. 그리고 먹은 소 똥을 눈다던 어른들의 말이 그른 데 없다. 선생님들의 눈에는 학생들이 다 자식 같고 합격된 교육자라면 학생마다 공평하게 대해야 한다는 자세는 기본적으로 갖추고 있다. 그런 차원에서 엄하게 단속도 하고 심지어 때려도 다 너희들이 잘되라고 그러는 거라고 하지만 그래도 선생님도 사람인지라 반지를 끼는 손가락이 따로 있었다. 받은 돈이 있는데 열 손가락이 다 같을 수는 없었다.

아침 산책길에 장안가에서 교복차림으로 공유자전거를 탄 학생을 보면서 참 대견스럽다는 생각을 했다. 가정형편에 차는 못 산다고 쳐도 전동자전거 정도로는 아이를 실어다 줄 수도 있으련만 학생이 원해서인지 아니면 부모가 '매정'해서인지는 모르겠으나 자전거로 등교한다. 그것도 뒤바퀴 축에 치륜이 여러개 장착된 그런 고급 자전거가 아니고 웬만한 거리는 1원 50전이면 해결하는 공유자전거를 리용하고 있다. 아이의 통학에 매이지 않은 부모나 일찍 자립한 학생이나 서

로가 복 받은 셈이다.

사람은 빚 진 게 있으면 마음이 약해진다. 물론 어떤 도움이나 혜택에 대해 자기가 받을 만해서 받았다고 여기거나 갚을 필요가 없다고 생각하는 부류는 례외다. 하지만 그런 강심장은 드물다. 세상을 살아가면서 대부분 사람들은 은혜는 갚아야 한다고 생각하는 게 정상이다. 뱀이 아닌 이상 얼어죽게 생긴 걸 집에 데려다 이불 속에서 녹여준 동곽선생을 문다는 게 쉽지 않다. 반대로 뱀이 동곽선생보다도 더 마음이 약해져서 물지 않았다면 그건 본질과 기준이 흔들렸다는 얘기다.

우리는 전혀 그럴 사람이 아닌데 엉뚱한 선택을 하면 이런 말을 한다.

"상대방한테 무슨 약점이라도 잡힌 게 있어요?"

여기서 말하는 약점에는 여러가지 경우가 있겠지만 상대방의 신세를 진 게 있다는 의미도 빼놓을 수 없다. 갚지는 못할지언정 배신할 수는 없다는 게 일반적인 사람의 심리다.

지금은 잘 모르겠는데 시골에서 자랄 때 어린아이들은 사탕에 약했다. 복잡한 생각을 할 줄 모르는 아이는 누가 사탕을 준다면 그게 곧 자기편이였다. 어른에 대입시킨다면 한

어에서 말하는 젖만 주면 엄마인 줄로 안다는 것과 다른 성격의 같은 맥락이다. 다른 성격이라고 함은 아이는 시비 분별능력이 없음을 전제로 하는 것이고 같은 맥락이라고 함은 얻어지는 결과는 마찬가지라는 얘기다.

직장생활을 하는 사람들은 회사가 직원들에게 부단히 희망을 불어넣는 과정을 경험하게 된다. 쉽게 말하면 지금은 어렵지만 참고 견디면 분명 좋은 날이 올 것이라는 씨나리오다. 인재를 눌러앉히려면 당장 돈으로 잡든가 그것이 안되면 조만간에 현실로 될 것이라는 불원한 미래의 거창한 청사진이라도 그려줘야 한다. 이를테면 5년 뒤에 집 한채를 분여한다고 하는데 그 유혹을 뿌리치고 회사를 그만둘 배짱은 드물다.

아쉬운 게 있으면 자유롭지 못하다.

보이지 않는 힘

고향을 떠나기 전까지 나는 《홍루몽》과 《유림외사》를 읽어서 어떤 좋은 점이 있는지 몰랐다. 후에 느꼈는데 이런 소설들이 내 글의 문맥을 순통하게 하는 데 큰 도움을 주었다.

호적선생의 독서 경험담이다. 작가가 꾸며낸 이야기를 읽어서 나의 지식 비축에 얼마나 득이 되겠냐는 나도 고민했던 부분이다. 그런데 호적선생의 이 경험담을 읽고 나니 당장 손가락으로 셀 수 있는 지식들을 얻는 독서도 있겠지만 당시에는 느끼지 못하지만 읽다 보면 저도 모르는 사이에 제고를 가져오는 무의식적인 수련도 있다는 걸 재확인하게 되였다. 구체적으로 말하면 만약 문맥상의 순통함에서 진보를 가져왔다면 그건 학교에서 배운 어문과목의 덕도 있겠지만 그사이 때로는 싫더라도 읽었던 무수한 책들이 부지불식간에 큰 도움이 됐다는 얘기다.

호적선생이 《수호전》을 접한 건 9살 때였다. 9살이면 내가 소학교 2학년 때의 일이다. 소학교에 한어과목이 있기는 했는데 1학년부터 있었던지는 가물가물하더라도 2학년이면 아직 병음을 배우는 단계였을 것이다. 한어가 아니라 조선어로 된 소설을 읽는다는 것도 엄두를 내지 못할 나이였다. 물론 시대가 달랐던 만큼 횡적인 비교를 하면 안되지만 될성부른 나무는 떡잎부터 달랐던 건 분명하다.

조선어는 40개 자모만 알면 쓰지 못할 글자가 없고 누구도 매일 자기만의 이야기를 만들어가면서 살지만 그걸 다른 사람에게 읽히게끔 만든다는 건 왜 누구나 할 수 있는 작업이 아닌 걸가. 그래서 선조들은 구슬이 서말이라도 꿰여야 보배라고 했다. 깨알 같은 이야기를 구슬처럼 꿰여놓으면 훌륭한 액세서리로 완성되는데 구슬마다 관통하는 그 실을 어떻게 꿰냐는 문제다.

아침 산책길에 보면 전에는 비둘기들이 사람을 무서워

하지 않고 가까이 가도 태연했는데 이제 참새와 까치도 그걸 따라하고 있다. 안하무인이라더니 어떤 때에는 이놈이 나를 무시하냐는 생각도 든다. 이들은 오랜 시간 인간들을 관찰한 결과 나를 해칠 것 같지 않다는 결론을 얻어낸 것이다. 시골에서 아이들이 새총을 쏘고 덫을 놓고 돌을 던지고 하다못해 발을 굴러서라도 쫓아버리던 시대를 뒤로 하고 평화로운 공존의 시대를 맞이한 것이다. 그 과정에 누가 가르치지도 않았는데 생활 속에서 스스로 깨달으면서 이제 자연스러운 일상으로 되였다.

호적선생의 공부는 엄마의 엄격한 관리 덕도 있었겠지만 이미 생활화된 그의 자각성이 더 큰 몫을 했다. 그의 말을 빈다면 공부가 고달픈 과정이라는 느낌이 없었다. 그래서 다른 학생들은 다 하교한 교실에 혼자 앉아서 책을 보다가 날이 어두워져서야 귀가했다. 교실에 앉아서도 수업이 끝나는 종소리만 기다리고 종소리가 울렸는데도 계속 칠판에 뭘 적으면서 애 쓰는 선생님이 얄미웠던 나와는 다른 차원이다. 기나긴 방학 기간을 독서로 보내기는커녕 방학숙제마저 하기 싫어서 미룰 수 있는 날까지 신나게 놀면서 버텨보는 그런 형태가 아니였다.

어떤 때에는 집이 회사와 멀리 떨어져있기를 잘했다는 생각도 한다. 만약 회사가 코앞에 있었더라면 출근 10분전에 일어나는 날도 비일비재했을 것이다. 물론 잠은 원없이 잤겠지만 그만큼 깨여있는 시간을 잃었을 것이다. 그보다 중요한 건 지하철역까지 걸어가고 환승역에서 계단을 오르내리는 자연스러운 운동과정이 생략됐을 것이다. 아빠트 주차장에서 회사 주차장으로 네바퀴 기계가 모시는 사이에 교통체증의 고통과 도로에 널린 눈꼴 사나운 운전습관에서 받는 스트레스만 쌓여갔을 것이다. 그냥 출근하는 김에 운동이 되는, 이런 일상에 배인 자연스러운 건강관리가 날이 가면서 은근히 몸을 지켜준다.

한편 몸에 배였다 하여 모든 습관이 다 열매를 맺는 건 아니였다.

요즘 술을 안 마시고 보니 나도 알콜에 인이 박혔던 건 아니였구나라는 생각에 기분이 괜히 묘하다. 생활에서 떼여놓을 수 없는 일부처럼 집에서도 밖에서도 즐겼던 음주가 끊겨도 별 금단현상은 일어나지 않았다. 이 믿기지 않는 현실에 대해 약간 의심스럽고 당혹스럽고 섭섭하기도 하다. 그래도 같이 해온 세월이 있는데 하루아침에 밀어낸 뒤로 애석함은 둘째 치고 그동안 함께 하지 않았어도 별로 간절하지 않았다는 게 약간 허무하다.

느끼지 못하지만 은연중에 숨 쉬는 존재는 세월이 검증한다.

무형의 매력

요즘 샤와할 때 90도 경례를 한 상태에서 두번에 나누어 완성한다. 항상 따뜻한 물로 샤와할 수 있음에 감사하여 90도 경례를 하는 건 아니고 등에 난 종기 수술 자리에 물이 튕기는 걸 막기 위해서다. 그렇게 배꼽인사를 하는 자세로 눈을 꼭 감은 채 머리를 감고 얼굴을 씻은 다음 수건으로 물기를 깨끗하게 닦아낸 뒤 2차로 하반신을 씻는다. 원래는 '종기'라는 단어를 몰라서 그전까지는 등에 뭐가 났다고 어설프게 표현했는데 최근에 연예프로를 보면서 배웠다.

종기는 나처럼 등에만 나는 줄로 알았는데 프로에서 보니 엉뎅이에 자라는 사람도 있었다. 수술을 하고 나면 앉는 것조차 불편한 건 그렇다 치고 이틀에 한번씩 간호사가 약을 갈아줘야 하는데 부위가 참 애매하다. 그에 비하면 나는 정말 쉽게 치료를 받고 있는 셈이다. 프로에 출연한 연예인은 30대 같던데 벌써 여덟번째로 종기수술을 받았다고 한다. 그걸 들으니 고작 세번 받은 나는 명함도 내밀지 못하겠다는 겸허함이 생겨나면서 알아서 무탈한 내 신체에 고마움을 느낀다.

다행인 건 전에는 샤와기가 화장실벽에 고정되어있었더랬는데 지난해 낡은 집 개조를 하면서 아래우로 움직일 수 있는 걸로 바꿨다. 샤와기를 제일 아래로 내려놓으면 어깨쪽에는 물줄기가 가지 않는다. 그 용도도 집에 다녀간 손님이 샤와기의 위치를 움직여놓은 걸 보고서야 알게 됐다. 아마도 녀성들은 샤와중 머리를 감을 필요가 없을 때 머리카락이 물에 젖는 것을 막기 위해 샤와기를 아래로 조절해놓나보다. 그런데 그 지혜 아닌 지혜가 어깨에 상처가 있는 나에게는 가물에 단비격으로 계발을 주었다. 생활의 구석구석을 유심히 살펴보면 도처에 선생님들이 계신다.

지난 이틀에 걸쳐 호적선생을 언급했는데 그로부터 배울 것이 많았다. 일단 글에 부정적 정서가 없다. 이야기 전개가 이쯤 되면 무슨 불만이나 비판이 나오겠다고 짐작되는 순간에도 예상을 깨고 긍정적인 면으로 계속 이어진다. 수구파라면 몰라도 현실을 개혁해야 한다는 주장을 가진 사람이 불만을 표출하지 않기가 쉽지 않다. 그러나 호적선생은 현실에서는 고마운 일만 찾고 사회적인 문제는 미래에 기탁했다. 그렇다고 소극적으로 앉아 기다린 건 아니고 본인의 주장은 또 소신 대로 펴가며 살았다.

사람들은 글을 읽는 중에 비판과 불만이 본인의 생각과 일치했을 때 대리만족이라는 걸 하게 된다. 그게 바로 내가 하고 싶었던 얘기인데 마침 가려운 데를 긁어줘서 고맙다며 만족한다. 이런 면을 공략해 공명을 일으키는 것도 독자를 끄는 일종 방법이다. 특히 교류가 활발한 신매체에서는 더우기 그러하다. 그러잖아도 마침 기분이 안 좋았던 마당에 누구라도 걸리기만 해보라고 벼르던 차에 이런 북 치는 '지기'를 만나면 때는 이 때라고 장구 치기 좋다. 그렇게 풍악을 울리고 나면 일시적인 기분 해소에는 도움이 되겠는지 모르겠지만 결과적으로 바뀌는 건 없다. 필경 본인의 작품이 아닌 다른 사람의 악보에서 귀동냥을 했을 뿐이기 때문이다.

올해는 꽃을 안 찍으니 아침 산책길에 무더기로 피여난 월계화를 보면서도 무감각하다. 아무리 울긋불긋 화사한 꽃도 관심을 끄고 나면 그냥 푸른 잎과 색갈이 다른 잎사귀일 뿐이라는 생각을 하게 된다. 부뚜막의 소금도 집어넣어야 짜다는 속담도 떠올리게 된다. 천리마가 아무리 억울해도 백락이 모르는 척 하면 용 빼는 수가 없다. 그래서 운도 능력이라고들 한다.

호적선생은 어릴 때부터 백락 정도는 아니더라도 귀인들을 많이 만났다. 선생님들은 그의 문장실력을 파악해서 제때에 좋은 학급으로 조절해주었다. 한번은 선생님이 고전을 인용하면서 출처를 잘못 밝히게 되는데 호적은 그게 아니고 다른 책에서 나오는 말이라고 감히 까밝힌다. 이 난감한 상황에서 웬만한 아량의 선생님 같았으면 맹랑한 놈이라고 락인을 찍었으련만 이 선생님은 달랐다. 조용히 호적을 불러서 그 책을 읽었냐고 확인한 뒤 고급반으로 편입시켜준다. 어떻게 보면 선생님의 립장에서는 학생 앞에서 무안을 당한 셈인데 그걸 개의치 않고 오로지 능력만을 들여다보고 더 좋은 반으로 옮겨줬다는 건 보통흉금이 아니다. 그런 환경에서 공부한 호적도 자연스럽게 닮아갔을 것이다.

원래 작은 그릇은 애써 연기를 한다고 하여 감춰지는 게 아니다. 몸 자체에 녹아있는 아량이 일거수일투족에서 자연스럽게 흘러나오면서 그릇의 크기를 형성한다. 그건 공격도 아니고 방어도 아닌 그냥 있는 대로 살아가는 삶 자체의 매력이다.

인정하기 싫더라도 어쩔 수 없이 끌리는 것, 그게 바로 흉금이다.

행복으로 가는 길

이른아침 조용한 지하철에서 갑자기 차생각을 했다. 북경에서 살던 사촌동생이 아이 공부 때문에 고향에 가면서 차를 처리하게 되였는데 내가 사겠다면 명의를 빌려주고 그게 아니면 누구도 안 주겠다고 한다. 북경에 사는 사람이면 번호판 하나가 생긴다는 게 어떤 의미인지는 잘 안다. 나에게도 유혹적이긴 한데 곰곰히 생각해보면 별 의미는 없다. 현재 있는 차도 리용률이 그렇게 높지 않은데 하나 더 사면 그냥 세워두는 시간이 90%를 넘을 것이다. 아빠트단지에 주차자리가 넉넉하다면 또 모르겠는데 그것도 아니니 밖에다 주차장을 빌려서 세워둬야 한다. 결국 차는 만원 좀 넘게 팔고 번호판은 1년 뒤에 자동폐기되였다.

몇년전의 일을 오늘 아침에 다시 떠올리게 된다는 건 아직도 그 번호판이 아깝고 미련이 남아있다는 얘기다. 사람은 이렇게 거의 99%로 무용도 물건에 대해서도 소유하고 싶은 욕심을 버리지 못하면서 스스로 고민거리를 만든다. 그 때 몇만원짜리 차라도 사놓고 번호를 살렸을걸…라고 말이다. 돌이킬 수 없는 걸 뻔히 알면서도 머리 속에서 지우지 못하고 살아가는 건 누구 탓이 아니고 오로지 본인의 몫이다.

만약 그 차번호로 차를 한대 샀더라면 어떤 상황이 이어졌을가. 일단 차는 오래 세워두면 안 좋으니 적어도 두주일에 한번은 아무 용무도 없이 도로에 나가 싱겁게 돌아다녀야 한다. 그러는 사이에 원래 차가 또 제자리에 오래 서있어야 한다. 강아지 산책시키듯이 목줄을 해서 둘 다 끌고 나갈 수는 없는 일이다. 더러워지면 세차도 해야 되고 때가 되면 정비소에도 다녀와야 된다. 혹시라도 카메라에 찍히면 벌금도 물어야 하고 해마다 보험도 들어야 되고 필요시에는 연길에 있는 사촌동생의 신분증도 빌려써야 한다.

나중에 사촌동생의 아이가 북경에 있는 대학교에 붙으면 그 때 가서 개한테 주면 얼마나 좋아할가. 그런데 그건 지금부터 계산한다고 쳐도 4년 뒤의 일이다. 그리고 차번호는

5년전의 일이다. 합계 9년을 내다보고 전망계획을 세워야 남길 수 있었던 번호였다. 그것도 아이가 꼭 북경의 학교에 붙어야 한다는 전제하에서 말이다. 그리고 9년이면 차를 또 바꿔야 한다. 결론적으로 차를 한대 입양해서 10년을 모시고 살아야 된다는 얘기다.

지하철 한번 타면서 머리 속으로 짧은 추리소설 한편을 썼는데 참 시간랑비다. 일찍 나온 김에 한개 역을 먼저 내려서 걸어가기로 했다. 낮 최고기온은 30도라고 하는데 아침에는 16도밖에 되지 않는다. 역을 나오니 바람까지 산들산들 불어서 가을날씨를 방불케 한다. 빼스들은 거의 빈차로 운영되고 있고 역에는 달랑 한명이 기다리고 있다. 저 빈차가 운행하는 데서 생기는 결손액은 정부재정에서 보조한다고 생각하니 세금을 내기는 내야겠다는 생각을 하게 된다.

소형 청소차가 물탕크에 이어진 고압물총으로 도로와 인도가 이어지는 구석을 깨끗하게 청소하고 있다. 고압물총은 보도블록에 붙여놓은 스티커광고도 아주 손쉽게 제거한다. 이렇게 사람들이 적게 다니는 이른 시간에 나와서 곳곳을 깨끗하게 청소해놓으면 잠시후 출근하는 사람들은 금방전에 있었던 로고를 기억할 필요가 없이 깨끗한 길에서 상쾌하게 출근한다. 여기서도 세금을 내야 하는 리유를 품고 있었다.

역에서 사무실로 가는 길에 종기수술을 했던 병원을 지나게 된다. 전에는 별 관심이 없었는데 이제는 한번 쯤 눈길을 주게 된다. 병원이 좀 허술하기는 하지만 대신 조용하다. 다른 병원들은 신분증만 들이밀면 번호표를 주는데 이 병원은 별도로 개인서류를 작성해야 한다. 절차가 좀 원시적인 대신 찾는 사람이 적어서 시간은 많이 절약한다. 작은 병을 보이기는 딱 좋은 병원이다. 그런데 병원에 사람이 이렇게 적어서 운영비는 어디에서 나오나는 싱거운 걱정을 하게 된다. 크고 작은 모든 병이 다 대형 병원을 가야 하는 건 아니지만 사람들은 그래도 큰 병원을 신뢰하여 그리로 몰리게 된다.

지난 주말에 아웃렛에서 신발을 샀는데 며칠 신어보니 너무 편안하더라기에 하나 더 사고 싶었다. 그런데 멀어서 거기까지 한번 더 가기는 또 싫다. 헛일 삼아 아웃렛 써비스 쎈터에 전화를 해봤다. 상표이름을 대니 가게 전화번호가 나오고 가게에 전화를 했더니 그 자리에서 택배로 보내준다.

뭐든 줄을 서는 게 싫다가 이제는 현장에 가는 것조차

싫어지는 라태상으로 가고 있다. 바꾸어 생각하면 그만큼 세상이 편해지고 있다는 얘기다.

마음을 비워가고 있는 과정이 행복을 키운다.

리발

주말아침의 창밖은 새뽀얗다. 아빠트 지붕들이 젖은 걸 봐서는 비가 온 것 같은데 잎이 무성한 나무밑은 또 말라있는 걸 봐서 큰비는 아니다.

주말은 집에서 머리를 다듬는 정례 리발의 날이다. 방역기간에 장만한 리발기는 이미 고장나서 다시 새것으로 교체했는데 소음도 작고 아주 마음에 든다. 3년을 화장실에서 셀프리발을 련마한 실력으로 오늘도 머리를 밀기 시작했다. 옆과 뒤는 면도기로 되는데 웃부분은 가위로 처리해야 한다. 가위도 머리카락을 추려내는 것과 보통가위 두개로 나뉘는데 오늘 그만 가위를 잘못 들어서 오른쪽 머리를 뭉텅 잘라버렸다. 화들짝 놀란 것도 잠시였고 금방 이런 생각을 했다.

머리숱이 많은데 무슨 걱정일가. 다시 자라면 되지. 자르지 않았는데도 듬성듬성한 머리보다는 낫다.

머리를 깎고 나오니 밖에서는 비소리가 요란하다. 차창으로 내다보면서 '장대비'라는 게 이런 경우를 두고 하는 말이구나라는 생각을 하게 됐다. 진짜 수많은 가는 막대기들이 꽉 박아서 내리꽂히는 광경이다.

도로면에는 금방 비물이 고이고 천천히 움직이는 차들은 량켠으로 시원하게 물갈기를 날린다. 전동자전거를 탄 아저씨가 앞자리에 아이를 앉힌 채 한손으로 우산을 들고 비속을 간신히 헤여나가고 있다. 우산을 높이 들면 아이가 비를 맞고 너무 낮게 들면 시선을 가린다. 적당한 각도로 경사지게 든 우산은 아이만 간신히 막아줄 뿐 아저씨의 몸에는 비줄기가 그대로 꽂힌다.

리발을 하면서 우는 아이의 사진을 본 적이 있다. 어릴 때 나도 리발이 싫었다. 시골에는 리발소라는 게 있을 리 없고 아버지가 시내에 들어갈 때면 데리고 가서 깎았다. 친척들중에 리발깨나 한다는 친척이 간혹 있기는 했지만 그런 기술자가 내 머리카락이 자라는 속도에 맞춰서 우리 집에 온다는 보장이 없다.

시내 리발관에 가면 다들 높다란 걸상에 올라앉아 머리를 깎는다. 리발사는 걸상 옆에 걸어놓은 가죽에 면도칼을 가는가 하면 걸상을 180도로 젖히기도 한다. 시허연 천을 목까지 두르고 절반 얼굴에 거품을 문지른 채 반듯하게 누워서 서슬 푸른 면도칼에 얼굴을 맡겨야 한다. 면도를 마치고 나면 깔끔하고 시원하겠지만 내가 보기에는 다소 무서운 광경이였다.

그러던 어느 날 도시학교에 전학하면서 고정 리발관이 생겨날 정도로 머리에 신경을 쓰게 된다. 지금으로 치면 시간을 예약해서 가는 단골 샵에 해당되는 셈이다. 아주머니 한분이 운영하는데 걸상이 달랑 하나뿐인 작은 리발관이다. 반의 친구가 잘 깎는다고 알선해준 뒤로 그 집만 다녔다. 자주 가니 어떻게 깎아달라는 요구를 말할 필요도 없이 알아서 깎아준다.

국경을 넘어서 리발하기는 한국 수원에서 처음이였다. 한달이라는 시간이면 머리가 못 참을 정도로 길지는 않는다. 좀 길더라도 참았다가 나중에 귀국해서 깎을가라고도 생각했더랬는데 어느 날 이런 말을 들으면서 결연히 깎기로 마음 먹었다.

"가격이 비싸지 않으면서도 잘 깎는 리발관을 알려드릴게요. 한달을 체류해야 되는데 지저분하게 하고 다닐 수는 없잖아요."

머리가 길면 지저분하다는 생각을 해본 적이 없었는데 저 말을 듣고 보니 남의 나라에 가서 그런 인상을 남기고 올 수는 없었다. 그래서 리발관에 가기는 했는데 아무래도 외국이라 어떻게 깎아달라고 요구할 줄도 모르겠고 또 리발사가 굳이 물어보지도 않길래 그냥 앉아있었더니 알아서 잘 깎아줬다.

2년 뒤에 조선에 가서 3개월을 머무르면서 북쪽의 리발도 경험했다. 체류하고 있는 호텔 1층에 리발관이 있어서 굳이 누구의 추천을 받을 필요도 없었다. 해볕이 잘 드는 위치에 자리한 널직한 리발관은 리발사의 하얀 가운과 함께 한결 깨끗해보였다.

본의 아니게 세계적으로 유일 분단 국가인 두 나라에서 다 리발을 해보는 경력을 쌓게 됐다. 거기에 올해 4월에는 운남 곤명의 재래식 리발관도 경험했다. 국내출장은 길지 않기 때문에 타성에서 리발하는 경우도 드문 일이다.

연예프로를 보면 녀성들은 일정한 나이가 되면 거개가

염색과 파마를 하고 있었다. 염색은 흰머리를 감추고 파마는 엉성해지는 머리숱을 엄호하기 위함일 것이다.

자라면 깎아버리지만 제발 자라났으면 하는 것도 머리다.

그 때 그 시절

매일 아침 출근이 환경미화원들의 보조와 비슷하다. 2인 1조로 보도블록에 버려진 휴지며 떨어진 나무잎들을 깨끗이 쓸어담고 있다. 그런데 오늘은 돌발상황이 출현했다. 간밤에 어떤 량반이 토사물로 커다란 미황색 피자 두판을 떡하니 만들어놓았다. 한판은 가로수 쪽에 만들고 다른 한판은 보도블록 정중앙에 엎어놓았다. 시간이 지나 수분이 증발하면서 말라버리면 그런대로 쓸기라도 좋겠건만 아직 만든지 얼마 되지 않은 상태라 말랑말랑해서 어떻게 쓸어담을지 내가 괜히 걱정이다.

나도 한때는 많이 토해봐서 아는데 이런 상황은 미처 화장실을 달려갈 새가 없이 순식간에 일어난다. 아래로 나가는 건 괄약근으로 어떻게 참아서 화장실까지 엉기엉기 걸어갈 수 있지만 대장을 거치지 않고 위에서 직접 올라오는 건 대책이 없다. 될수록 신변의 구석진 곳을 찾아 급하게 해결해야 한다. 도시에서는 마땅히 흙을 찾기 힘들어서 그런대로 쉽게 만날 수 있는 곳이 나무뿌리 우의 흙이다. 보도블록보다는 그래도 흙에다 토해놓으면 문명을 위해 약간의 노력을 했다고나 할가 자기의 실수에 대해 얼마간이라도 위안을 느낄 수 있다.

전에는 많이도 토했다. 식당에서 먹다가도 토하고 달리는 택시를 세우고 길옆에서 왝왝거리고 집에 들어서기 바쁘게 화장실에 달려갔다. 밤중에 일어나 계속하기도 하고 이튿날 아침에 먹기 전부터 비워내는 게 먼저였다. 심한 날에는 전날 쌓은 성과물을 이튿날 오후 2시에 뱉어내기도 했다. 그럴 때면 이마에서 식은땀이 돋아나며 내가 왜 이 고생을 사서 하냐는 생각을 한다.

그런데 신기한 건 같은 량으로 마시면서도 당시 50대들이 토하는 건 보지 못했다. 어떤 선배들은 나보다도 더 잦게 마시는 것 같았는데 토하지도 않거니와 이튿날 나보다 기억력도 더 좋았다. 내가 나이 들고 보니 위도 술에 적응하는 선이라는 게 있었다. 아니면 토할 정도까지 마시지 않는다든가 둘중의 하나다. 어른들이 입버릇처럼 하는 “내 나이 돼봐라”라는 말이 술에서도 통했다.

어제 체중계에 올라가 보니 또 1킬로그람 줄었다. 술을 끊은 뒤로 총 3킬로그람 준 셈이다. 젖살이라고 하더니 술살이라는 것도 있나 보다. 그제 켄터키에서 닭다리를 시켜서 딱 맥주 한캔을 했는데 그 뒤의 알딸딸한 상태가 감이 영 좋지 않았다. 그전에 이보다도 더 심했던 흐리멍텅한 상태가 떠오르면서 맥주가 싫어질가 한다. 약간 두렵기도 하다. 그럴 일은 없겠지만 만약 회사에서 금주령이 떨어지면 술을 선택하겠냐 회사를 선택하겠냐고 했을 때 단연 술을 택하겠다고 했었는데 이제 그 의지를 의심하게 생겼다.

술을 끊는다는 사람을 만나면 이런 질문을 하는 친구가 있다.

“어째 풍이 오자고?”

살던 대로 살라는 말이다. 그 때는 나도 동감이였고 인생이 얼마라고 마시고 싶은 걸 참고 사냐며 큰소리도 쳤었다. 그런데 이제 철이 드는지 생각이 바뀌여가고 있다. 취한 것도 아닌 량으로 마셔놓고 흐리멍텅해있을 거면 맨정신에 책이라도 한페지 더 읽겠다는 생각이 들며 시간이 아까워진다. 맨정신이 건강에 굉장히 안 좋다고 했던 호매로움이 '아~ 옛날이여'로 되여가고 있는지도 모르겠다.

주말에는 낡은 휴대폰을 죄다 찾아내서 초기상태로 돌려놓고 사용기록을 다 지우는 작업을 했다. 모토로라, 노키아, 삼성, 레노버, 화웨이까지 여러 브랜드의 낡은 휴대폰이 총 12대다. 많이 잃어버렸다고 생각했는데 도태시켜서 집에 보관해둔 것도 적지 않았다. 손바닥보다도 작은 휴대폰을 썼던 시절이 있었는데 현재 휴대폰은 지능으로 바뀌여가면서 액정화면이 점점 커지고 있다. 이제 한개 화면으로도 모자라서 접이식으로 나오고 있다. 애초에 전화기는 통화기능이 기본이였건만 어쩌다가 사람들은 편리함을 추구하는 동시에 점점 더 복잡함으로 빠져들어가고 있는 것 같다. 동시에 로인들에게는 갈수록 많은 불편함을 추가하고 있다.

어제 병원에 갔더니 아직도 한달은 더 치료해야 된다고 한다. 새살이 나오면서 다 나아지는가 했는데 숨은 곳에서 재감염이 생겼단다. 또 제일 처음에 겪었던 생살을 쓸어내는 아픔을 참으며 치료를 마쳤다. 아직까지는 밖에 나가면 가만히 있어도 땀이 줄줄 흐르는 7, 8월이 아니여서 괜찮은 편이다. 더우기 중요한 건 좀 번거롭지만 샤와는 되는 상태라 한 달을 더 참을 수는 있다.

옛날을 갱신하면서 더 좋은 오늘과 래일을 위해 평생 노력하지만 마음처럼 되지 않는 게 또한 인생이다.

고민도 생명의 반응이다.

오지랖

퇴근해 지하철역으로 가는데 앞에서 젊은 친구가 손가락에 담배를 끼고 가면서 연기를 뒤로 솔솔 풍긴다. 뭐 밖이니까 그 사람의 마음이지만 역을 들어서면서까지 담배불을 끌 념을 하지 않는다. 이제부터 실내고 계단을 내려가서도 검색대를 지나기 전까지는 쓰레기통이 없는데 어떻게 하려고 저러나 했더니 아주 자연스럽게 계단에 버리고는 발로 딛고 내려가버린다. 너무 당당해서 내가 대신 무안하다. 그렇다고 나도 왜 거기다 버리냐고 지적할 책임감과 용기는 또 없다. 복잡한 게 질색이다.

지하철을 탔는데 드물게 빈자리가 있다. 그런데 젊은 친구가 가방을 빈자리에 걸쳐놓고 있다. 쓱 다가가서 엉덩이를

들이밀었더니 영 귀찮다는 듯이 가방을 치우며 입으로 공기를 들이긋는다. 사실 세개 역만 타고 내려야 하니 앉을 필요가 없지만 가방을 걸치고 있는 게 눈에 거슬려서 기어코 앉으려고 했다. 관찰해보면 가방이나 짐을 의자에 올려놓았을 때 그걸 기어코 치우라 하면서 앉는 사람도 있지만 그냥 포기하는 사람들이 더 많다. 고속철도 아니고 시내 안에서 그렇게 오랜 시간을 타지 않기 때문에 그냥 서서 가고 만다.

어째 피곤하게 내 눈에는 이런 일들이 자꾸 꽂히는 걸가. 눈에 보였으면 시정을 해주든가. 그런 사명감과 용기는 없으면서 계속 심기만 불편하다. 어제도 아빠트 엘레베터에 택배 포장을 버린 걸 보고 그걸 또 기어코 찍어서는 관리사무소를 찾아가 치우게 한다. 버린 사람은 그게 무슨 큰 문제가 되냐고 생각해 쉽게 버렸을 것이다. 그렇게 버린 사람은 마음 편하게 사는데 나만 피곤하게 끌려가고 있다.

산책을 하다가도 한여름에 잎을 피우지 못하고 말라있는 나무를 보면 자꾸 신경이 쓰인다. 저 옆의 나무들도 다 같은 때에 심었건만 왜 저 나무만 죽었을가. 저 빈자리에는 언제 또 새 나무를 갈아서 심어주는 걸가. 새로 심은 작은 나무가 언제면 옆의 나무 만큼 자라게 되는 걸가. 이런 아무 의미 없는 생각들을 하면서 죽은 나무가 측은해진다.

그런가 하면 렴치도 없이 산책길 잔디밭에다 묘지를 만들어놓는 사람도 있다. 강아지를 묻었는지 뭘 묻었는지는 알 길이 없고 당사자의 슬픈 마음은 알겠는데 그렇다고 시민들의 휴식공간인 공공록지에 정신 사납게 버젓이 묘지를 만들어놓는 건 아닌 것 같다. 으스스하게 묘지 꼭대기에는 흰종이를 얹고 돌멩이로 눌러놓았는가 하면 묘지 앞에는 빈 술병도 놓여져있다. 아주 격식을 차려 제사까지 제대로 지내는 모양이다. 묘지를 건드리면 불길하다고 여기는지 록지를 관리하는 아저씨들도 보지 못했을 리 없건만 그대로 놔두고 있다.

교육은 하루아침 사이에 이루어지는 게 아니다. 요즘 다니는 병원 치료는 3층에서 받고 있다. 엘레베터가 있지만 기다리는 게 싫고 또 층수도 높지 않은지라 걸어서 올라간다. 오늘은 내 앞에서 어떤 젊은 어머니가 아이를 데리고 계단을 올라가고 있다.

“다른 사람들의 길을 막지 않게 오른쪽으로 올라가는 거야.”

엘레베터가 있는데 굳이 계단으로 올라가는 게 싫은지 아이가 장난치듯 좌우로 흔들거리면서 올라간다. 그걸 돌아다본 엄마가 바로 걸으라고 교육하고 있다. 병원의 계단은 시원하게 넓어서 애가 좀 장난친다고 뒤사람이 오르는데 전혀 방애될 게 없건만은 그래도 엄마는 공공질서와 타인에 대한 배려를 아이에게 가르치고 있다.

지하철에서 인터넷을 뒤지다가 이런 영상을 봤다. 한 간호사가 프런트의 높은 탁자에 몸을 기대고 서서 다른 간호사와 이야기를 나누고 있다. 그 과정에 발이 갑갑한지 잠시 오른쪽 신발을 벗더니 왼쪽다리에만 몸을 맡기고 서있는다. 이 때 옆을 지나가던 다른 간호사가 발로 슬쩍 신발을 끌어내더니 한발한발 차서 자기 사무실까지 가져간다. 잠시 뒤에 신발이 없어진 걸 발견한 간호사는 황당한 나머니 탁자 밑까지 들여다보면서 신발을 찾는다. 영상에 이런 답글이 달린다.

"녀간호사가 어떻게 된 게 중국남자축구팀보다도 더 잘 차냐?"

"나두 봤어요. 확실히 꼴문으로 들어갑디다."

중국남자축구팀에는 미안한 일이지만 생활에는 이런 조

미료가 있어서 웃으며 산다.

이마살을 찌프리게 하는 일보다 유쾌한 일들이 많아지는 세상을 함께 만들어갔으면 좋겠다.

버려가며 사는 련습

3층 진찰실은 의사 세명이 번갈아가면서 교대진료를 한다. 한달을 다니다 보니 마스크를 썼음에도 누가 누구인지 대체적으로 분간이 간다. 싱거운 수학선생님들이 내는 숙제를 본 따서 묘사한다면 이런 상황이다. 한명은 안경을 걸고 두명은 안 걸었다. 두명은 머리가 희고 한명은 검다. 그중 한명만 안경도 걸고 머리도 희였다. 바로 이 두가지를 다 겸한 교집합의 의사가 좀 까다롭다. 간단한 치료이다 보니 번마다 떼여주는 처방은 똑같다. 그래서 한꺼번에 두번 치를 처방해달라고 한다.

그러면 머리도 검고 안경도 쓰지 않은 의사가 관심조로 물어본다.

“그러다 이제 한번만 치료하고 다 나으면 어떻게 하겠어요?’

“그럴 리 없습니다. 아직 멀었습니다.”

“그렇군요. 그럼 두번 치를 떼여드릴게요.”

머리만 희고 안경을 쓰지 않은 의사는 아무런 추가 질문도 없이 컴퓨터 자판을 두드리더니 두번 치 처방을 넘겨준다.

머리도 희고 안경도 쓴 의사만 정색을 한다.

“안됩니다. 지난 주에 검사가 내려왔는데 한번에 한번 치밖에 떼지 못하게 되여있습니다.”

“지금까지 쭉 두번 치로 뗐는데요.”

“얼마전에 검사가 내려왔었다니깐요.”

“의료보험은 한번 치밖에 안되지만 공비의료는 두번까지 가능하다고 들었어요. 전의 기록을 찾아보시겠어요?”

“그럼 이번에는 두번 치를 끊어드릴게요.”

한병원의 한진찰실에서 같은 치료를 해도 의사 나름이다. 번호표를 두번 받고 같은 처방을 두번 떼고 결제를 두번 하면 그 과정에 소요되는 환자의 시간은 그렇다 치고 의료자원도 랑비다. 그 시간을 절약해서 한 환자라도 더 봐주면 그게 효률적인 진료가 아닐가. 물론 병원의 립장에서는 50원

의 번호표값을 더 받을 수 있다. 나도 회사에서 결제가 되니 상관은 없다. 그런데 그 50원이 과연 여러 사람이 두벌 일을 해야 되는 값어치를 할 수는 있는 걸가.

마음대로 되는 건 아니지만 하여튼 사람은 앓지 말아야 한다.

요즘 술을 끊으면서 맨정신에 느끼는 바가 있다. 앞으로 하나하나 버리고 살자는 생각을 익혀가고 있다.

5월 3일 이후로 위챗 모멘트를 끊었다. 최고봉일 때는 하루에 8개씩 올릴 때도 있었다. 그것도 20분 간격에 하루내 8개를 초과하지 말아야 네티즌의 반감을 사지 않는다는 리론의 지도하에 개수를 억제하면서 말이다. 아니면 더 올렸을 수도 있다. 왜 그랬을가?

첫째, 항상 술 흥분의 여운이 채 가셔지지 않은 상태였다. 나는 정상이라고 여기는데 술의 위력이라는 게 그렇게 만만한 게 아니였다. 취하면 사촌 기와집 사준다는데 깨는 과정에는 초가집을 사줄 수도 있고 깨고 남은 여운으로는 집을 사주지는 못하더라도 자그마한 세집을 맡아줄 수는 있다. 한마디로 제정신이 아닐 때 쉽게 퍼주게 된다는 얘기다. 그 퍼주는 과정에 위챗 모멘트도 포함됐다.

둘째, 이른바 '영향력'의 수요였다. 매일 위챗에 글을 올렸던 시절이라 네티즌들이 나를 잊지 말아야 클릭수가 하나라도 더 올라간다고 여겼었다. 모멘트는 위챗글의 연장선이고 련결선이라고 나름 판단했다. 막연한 추산이 아니고 한동안 서점에 다니며 위챗을 집중적으로 공부했던 리론에 근거한 결론이였다. 그런데 어느 날 영상매체가 등장하면서 위챗의 영향력도 옛날 같지 않다. 달면 삼키고 쓰면 뱉는다는 게 여러 분야에 적용되는 것 같다.

셋째, 과시욕이였다. 내가 이런 꽃을 찍었다, 내가 이런 술을 마시고 있다, 내가 이런 곳에서 려행을 즐기고 있다는 식의 다른 사람과 아무런 관계도 없는 혹은 남들이 전혀 관심이 없는 것들을 친절하게 전달했었다. 그러고는 정말 배려심이 많은 착한 지인들이 눌러주는 '좋아요'의 개수를 세면서 자아위안을 했다.

내가 지금까지 이 무슨 불필요한 분장을 세가지씩이나 하며 살았던 걸가. 그래서 버리며 살리라는 생각을 하게 된다.

일단 매체의 보조 작용을 끊었다. 16번째 책까지는 위챗에 발표한 것들을 묶어서 냈다. 그러는 사이 네티즌과의 소통도 할 수 있었고 종이로 나오는 책보다는 알리는 범위가 훨씬 더 넓은 혜택도 입었다. 그런데 곰곰히 생각해보니 내가 그렇게 유명해져서 뭘하나라는 생각을 하게 된다. 그냥 나의 일상을 기록으로 남길 뿐인데 굳이 남에게도 알려야 하나 싶었다. 그럼 책은 왜 내냐고? 후날 돌아봤을 때 내가 이렇게 살아왔구나라는 확인자료를 남기기 위함이다. 무한 용량의 인터넷보다 유한 공간의 종이가 나에게는 더 믿음직하다. 더욱 중요한 건 왈가왈부하는 쓸데없는 여론을 살필 필요가 없어진다. 그래서 17번째부터는 어디에도 발표하지 않은, 나만 알고 있는 내용들로 출판하기 시작했다.

정과 눈치를 동시에 끊어가고 있다. 이렇게 하면 저 사람이 섭섭해하지 않을가, 저렇게 하면 이 사람이 불쾌해하지 않을가. 전에 했던 이런 식의 전전긍긍을 다 하늘에 훨훨 날려보내기로 했다. 어제까지 나의 상사였는데 오늘부터 사무청사 앞 아빠트단지의 한 로인으로 퇴직하는 옆사무실 동료의 꽁꽁 닫힌 문을 보면서 다 한때라는 생각을 더 굳히게 됐다. 전에도 그런 생각을 하지 않은 건 아니지만 세월의 흐름에 따라 느끼는 깊이가 달라진다. 그럴수록 현재 남기고 있는 책들의 필요성에 더 의미를 부여하게 된다. 굳이 뭘 남기고 살아야만 하는 건 아니지만 그래도 평생 직장생활을 했는데 나중에 퇴직하고 나면 퇴직금외에는 아무 것도 남은 게 없다고 생각했을 때 얼마나 허무할가라는 오지도 않은 미래 걱정을 한다. 한국에서 관광 온 분들이 많이 외웠던 “나중에 남는 건 사진밖에 없습디다.”란 말이 새삼스럽다.

누구의 기분 하나를 건드려놓고는 그날 밤은 자다가 화장실에 갔다와서도 그 일만 생각하면서 재잠에 들지 못했던 때가 한두번이 아니다. 그런데 지금 돌아보면 그 당시뿐이지 지금은 무슨 일이였던지조차 기억이 없다. 그렇게 시간의 지우개가 말끔히 지워주는 일들을 왜 당시에는 잠도 오지 않을 정도로 신경을 썼던지 허무하다. 그게 살아가는 과정이라고들 하지만 나중에는 없던 일로 된다는 결과를 이미 안 이상 그래도 그 과정을 반복하며 살 필요가 있을가. 하물며 그런 눈치를 볼 시간으로 채울 여생도 얼마 남지 않았다.

정도 일방통행일 때가 많았다. 메아리가 돌아오기를 바라는 건 아니였지만 내가 생각하는 것 만큼 상대방이 느끼고 있지 않을 때 내가 뭐하는 짓이냐는 생각이 자연스럽게 엄습한다. 그러고는 힘이 빠진다. 나를 향한 정에서 돌려받는 다른 사람의 감수도 마찬가지겠지만 말이다. 점심에 라지오에서 이런 도리를 배웠다.

내가 친구한테서 500원을 빌렸다. 후날 갚으러 갔더니 친구가 면전에서 한장한장 세는가 하면 가짜돈이 없나 공중에 비춰보며 확인한다. 그럼 내가 기분이 언짢아질 건 뻔한 일이다. 그런데 이번에는 택시를 탔다. 100원짜리를 줬더니 택시기사가 불에 비춰보면서 진위를 확인한다. 이 상황은 자연스럽고 기분 나쁘다는 생각을 하지 않는다. 정이라는 게 이런 껄끄러운 속성을 보유하고 있다.

정에 살고 정에 웃고 정에 운다고 했다. 떠나서 살 수 없는 심리활동인 건 자명한 일인데 어디까지 선을 긋냐는 문제다. 같은 현상에서 택시기사와 친구를 마주해 받는 상처의 깊이와 원인과 치유의 방법을 알아가는 과정이다.

담배를 끊는다더니 왜 또 피우냐고 했더니 담배를 끊는 담배를 피우고 있다고 했다. 사람은 구실과 비빌 언덕이 있으면 의지가 약해진다. 심지어 뻔뻔스러워지기까지 한다.

그런 뻔뻔스러움을 련마해서 하나하나 버리는 련습을 하고 있는 중이다.

싫은 정서

의지력이 무너지는 건 순간의 일이다. 불금이라는 근거 없는 구실에 약간의 정서의 영향으로 결국 술자리를 잡았다. 오랜만에 련락하는지라 다들 흔쾌히 응한다. 무슨 정서의 영향인가 하면 안해도 될 말을 굳이 뱉어버려서 생긴 뒤늦은 후회다.

모르는 건 말하지 말고 아는 것도 다 말하지는 말라고 했는데 순간을 못 참아서 그만 불필요한 말까지 다 해버렸다. 무슨 의견 수렴을 하는 자리인데 사실은 내용보다는 절차성의 성격이 더 짙었다. 뜻인즉 짧게 말해도 되고 길게 말해도 되고 그냥 눈도장을 찍으면 되는 장소였다. 그런데 괜히 '충분한' 준비를 해가지고 토로해버렸다. 사실 준비과정에서도 실제로 말할 때에는 줄여야겠다는 생각을 하지 않은 건 아니지만 정작 현장에서는 제동이 걸리지 않았다. 말이 많으면 쓸말이 적다는 이 간단한 도리를 그만 위배했다.

그렇다면 이미 쏟은 물인데 전전긍긍할 필요가 없겠건만 그게 또 생각처럼 되지 않으니 문제다. 학교 때 숭배했던 선생님이 사실은 본인도 자비심이 많은 사람이라고 했을 때 저 위치에, 저 성과에, 저 위상에 어떻게 자비심이 있을 수 있을가라는 생각을 했었다. 그 때 선생님은 지금의 내 나이 전이였다.

나이가 들수록 도가 깊어진다고 생각했는데 취약이라는 건 나이로 극복되는 게 아니였다. 책을 읽으면 그릇이 커진다고 했는데 그 읽어야 할 량이 얼마인지도 정확한 표준이 없다. 읽는 과정에 마음이 넓어지는 것 같기도 하고 그래서 이제라도 책과 만나는 게 얼마나 다행이냐는 생각도 하지만 그릇은 하루아침에 형성되는 게 아니였다.

여차여차한 계기로 그대들을 불렀다면서 술자리에서 마음을 터놓고 풀 수도 있었지만 정작 앉으니 그러고 싶지는 않다. 간만에 만났는데 괜히 좌중의 정서에까지 영향주고 싶지 않았다. 마시는 내내 간헐적으로 상기되는 낮에 뱉었던 말들이 맥주의 순간적인 흡입량을 확 늘여준다. 그렇게 새까만 맥주를 기억이 새까맣게 될 때까지 마시고 이튿날 깨니 집이다.

하루에 30페지 독서량도 뒤전으로 한 채 하루종일 침대에 누워서 전혀 실감이 나지 않는 드라마를 한집한집 들여다봤다. 손가락에 침을 한대한대 꽂아넣으면서 고문하는데 당하는 사람은 얼굴 표정 하나 변하지 않고 참아낸다. 인간의 생리적인 한계를 넘어서는 주인공의 의지력을 믿어야 할지 말아야 할지는 내 마음이고 드라마 감독의 재량권은 그 사람의 권리다. 총탄에 맞아 금방 수술을 마쳤는데 병실을 탈출해 호수에 뛰여들어 잠수까지 하는 초인간적인 상처 치유능력은 내가 최근에 다니고 있는 병원 치료를 부끄럽게 만든다.

그렇게 믿기지 않는 화면을 들여다보다가 저녁에 또 술약속이 잡힌다. 외국에서 친구가 왔다. 두주일전부터 잡은 약속이라 지켜야 한다. 련속이기는 하지만 그래도 평일에 마시기보다는 토요일에 마셔서 이튿날 일찍 깨야 하는 부담을 없애는 게 낫다. 1차를 마시고 나오니 바깥날씨가 너무 좋다. 시원한 바람이 솔솔 불어와 얼굴을 스치는데 마치 술기운을 쏙 뽑아가는 듯한 느낌이다. 2차의 필요성을 각인시켜준다. 늦은 시간이라 주방에서 퇴근해야 돼서 맥주는 계속 마셔도 되는데 료리는 일차적으로 다 시켜야 된다고 한다. 그런데 시간이 좀 지나니 이제 맥주도 안된다고 한다. 얘기가 조금전과 다르지 않냐고 했더니 그 때는 주방의 문제고 지금은 자기네가 퇴근해야 된단다.

런 이틀을 마시고 나니 드라마외에는 다른 의욕이 전날보다도 더 없어졌다. 과음하면 이튿날 오후 쯤에 나타나는 증상이 스멀스멀 올라온다. 우울할가 하다. 밖은 볕이 뜨거워서 나가기 싫고 집은 화장실에 가는 일외에는 움직이기 싫다. 그렇게 소중한 주말 이틀이 흘러갔다.

오늘은 병원치료를 가는 날이다. 간호사가 오늘까지 몇번째로 되는 치료인가고 묻는다. 괜히 주말에 마신 술이 찔리면서 그건 왜 묻냐고 했더니 그냥 물어보는 거라고 한다. 다행히 상처가 아무는 진도에서는 티가 나지 않았나 보다. 한달을 치료하면서 술을 마셔도 되냐고 의사에게 물어본 적이 한번도 없다. 안된다고 할 게 뻔한데 괜히 고민거리를 사서 할 필요가 없다.

또 한주의 시작이다. 언제면 퇴직하겠는지…

의심의 미로

호적선생이 이런 말을 했다.

학문을 대함에 있어서는 의심스럽지 않은 곳에서도 의심하고 사람을 대함에 있어서는 의심스러운 곳에서도 의심하지 말라.

대단한 도리는 아니지만 누구의 입에서 나오냐에 따라서 무게가 다르다. 저 말을 실천하고 살았던 사람이기 때문에 더 믿음이 간다.

살다 보면 자기외에는 아무도 믿지 말라는 말도 들린다. 의심스럽더라도 의심하지 말라는 말과 상반되는 주장이다.

세상의 수많은 명언이나 속담중에는 상반되는 의미로 모순되는 게 한두개가 아니다. 그러나 사람의 인식의 깊이와 시각의 차이에 따라 대립통일이라는 결과가 얻어지는 것도 이상한 일이 아니다.

한 사람이 의심스러울 때 무턱대고 의심하기보다는 그 사람을 의심해서 나에게 혹은 주변에 리로운 게 뭔가를 생각해볼 필요가 있다. 리로운 게 없다거나 혹은 도리여 해가 된다면 그 의심은 불필요한 부분이다. 의심이란 말 그대로 아직 확정되지 않은 일인데 불확실함에서 출발해 어떤 결과를 도출한다는 건 기초에서부터 문제가 있는 작업이다. 하물며 의심을 받는 대상은 전혀 의식하지도 못하는 상황이라면 의심하고 있는 본인만 피곤한 사람이 돼버린다.

맞은 사람이 발편잠을 잔다는 말이 있다. 때린 사람은 복수가 두려워 잠을 설치기 때문이다. 그런데 그 복수가 반드시 돌아온다는 보장은 없다. 다만 가능성을 념두에 두고 고민할 뿐이다. 그렇게 뜬눈으로 밤을 새운다고 하여 찾아올 복수가 없어지는 것도 아니다. 하지만 저지른 게 있으니 어쩔 수 없이 걱정하게 되고 그 걱정이 하루하루의 불면의 밤을 만들어간다.

의심은 추측을 동반한다. 그 추측에 살이 붙고 양념이 뿌려지면서 소설을 엮게 된다. 그 추측이 어느 정도 사실일지 모르지만 확인을 거치기 전까지는 혼자서 부르고 쓰는 창작과정이다. 그 과정에 긍정적인 것보다는 부정적인 요소가 훨씬 더 많이 작용한다. 그렇게 씨나리오를 만들어가면서 기분이 점점 안 좋아진다. 결국엔 믿을 놈이 하나도 없다는 실망으로 귀결된다.

의심이 병이라는 말도 있다. 상상임신이란 말도 있고 심지어 방역 기간에는 상상코로나라는 현상도 있었다. 사람은 주관적으로 어느 한 방향을 향해 의심하게 되면 여러 증거와 증상을 동원해서 자기의 의심을 실증하려는 경향을 갖고 있다. 이런 상태가 심해지면 옆에서 실제상황은 그런게 아니라고 극구 위안해도 머리에 잘 들어오지 않는다. 심지어 남의 일이니 쉽게 생각한다고 내심 섭섭해하기도 한다.

의심이 겉으로 표출되면 요언으로 변한다. 확실하지는 않지만 그렇게 보인다고 전제를 깔더라도 마찬가지다. 듣는 사람은 그 '확실'하지 않다는 전제를 쏙 빼고 제3자에게 전달할 가능성이 다분하다. 원래 말을 나르는 사람은 그 정확성보다는 취미성에 더 비중을 두려고 하기 때문이다. 일이 커

질수록 관심도는 높아지게 되고 전하는 사람의 정보력이 순간적으로나마 인정받게 된다.

의심이 눈으로 전이되면 색안경으로 변한다. 세상만물이 본인이 쓴 안경색으로만 보인다. 빨간 꽃도 파란 잎도 다 같은 색이다. 그리고는 자기 눈으로 직접 봤다고 우긴다. 짝사랑에 심하게 빠지면 실물에 대한 주변의 객관적인 평가야 어떠하든간에 본인의 눈에만은 절세의 미인이다. 노래방에서 버젓이 <사랑의 콩깍지>를 부르면서도 그 깍지가 자기 눈에 씌였다고는 생각하지 않는다.

의심은 오해의 온실이다. 의심이 발동하는 순간 오해가 싹트기 시작한다. 그 열매는 실망으로 맺어진다. 정말 저 정도일 줄은 몰랐다며 가슴을 쳐도 좋고 진작 그럴 줄을 알았다며 혀를 차도 바뀌는 건 없다. 서로 반대되는 결론을 도출하더라도 의심의 귀결점은 락심이다.

무죄추정원칙이란 말이 있다. 한 사람을 대함에 있어서 범인으로 락인 찍고 상상 속의 증거를 수집하기보다는 그런 사람이 아닐 것이라고 믿은 뒤에 결백을 증명하는 게 더 생산적이다. 아무런 리해관계가 없는 사람을 무턱대고 의심할 리는 없으니 의심의 대상은 늘 본인과 어느 정도 관련이 있는 주변사람들이다. 그렇다면 기어코 나쁜 쪽으로 의심하고 몰아가서 지인 한명을 잃을 필요가 없다.

의심의 반대어가 믿음이라고 봤을 때 의심은 결국 자기 판단에 대한 자신심 결핍의 일종 표현이다. 나만 자신이 있으면 아직 확인되지도 않은 의심에 목을 맬 리유가 없다.

어차피 진실은 항상 그 자리에 있었기 때문이다.

저물어가는 상처의 운명

날씨가 뜨겁긴 한데 아직은 그래도 6월인지라 그늘진 곳은 그다지 덥지 않고 아침은 바람도 시원한 편이다.

병원으로 가는 길에는 신호등 구조가 복잡한 사거리가 있다. 여러 방향으로 좌회전 신호가 있어서 량쪽 횡단보도가 다 빨간불일 때가 있다. 행인의 립장에서는 량쪽으로 다 가지 말라고 하면 도대체 어쩌라는 거냐는 짜증을 불러올 수 있는 설계다. 또 이런 복잡한 거리일수록 횡단보도의 파란불이 빨리 바뀐다. 한마디로 신호를 지키는 사람이 오히려 빠듯하게 급한 걸음을 해야 된다. 량쪽을 살펴서 차로의 신호가 빨간불이기만 하면 횡단보도의 신호야 어떻든간에 과단하게 지나가는 사람들이 오히려 더 여유가 있다. 행인들 선택의 합리성을 아는지 교통경찰이 세명씩 서있으면서도 뭐라고 하지 않는다.

병원 문 앞에 도착하니 여기 사람들 출근하기 15분전이다. 병원 옆 공원을 돌다가 시간을 맞춰 도착하니 치료실의 전등은 꺼진 상태인데 문은 빠끔히 열려있다. 아침에 다들 제시간에 출근하나 검사를 다니며 감독하는 사람이 있나 보다. 불이 꺼진 상태에서 아직 출근하지 않았을 가능성이 많지만 문은 또 열려있으니 판단이 애매하다. 출근카드를 찍는 회사들에서 다른 동료에게 부탁해 찍어달라고 하거나 찍어놓고는 금방 또 자기 볼일을 나가는 것과 비슷한 성격이다. 내가 왔다는 걸 증명하기 위해 컴퓨터를 켜고 업무방에 온라인 상태로 만들어놓은 다음 어디론가 사라지는 것도 같은 지혜다.

근 한달 반 동안 이 병원에 다녔는데 쭉 내가 여기 직원들보다 먼저 와있었다. 복도의 걸상에 앉아서 살펴보니 출근하는 데는 어디에 가도 마찬가지였다. 일찍 나오는 사람이 계속 일찍 나오고 있었다. 늦게 나오는 사람은 눈치가 보이는지 "어? 먼저 청소까지 다 해놨네요." 하면서 들어오지만 그렇다고 다음날에 일찍 나오는 건 아니였다. 어찌보면 먼저 나오는 사람이 오히려 미안해지는 상황이 될 수도 있다. "당신이 괜히 일찍 나오는 바람에 나만 락후한 사람으로 비쳐지 잖어?"

이 병원을 선택한 게 얼마나 다행인지 오늘도 다시 생각하게 된다. 걸어다닐 수 있을 만큼 거리가 맞춤하고 의사가 독방에서 환자가 언제 오나 기다리고 있으니 다른 병원처럼 언제 내 차례가 오나 기다릴 필요가 없다. 두시간을 기다려서 진찰은 1분이면 끝나는 그런 머쓱함이 없다. 서당개 삼년에 풍월을 짓는다고 이제 내가 의사더러 이런 치료인데 두번 치로 끊으면 된다고 알려주고 있다. 한꺼번에 두번 치를 끊어달라고 하면 규정상 안된다고 했던 안경 쓰고 머리가 흰 의사도 이젠 안면이 있는지 아무 말 없이 내 의견에 따라준다.

"이젠 하루 건너 올 필요가 없을 것 같아요. 오늘이 금요일이니까 다음주 화요일에 오면 돼요."

반가운 소식이다. 그사이 진척이 어떻냐 물어보지도 않고 오라고 할 때까지 꾸준히 다니기로 마음을 차분하게 가지니 그게 또 일상인가 싶었다. 어차피 아침에 출근해서 남는 두시간이니 어디에 쓰든 크게 차이는 없다. 하물며 건강회복을 위해 할여하는 것이니 아침운동을 한다 치고 기분 좋게 다녀야 한다.

다들 마스크를 썼지만 이젠 눈을 봐도 간호사들을 가려낼 만하다. 이들은 병원에 근무하는 날부터 쭉 마스크를 썼지만 바이러스를 겪은 뒤로는 병 보이러 오는 사람들도 다 마스크를 쓰다 보니 서로 얼굴 익히기가 참 어려워졌다. 간호사들에게는 사람 얼굴보다 상처부위가 더 익숙해진 셈이다. 어쩌다가 멀쩡한 얼굴이 피와 소독약으로 얼룩진 상처에 밀리는 세상이 왔는지…

오늘은 운이 좋은 날이다. 병원에서 나오는데 마침 하얀 치마를 입은 녀성이 공유자전거를 잠그고 있었다. 이건 백퍼센트 안장을 닦을 필요가 없이 그냥 타면 되는 경우다. 녀성인데 안장을 185에 올려놓고 타고 왔다. 나한테는 약간 부담스러운 높이지만 그래도 낮게 조절하지 않고 그대로 탔다. 누가 보지도 않는데 괜한 자존심에 생기는 오기다. 이 높이로 타는 데는 문제가 없는데 신호등을 만나면 안장에 앉은 채로 다리를 땅에 댈 때 경사도가 약간 크게 기울게 된다. 자세가 영 억지여서 부자연스럽다. 어떤 고생은 사서 한다.

안녕이라고 할 때 상처가 아문다.

성의 없는 시말서

6월 3일에 위챗 모멘트에 올리는 걸 끊은 뒤로 어제는 아예 위챗 모멘트 전체를 보이지 않게 설정해놓았다. 전에 주변에서 위챗 모멘트를 은닉상태로 설정한다는 지인들을 마주했을 때 왜 그러나 싶었고 어떻게 설정하는지도 몰랐다.

그런데 어제 갑자기 나도 그러고 싶어졌다. 위챗 곳곳을 뒤지니 과연 그런 기능이 있다. 어제부터 '발견'이란 항에 아무 글자도 없는 새하얀 백지화면이다. 위챗을 열 때마다 모멘트에 새 내용이 떴다고 알려주던 빨간 점도 따라서 사라졌다.

현 상태는 위챗 모멘트가 궁금하기보다는 홀가분해진 기분이다. 큰 의미가 없는 내용들이더라도 정작 빨간 점이 보이면 확인하게 됐더랬는데 이제 그 점 자체를 소멸해버렸으니 미련도 없다. 십여년을 함께 해오면서 수없는 내용을 만났고 또 수많은 내용을 올렸지만 헤어지는 건 한순간이였다.

지난 주에 건강검진결과가 나왔다. 결과보고서의 첫페지에 수치가 이상한 항들을 쭉 라렬했는데 한면으로 모자라서 뒤면까지 이어졌다. 도합 26개 항이다. 방역전까지 13개항이나 8개 항이였는데 갑자기 배로 뛰였다. 다른 건 그렇다치고 혈당수치가 더 올라간 데 대해서는 약간 두렵기는 하다. 주변에서 당뇨종합증이라는 말을 너무 많이 들었던 탓일 것이다.

나이에 반비례하는 건강하락은 정상적인 결과라고 생각하면서도 갑자기 맥주의 당분을 떠올리게 된다. 방역 기간을 거치면서 '집술'이라는 현상을 일상화해버렸다. 취토록 마시는 건 아니지만 대신 거의 매일이였다. 혈당이나 뇨산이 높은 사람들은 배갈로 갈아타던데 나는 시원하지도 않고 맛보다는 독하다는 느낌이 더 지배적인 배갈에 큰 관심이 없다. 그렇다면 위챗 모멘트도 끊는 김에 술까지 버릴가 잠시 고민도 하지만 아직 공식 결론은 없다. 서뿔리 뱉을 수 있는 언약이 아니다. 전에는 술을 끊고 건강하면 또 뭘하냐며, 기나긴 시간을 무슨 멋에 사냐며 큰소리쳤지만 이제 그런 '호매로운' 발언이 차마 입에서 떨어지지 않는다.

어제는 괜히 식후 저녁산책까지 나갔다. 나에게는 극히 드문 현상이다. 전에 옆집 할아버지가 자기는 혈당이 높아서 저녁식사후 반드시 산책을 나가야 한다고 말하는 걸 들은 적이 있다. 그래서 나도 따라하고 싶었다. 물론 언제까지 견지할지는 모르겠지만 말이다. 방역전 검진에서도 혈당수치가 림계치를 약간 넘겼었다. 결과가 나왔을 당시에도 아침식사때 죽이 좋지 않다고 해서 한동안 먹지 않았다. 그런데 그게 얼마 가지 못하고 그 뒤로 적어도 3년 아침은 죽을 끊지 않았다. 아마 래일부터는 또 애매한 죽과 일단 리별을 해야 될 것 같다. 그게 언제까지 견지될지 모르지만 말이다. 우리는 뭐만 빼면 시체라는 말을 한다. 구내식당 아침식사에서 죽을 뺀다는 게 그런 맥락이다.

저녁 산책길에 보니 아빠트단지 주변에 양로기구가 두 곳이 있다. 두곳 다 아빠트를 건설할 때 부대적으로 지어놓은 간이단층건물이다. 출입문이 하나밖에 없고 마당도 없다. 한두 로인이 복도의 걸상에 앉아서 행인과 차외에는 아무런 풍경도 없는 밖을 하염없이 내다보고 있다. 밖에서 들여다보

면 앉은키에 목 이상 부분만 창문 우로 올라와있다. 생활이라기보다는 연명에 더 가깝겠다는 생각이 들면서 남의 일 같지 않았다.

이런 생각도 든다. 활동공간은 제한되였지만 그래도 하루 세끼가 보장되고 밤이면 누워 잘 침대는 있다. 그렇다면 저런 시설에도 가지 못할, 내가 모르는 보이지 않는 로년은 또 얼마일가.

최근에 호적선생의 인생관을 공부하면서 "노력은 절대 헛되지 않는다"는 주장을 여러번 만났다. 소학교 때부터 많이 들었던 말이지만 이번에는 다른 깊이로 받아들였다. 지금의 건강결과도 지난 세월 '술노력'의 결과이겠지만 그게 후회된다기보다는 남은 시간 어떤 노력으로 어떤 헛되지 않은 결과를 가져올지 많이 생각하게 된다. 술을 끊고 다시 태여나겠다는 말은 아니고 건강외에 어떤 남길 수 있는 일들이 없을가 찾아야겠다는 생각을 한다.

시간을 벌어야 한다. 그러려면 버리는 수련을 해야 한다. 마침 이 절주에 맞춰주기라고 하듯이 이제 술 뒤에 따르는 흐리멍텅한 상태가 싫어진다. 내가 련락을 하지 않으면 끊길 인연과 그에 따르는 점점 줄어들게 될 주변의 인맥에도 이젠 련련하지 말자는 생각을 굳혀가고 있는 중이다. 아쉽고 울적하기도 하지만 어차피 어느 시점에서는 따로 가야 할 결과라면 그냥 시간문제인 셈이다. 이렇게 생각하면 좀 쉬워지려나 모르겠다.

어제부터 오늘까지 하늘이 유난히 이쁘다. 물감을 풀어놓은 듯 진하게 푸른 것도 아니고 전에 시골에서 만났던 그런 자연스러운 하늘색이다. 소학교 때 글짓기에서 써먹었던 해솜 같은 구름도 뭉게뭉게 이쁘다.

달랑 하루를 건진 일주일

이번 주는 정신줄을 놓고 시원하게 글을 나흘 비웠다. 딱히 쓸 것도 없었거니와 쓰고 싶지도 않았다. 대신 그 시간에 책은 많이 읽었다. 읽는 게 쓰는 것보다 쉽고 재미있고 배우는 것도 많다.

아침 출근길 지하철역에서 옆에 있던 아저씨가 건가래를 뗀다. 설마 이 알른거리게 닦아놓은 바닥에 뱉지는 않겠지 했는데 그 자리에다는 아니고 벽 쪽으로 두발작 다가가더니 결국 구석에다 뱉어버린다. 그 돌발행동에 말이 나오지 않는다. 몇발작 더 걸으면 쓰레기통이 있고 좀더 가면 화장실도 있는데 참 편안하게 산다. 벌레 씹은 심정인데 이번에는 에스컬레터에서 코에다 손을 갖다대더니 코를 푸는 아저씨가 있다. 작동중인 에스칼레터에서 그 아저씨 옆을 지나 올라가던 중이였는데 하마트면 바지에 봉변을 당할 번했다. 다행히 풀어내는 량은 많지 않았지만 오늘은 참 속이 울렁거리는 장면을 쌍으로 만났다.

아침 구내식당에서 아침을 먹는데 죽을 담는 불수강그릇 변두리에 녹이 쓴 것 같은 이물질이 한줄로 붙어있다. 설마하면서 손가락으로 문질러봤더니 그대로 묻어난다. 종이로 닦아내고 먹기는 했는데 속이 영 개운하지 못하다. 식판을 반납할 때 종업원한테 반영했더니 상황이 이렇게 돌아간다.

“여기 변두리에 잘 씻기지 않은 이물질이 있어요.”

“그게 잘 씻지 않아서 그런 게 아니고 아마 녹이 쓸었을 거예요.”

명색이 불수강인데 녹이 쓸 리 없거니와 이물질보다는 녹이 쓴 그릇이 괜찮다는 해명이 더 귀엽다. 설사 녹이라고 하더라도 손으로 문질러서 묻어날 정도면 결국 세척을 잘하지 않았다는 결론은 마찬가지다. 오십보백보에서 기어코 적은 쪽으로 위안이나 변명을 하려고 하니 오히려 미안하다는 깔끔한 한마디로 넘어가기보다 못하다.

그런데 좋은 일도 있다. 병원통근이 오늘부로 끝났다. 병원이 조용하다 보니 오늘은 진료를 시작하기 10분전에 도착했음에도 1번 번호표를 받았다. 마지막날이니 의사에게 모처럼 요구해서 두번 치를 끊을 필요가 없다. 그런데 오늘따라 마침 흰머리에 안경 쓴 의사다. 그사이 까다롭더니 오늘은 웬일로 주동적이다.

"지난번에는 두번 치를 끊었었네요."

"예, 그런데 오늘은 한번 치로 하면 됩니다."

이제 주동적으로 호의를 베풀가 하니 내가 끝났다. 타향도 정이 들면 고향이라더니 이 병원도 부지런히 다니고 나니 그런대로 친숙해지고 있는 중에 치료가 마무리됐다.

"옆에 있는 흔적도 수술자리인가요?"

"예."

"옆뿐이 아니네요. 오른쪽 아래에도 있네요."

"그러네요. 그럼 이번이 세번째예요?"

처치를 해주는 두 간호사와 나 사이에 있은 3인 대화다. 그사이 그냥 처치해주는 대로 맡기고 대화가 별로 없었는데 오늘 졸업식을 하면서 셋이서 마지막 교류를 짧게 했다.

이제 날씨는 아침을 제외하고는 밖에 나오지 말라는 기

세다. 일기예보상으로는 낮 최고기온이 34도라고 하지만 어째 영 믿기지 않게 무섭게 뜨겁다. 5분 이상을 밖에 있어서는 안되겠다는 생각이 들게 만든다. 더운 것도 더운 거지만 땀에 적셔지면 옷도 자주 빨아야 한다. 아무리 여름이라도 에어컨이 잘 터지는 실내에만 있으면 티 같은 건 이틀을 입어도 되는데 굳이 밖에 나가 땀에 적셔지면 하루 만에 빨아야 한다.

올해 들어서서 일주일이 빨리 지나가는 것 같다. 전에는 월요일이면 언제 금요일이 되나 아득했는데 그런 느낌이 없어졌다. 내가 아득해하든 초조해하든 시간은 차곡차곡 흘러가고 있었다. 술을 줄이고 나니 아침에 깨는 것도 옛날처럼 힘들지 않고 그냥 알람이 울리면 기계적으로 하루를 시작하면서 무난하게 돌아간다. 특별한 기대도 없고 그렇다 할 욕심도 없다.

사회는 아직도 이런저런 행사를 조직하는 지성인들이 있어서 다채롭지만 그런 곳에 참가하는 것도 귀찮아졌다. 그래도 대우해서 초대를 하지만 거절이 부담스럽고 미안해지면서 애초에 부르지 말았으면 하는 바람이 생겨난다. 전에는 이런 심리가 작용하더라도 공적인 업무의 연장이 되거나 도

움이 되는 것이면 의무적으로라도 참가했더랬는데 이젠 그런 의미도 없어졌다. 그래서 더 가기 싫어진다. 한편 사회활동가들의 열정과 성의와 봉사정신이 존경스럽다.

그제는 모교에 다녀왔다. 학생들과 좌담을 하는데 참가한 12명 학생 전체가 필기할 노트는 둘째 치고 종이 한장 들고 오지 않았다. 저마다 휴대폰을 들고 화면을 밀고 당기며 얘기한다. 긴장을 하는 학생은 두명뿐이고 나머지는 아주 당당하고 대범한 모습이다. 내가 학생 때 같은 장면을 만났더라면 어떤 상태였을가 하는 상상도 해보게 된다. 긴장은 하지 않았겠지만 그렇다고 지금의 학생들처럼 당당하지도 못했을 것 같다.

래일점심은 연변대학 교수들과 맥주약속이 있다.

조이시티가 문을 여는 날

토요일은 점심부터 낮술로 반나절을 보내고 나니 휴일의 하루가 다 지나갔다. 이튿날 아침에 눈을 뜨니 허무하고 시간이 아까운 가운데 속도 울렁울렁하다. 요즘 날씨에 유일하게 시원한 시간대인 아침에 나가야 하는 운동도 물건너 갔다.

일요일은 북경시에서 세번째로 되는 조이시티가 개업하는 날이다. 서부에서 큰 상권을 형성하게 될 대표적인 상가인 것 만큼 구경이나 하려고 집을 나섰더니 인도에서 스치는 사람들마저 관련 화제를 다루고 있다. 주변은 어느 방향이라 할 것 없이 벌써 차들이 밀리고 있다. 조용하던 동네가 갑자기 번화가로 탈바꿈한 것 같은 가상이다. 미리 예상을 했는지 사거리마다 교통경찰도 여러명이 동원됐다. 쉬어야 할 날에 이 무슨 고생인지. 상권이 형성된다는 게 꼭 좋은 일만은 아니구나라는 생각이 자연스럽게 몰려온다. 특히 이 주변에서 사는 주민들은 앞으로 주말마다 이런 교통혼잡을 겪어야 된다고 생각하니 내가 대신 짜증이 날가 한다.

조이시티는 입구에서부터 사람들이 미여지게 줄 지었다. 방역 기간이 지난 지 오래지만 인파를 보는 순간 자연스럽게 마스크를 쓰게 된다. 거의 떠밀리다싶이 하면서 한층한층 탐색을 하는데 빨리 돌고 나가야겠다는 생각이 든다. 에스칼레터마다 안전원들이 하얀 샤쯔를 입고 대기하고 있다. 이 정도 인파에 어느 한명이 에스칼레터를 다 내려왔음에도 앞으로 가지 않고 멈춰서서 두리번거린다면 뒤에서 내려오던 사람들에게 밀려서 사고가 발생할 가능성이 크다.

소문난 잔치 먹을 게 없다더니 기대했던만큼 실망도 크다. 일단 쾌적하다는 느낌을 주지 못한다. 명색이 조이시티인데 소비를 하든 하지 않든 고객들에게 편안한 감을 줘야 하는데 올망졸망 비좁다는 느낌이다. 이건 사람이 많은 것과는 별개의 문제다. 성격상 비교의 대상이 아니지만 오히려 301병원이 여기보다는 더 쾌적하다는 생각을 하게 된다. 물론 내 개인적인 느낌이지만 상가가 시원한 느낌을 주는 면에서 병원에 밀렸다는 건 이상한 일이다.

사람이 상대적으로 적겠다 싶은 6층에 올라가니 로천이다. 높아서 사람이 적은 게 아니고 해볕이 뜨겁고 아직 대부분 상가들이 영업을 시작하지 않은 원인으로 아래층보다는 붐비지 않는다. 벼르고 온 걸음인데 점심이나 먹으려고 돌솥샤브샤브집에 들어갔다. 아직 11시도 안된 시간이라 사람들이 줄을 서지는 않는다.

운남음식이라고 하는데 지난 4월에 운남에서 열흘 넘게 돌면서 보지도 듣지도 못했던 음식을 북경에서 맛보게 된다. 꽃떡이 있는 걸 봐서는 운남풍격이 맞기는 한 것 같기도 하다. 하긴 열흘이 아니라 백날을 있어도 운남을 다 돌았다고는 할 수 없으니 내가 가보지 못한 곳의 음식이 북경에 진출하지 말라는 법도 없다. 이건 마치 중국 청도에서 간 사람이 한국의 방송 연예프로에 나가서 중국에서는 여차여차 한다고 소개하는 것과 같은 맥락이다. 자기가 살던 동네 혹은 기껏해야 청도에서는 그런다고 해도 대표할가 말가 한 립장인데 중국에서는 어쩐다고 하는 건 너무 많이 나갔다.

반시간을 좀 넘게 먹었는데 문어구에서는 벌써 번호표를 나눠주고 있다. 음식점에서 줄을 서는 전통이 여기서도 어김없이 구현되고 있다. 하긴 이 유명한 상가가 개업을 한다고 해서 교통정체를 감수하면서 여기까지 왔는데 배를 곯은 채 돌아갈 수는 없다. 특히 쉬는 날 밖에 나온 녀성들은 집에 일찍 들어가면 점심을 차려야 하는 위험부담이 있다. 거기에다 설겆이까지 생각하면 여기서 줄을 서는 게 훨씬 낫다. "어떻게 나온 집인데"라는 말은 남자들만의 전용이 아닌것 같다.

뭐니뭐니 해도 유모차를 밀고 들어온 부부들이 제일 고생이다. 내 한몸이 요리조리 피해가자고 해도 버거운 마당에 유모차가 움직이기에는 너무 렬악한 환경이다. 전망이라야 봤자 아저씨와 이모들의 엉뎅이밖에 보이지 않는 답답한 공간에서 유모차 안에 앉은 아이는 또 무슨 날벼락인지 모르겠다. 오늘도 유모차를 밀고 나오더라기에 시원한 공원에 가는 줄로 알았는데 이게 웬걸 사람만 빽빽이 들어선 시루 속에 묻혀버렸다.

원래는 이 거물급 쇼핑몰이 문을 열면 주변의 다른 백화점들은 어쩌나 싱거운 걱정을 했었는데 괜한 로파심이였다는 생각으로 바뀌였다. 전에 시골에서 할머니가 종종 이런 말을 하셨다.

길고 짜른 건 재봐야 아느니라.

단오의 하루

"단오명절 그 봄날에 고이고이 만난 사랑…"

이 노래가사에 의하면 아직 봄이여야 할 날씨가 오늘은 최고기온이 40도라고 한다. 해가 미처 뜨거워지기 전 이른 아침에 운동을 나갔다 오고는 하루종일 밖에 나갈 엄두도 못 낸다. 주말을 그렇게 고대하지만 정작 특별히 할 일이 없이 멍 때리며 하루를 보내라고 하면 그것 또한 쉬운 일만은 아니다.

간만에 한국드라마를 켰더니 이런 대사가 나온다.

"이 정도 증거면 미국대통령이 와도 못 구해."

악덕 사채업자의 불법증거를 장악한 경찰관계자가 하는 말이다. 물론 드라마지만 한국사회 잠재의식 속의 미국의 중요함을 얼떨결에 드러냈다. 솔직히 사채업자 하나를 '구하는' 데는 경찰총장의 힘도 있고 그게 아니면 자기 나라 대통령도 번듯하게 앉아있는데 왜 굳이 례를 들어도 저 멀리에 있는 남의 나라 대통령을 끌어들이는 걸가.

이렇게 인정하고 싶지 않은 일일지라도 잠재의식은 부지불식간에 사람의 언행을 지배한다. 치매에 걸려 료양원에서 만년을 보내는 할머니들이 제일 많이 하는 말이 뭔가를 살펴봤더니 "집에 갈 거야"였다는 기사를 봤다. 집에 가겠다는 리유가 사람을 더 가슴 아프게 한다. 아이들도 먹이고 남편도 먹어야 한다면서 밥 하러 집에 가야 한단다. 전혀 정신이 없으면서도 가족에게 밥을 해먹여야 한다는 생각만은 끝까지 남아있다는 얘기다. 내가 퇴근해 집에 간다는 전화만 하면 "알았다"는 말을 할 겨를도 없이 전화기를 내려놓고는 주방에 들어갔던 엄마 생각이 난다. 나중에 양로원에 계시면서 자꾸 집에 간다고 해서 관리원이 신발을 치워놓았더니 맨발 바람으로도 뻐스 타러 간다고 나서더라는 생각도 난다.

위챗을 두개 쓰고 있었는데 지난 월요일에 나머지 하나까지 모멘트를 닫아버렸다. 전에 시도 때도 없이 휴대폰에 손이 갔던 게 스마트폰 자체의 원인인 줄로 알았는데 '원흉'은 위챗 모멘트에 있었었다. 그러고 보니 위챗 모멘트에서 갱신되는 내용외에 휴대폰을 자주 들여다볼 일이 없었다. 결과 옹근 시간들이 많이 차례졌다. 다른 일을 하다가도 잠간 모멘트를 들여다보는 그런 '쉼표'의 끊김과 교란이 없어졌다. 중간에 끊김이 없는 옹근 시간이라는 게 얼마나 큰 효률을 산생하는지도 새삼스럽게 발견하게 되였다. 물론 배터리 소모가 확연하게 줄어든 건 더 말할 것도 없다. 원래도 술상에서 자주 휴대폰을 확인하는 걸 좋아하지 않았지만 이젠 그럴 가능성이 령이 돼버렸다. 무의식간에도 휴대폰으로 가던 손이 이제는 휴대폰을 열어도 볼 것이 없다는 생각에 다시 움츠러들게 된다. 앞으로 혹시라도 정신이 없는 나이가 되여 양로원에 누워있으면 내 모멘트를 누가 없애버렸냐고 관리원한테 따질지도 모르겠다.

오늘 아침에는 간만에 샤와 같은 샤와를 했다. 병원치료가 끝나고 상처에 붙였던 반창고를 뜯어냈다. 완전히 나아서 물을 묻혀도 전혀 문제가 없지만 그래도 웬지 샤와기가 환부를 피해야 할 것만 같은 생각이 들며 조심스럽다. 이건 두달도 안되는 시간에 굳어진 습관이지만 자라 보고 놀란 가슴이

솥뚜껑 앞에서 쉽게 적응이 되지 않는다. 그러니 세살 때 버릇이 여든까지 간다고 하나 보다.

일상생활에서 나타나는 개인적인 현상인 것만은 아니다. 잠재의식의 작용하에 관성에 떠밀려가는 게 편안할지는 몰라도 그게 시간이 흐르면서 쌓이다 보면 어느 날 무서운 결과를 초래하기도 한다.

요즘 세계는 반도체 경쟁으로 시끄러운데 일본의 힘이 옛날 같지 않다. 1990년대 초반까지만 해도 세계 반도체 매출 상위 10개 기업에서 일본이 6개를 차지하면서 세계 반도체 시장의 50%를 점했다. 그러던 일본이 현재 15위 안에 올린 기업이 하나밖에 없고 시장점유률은 7%로 떨어진 상태다. 복합적인 원인이 있겠지만 현 상태에 안주하면서 혁신이 결여된 게 주된 원인이였다. 원래 현 질서가 파괴되면 1등이 보는 손해가 더 큰 법이다. 그럴수록 현 상태가 바뀌는 게 싫고 기존 질서 속에서 계속 그 자리만 보존하고 싶어진다. 앞으로 가지 않으면 곧 후퇴라는 게 그 말이다. 나는 딱히 잘못한 것도 없고 전의 자리도 변함이 없는데 세상은 가만있지 못하고 부단히 바뀌여가고 있기 때문이다.

위챗 모멘트 하나를 달랑 끄면서 많이도 나갔다. 그래서 사람은 할 일이 있어야 한다. 휴일도 마찬가지다. 닫으면 비로소 보이는 것들이라고나 할가.

나무의 운명

베란다에서 내다보이는 로천세차장 옆의 나무 세그루가 죽었다. 하루에도 얼마나 스며드는지 모르는 세차액의 관개 속에서 그래도 오래 버틴 셈이다. 수십년을 자란 잎이 무성했던 나무가 푸르싱싱한 다른 나무들과의 대조 속에서 앙상한 가지로 말라있는 걸 보면서 아깝기도 하고 불쌍하기도 하고 세차장이 원망스럽기도 하다.

그들도 일부러 죽인 건 아니지만 어쨌든 들어오는 차마다에 뿌려놓은 세제가 고스란히 나무뿌리에 전달되는 건 의심할 바 없다. 물을 주는 건 바라지도 않고 오염수만 주지 않아도 스스로 지하수를 먹고도 잘살아갈 나무지만 불행하게

도 어느 날 개업한 주차장을 만나서 시들시들 죽어갔다.

나무 하나를 아름드리로 키우기까지 많은 사람의 손이 가지만 죽이기는 어렵지 않다. 하나도 티가 나지 않게 자연사로 위장할 수도 있다. 아빠트 베란다의 빛을 막는다고 죽인 나무도 만나게 된다. 매일 펄펄 끓는 물을 뿌리 쪽에 부어놓으면 죽는다고 한다. 아예 톱으로 잘라버리면 추궁이 들어오기 때문에 쥐도 새도 모르게 잔인한 방법으로 죽여버리는 거다. 그렇다고 죽은 나무 하나를 위해 경찰이 출동하여 경계선을 늘이고 사진을 찍고 흰 장갑을 낀 손으로 비닐주머니에 증거물을 집어넣으면서 수사하지는 않는다. 나중에 뿌리를 파내여 부검까지 하는 일은 더우기 없다.

나무가 죽었다고 하여 땅을 파고 묻어서 묘지를 만들지는 않는다. 토막토막 잘라서 아궁이에 집어넣어 화장은 해준다. 후사를 치르기 위한 목적은 아니고 불의 에너지를 얻기 위한 수단일 뿐이다. 공원에 가면 몇백년이 된 나무는 고목이라고 표시를 해놓고 울타리까지 쳐놓으면서 보호한다. 이렇게 보호의 대상이 되려면 나무는 일단 나이를 먹어야 한다. 그런데 경로대우는 아니고 력사의 소장가치가 주목적이다.

사라져가는 력사를 불어살리기 위한 심폐소생이다. 결국은 인간의 력사를 립증하기 위한 증거물이다.

가지치기는 인간의 고유의 권리다. 어느 동물도 거치장스럽다고 나무가지를 잘라버리는 화를 내지는 않는다. 인간만이 자기가 원하는 조형 대로 자라지 않는다고 쳐버린다. 자르는 것으로 모자라면 쇠줄로 동여맨다. 오불꼬불 동여놓은 방향으로만 자라야 한다. 원예사의 작품이라고 관상용으로 전시하여 입장료까지 받는다. 해빛을 막는다고 잘라버린다. 여름에 뜨거운 볕을 막아주는 가로수는 고마워하면서도 집앞에서 채광을 방해하는 나무는 용서가 되지 않는다. 도로표시판을 가려도 제거한다. 나무는 원래 그 자리에 있었고 도로표식은 후에 세워졌음에도 굴러온 돌 박힌 돌의 론리가 여기서는 통하지 않는다. 오로지 인간본위다.

나무를 한가운데 고이 모시고 차들이 에돌아가게끔 설계한 도로를 종종 만난다. 로심초사한 성의는 알겠는데 사람에게나 나무에게나 과연 과학적인 처사일가라는 생각을 한다. 인도에서 때로는 땅 밑에서 지나가는 지하철의 진동을 느낄 때가 있다. 나무는 그런 감각에 무뎌져있는 걸가. 가운데 세워놓고 매일 량켠으로 차들이 꼬리에 꼬리를 물고 스쳐 지나갈 때 배출되는 매연은 제쳐놓고라도 소음과 진동은 어떻게 감수해야 하는 걸가. 전쟁 시기를 다룬 드라마를 보면 혹형을 받으면 감옥에 갇힌 사람들은 오히려 시원하게 죽여달라고 절망하는 장면을 만난다. 그들은 그렇게 말이라도 할 수 있는 마지막 통로라도 있다.

두 나무 사이에 그물을 걸어놓고 백킬로그람의 무게를 얹은 채 흔들거리며 호강할 때 량켠에서 밖으로 버텨야 하는 나무의 고초는 누가 아는 걸가. 나무가지에 그네를 걸어놓고 깔깔거리며 좋아하는 아이의 등을 밀어줄 때 나무가 견뎌야 할 한계는 어디까지일가. 아이야 어른이 태워주니 따르는 것이지만 절대 부러지지 않는다는 어른의 얄미운 자신에 나무가지는 어떤 감수일가. 어느 스승한테서 전수받았는지는 모르겠으나 아침마다 와서는 이미 반질반질해진 껍질을 주먹으로 가격하는 무림고수를 만난 나무는 또 전생에 무슨 죄를 지은 걸가.

먼데 소리가 아니다. 지금은 다 풀어주었지만 아직도 꼬불꼬불하게 조형물로 자라고 있는 나무가 사무실에 있다. 그

사이 가지치기도 많이 당했다. 하지만 오늘도 연푸른색으로 새 잎을 싹 틔우고 있다. 그걸 들여다보면서 참 허물없이 착하다는 생각을 한다.

배워야 할 것이 많다.

선택이 자유로울 때
습관의 지배를 받는다

출퇴근 때마다 지하철에 오르기 바쁘게 휴대폰에 꽂히다 보니 사람들의 얼굴을 쳐다본 지도 오래됐다. 오늘 아침에 다음 도착역을 확인하느라 잠간 머리를 들었다가 어망결에 맞은편을 봤더니 대부분이 마스크를 쓰지 않았다. 내가 앉은 쪽 좌우를 확인해도 마찬가지다. 이제 마스크를 쓴 사람이 소수가 돼버렸다.

그래도 나는 아직 공공장소나 엘레베터와 같은 밀페된 공간에서는 습관적으로 마스크를 쓰는 편이다. 나는 원래 사스 때부터 마스크를 쓰는 걸 극력 반대했던 사람이다. 사스가 시작되여 끝날 때까지 한번도 쓴 적이 없다. 마스크는 전에 시골에 살 때 겨울에 방한용으로 쓰고 북경에 와서는 엄마가 중환자실에 계실 때 반드시 쓰고 방문해야 된다는 병원의 규정에 의해 썼던 게 전부다. 그 때는 마스크가 필수품일 때가 아니여서 간호사가 무료로 서랍에서 꺼내줬다.

바이러스뿐이 아니다. 북경의 봄은 모래바람이 심해서 거리에 나가면 별 중무장을 다 한 사람들이 한둘이 아니다. 한국의 모 언론사 북경주재 기자가 마스크를 썼음에도 입안에서 모래가 씹힌다고 할 정도로 부풀려도 나는 황사로 해서는 마스크를 쓰지 않았다. 바이러스를 거치더니 이제 마스크 색상도 여러가지로 나오고 자외선 방지용이라는 탈을 쓰고 등장하기도 한다. 그야말로 패션은 가리는 면적과 무관한가 보다. 패션이든 바이러스든 황사든 나는 마스크가 싫었더랬는데 이제 와서 필요 이상으로 고집스럽게 착용을 고수하고 있다.

나는 웬만하면 우산도 들기 싫어한다. 비가 내릴 수 있다는 건 얼어죽을 만큼 춥지는 않다는 얘기다. 그렇다면 그냥 맞으면 된다. 집에 도착해서 샤와를 하고 새옷을 갈아입으면 되는 일이다. 기껏해야 신발이 젖는데 그렇게 비싼 게 아니여서 마르면 다시 신고 너무 망가졌다면 버리면 된다.

지하철에서 집까지 20분을 넘게 비 속을 걸은 적도 있다. 일부러 걸음을 다그치지 않고 비를 느끼면서 천천히 걸었다. 다 젖고 보니 더 젖을 데도 없었을 때 마음이 갑자기 홀가분해졌다.

이렇게 써도 되고 안 써도 되는 건 생략하는 쪽으로 가고 싶은 나도 한때는 그 목을 조이는 넥타이를 수년 동안 고집했던 시절도 있었다. 지금 생각하면 참 아이로니한 시절이였다. 원인은 5년 뒤면 우리 나라의 회사들에서도 한국처럼 다 정장에 넥타이를 하고 출근하는 날이 올 것이라는 신념하에서였다. 좀 앞서가자는 서뿌른 판단이였다. 회사에서 타부서와 회의를 해도 한여름에 나만 넥타이차림이였다. 엘레베터에서 간혹 만나는 사람들은 오늘 무슨 행사가 있냐며 의아해했다.

지난 주 월요일에는 날씨가 흐렸더라기에 주말에만 입던 편한 차림으로 출근했는데 이날따라 지인들의 모임이 잡혔다. 올해에 들어서서는 처음 만나는 사람들이다.

"오늘은 출근을 안했어요?"

"조선인들의 차림으로 나왔네요."

"아니지, 요즘 젊은 친구들이 이렇게 입던데…"

뜬금 없이 내 옷차림에 대해 한마디씩 한다. 나이들이 50이 넘어서 이제 와서 중뿔나게 남의 의상에 대해 평가할 줄은 미처 생각지 못했다. 그만큼 전에 보이지 않았던 이미지가 부여됐다는 얘기다. 나쁘게 말하면 주책이란 말이다. 살던 대로, 전에 보여진 대로 살아야 되는데 사람이 갑자기 선로를 리탈하면 사람들은 습관이 되지 않나 보다.

요즘은 혈당으로 조심스럽다. 건강검진에서 20여개 항목에서 이상이 나왔지만 그렇다고 다 나쁜 건 아니다. 이를테면 혈지라든가 혈압이라든가 어떻게 번역해야 할지 모를 항목들중 정상으로 돌아온 것도 있다. 그러니까 건강은 술과 별로 관계가 없다는 뜻으로 받아들이게 된다. 지난 3년간 집에 있는 시간이 많아지면서 집술, 혼술의 나쁜 습관을 들였더랬는데 오히려 좋아진 항목들이 생겨났다는 게 유력한 증거다. 그런데 정작 혈당이 높고 보니 다른 것보다는 시력이 떨어질가 봐 우려스럽기는 하다. 어제 수치로는 식전 10이고 식후 16이다. 바이두에서 어떻게 검색해봐도 좋은 수치는 아니다. 주변에서 혈당이 높은 지인들을 보면 맥주를 마시지 않았다. 들고 온 술이 모자라면 가게의 한국소주를 마시더라도 맥주는 절대 거부했다. 그런데 나는 배갈로 갈아탈

신심이 없다. 맥주는 맛으로 마시는데 굳이 독한 술을 목구멍으로 넘기면서 이마살을 찌프려야 할 리유를 찾지 못하겠다. 물론 취하는 결과는 같겠지만 이제 별로 취하고 싶지도 않다. 그렇다면 끊어야 하는 걸가. 그것도 어려운 선택이다.

습관에서 벗어날 수 있는 의지력이 성숙을 만든다.

생활의 조미료

아침 출근길에 지하철에서 한개 역 먼저 내려 사무실까지 걸어가는 습관을 다시 회복했다. 전에는 그 추운 겨울에도 모자 하나 목수건 하나 없이 한개 역을 걸었더랬는데 후에 흐지부지 없어졌다. 그러다가 최근 혈당수치의 비정상으로 각성한 행동이다. 사람은 가담가담 자극이라는 걸 받으며 살아야 활력소를 찾는가 보다.

사무청사 울안 대문에 도착하니 아침 5시 58분이다. 내가 출입증을 꺼내기도 전에 경비가 리모컨으로 대문을 서서히 열어주고 있다.

"좋은 아침입니다."

갑작스러운 인사에 순간적으로 경비가 혹시 이어폰을

끼고 다른 사람과 하는 말이 아닌가 약간 헛갈렸다. 그러다가 금방 정신을 차리고 인사를 받았다.

"예, 좋은 아침이예요."

"이렇게 이른 시간에 출근하세요?"

"예, 수고합니다."

"아니예요. 선생님이 수고 많으십니다."

오래 살면 손자 늙어죽는 걸 본다더니 이런 날도 있다. 상쾌한 아침이다. 이 울안에 20년을 넘게 나들었지만 경비로부터 이렇게 친절한 인사를 받기는 처음이다. 누가 출입증이 없이 들어오지 않나 눈을 밝히는 게 이들의 업무고 근엄한 얼굴이 일상이였는데 오늘은 마스크를 쓴 얼굴에서 눈으로 웃음이 보인다. 잠간 얼떨해있었던 내가 미안해지기 시작한다. 어린 친구한테서 인사하는 법을 배우는 출근길이다.

경비원들은 다들 20대 초반의 청년들이다. 이 울안에서 3년만 근무하고 다른 근무지로 옮기는 체제다. 울안에 근무하는 인원이 많다 보니 경비원들도 갖가지 난처한 일들을 경험한다. 자기 실수로 출입증을 들고 오지 않고는 제딴에야 되려 경비가 딱딱하게 군다고 화를 내는 사람이 있는가 하면 출입증을 한번 다시 확인하자고 하면 금방 제출할 때는 뭘

했냐며 짜증을 내는 사람도 한둘이 아니다. 경비원은 그냥 자기의 직무에 충실할 뿐인데 세상은 넓고 사람들의 형태는 다양하다.

이른아침의 장안가에서는 달리기를 하는 사람들이 많이 보인다. 대부분이 녀성들이다. 땀에 옷이 푹 젖은 채 아침을 여는 사람들로부터 40도를 육박하는 한낮 무더위 직전의 아침생기를 느낀다. 한편으로 과도한 운동은 몸에 안 좋다고 하던데 저 강도로 운동하면 심장부담은 괜찮겠냐는 싱거운 생각도 한다. 자기가 나이 많으니 괜히 젊은 사람들의 운동에 오지랖이 생긴다.

로씨야에서 쁘리고긴의 반란이 온갖 추측을 불러일으키면서 여론이 시끄럽다가 결국 해프닝으로 끝났다. 우크라이나를 전력으로 지지하던 서방세계가 그 과정에 보인 반응은 애매했다. 지난 1년 남짓한 기간 이들이 로씨야를 대해온 립장에서 봤을 때 이 상황에서 불 난 집에 부채질을 해야 정상인데 예상보다 발언을 자제했다. 우크라이나로서는 다소 섭섭한 그림일 수도 있었다. 그런데 세계는 결국 사람 사는 세상이였고 관건적인 시각에 각국은 다 자기 리익으로부터 출발하는 본능을 벗어나지 않았다.

아침에 인터넷에서 이런 기사를 읽었다.

> 언제까지 미국의 핵 방어 공약만 믿고 살 것인가. 이건 미국을 믿고 안 믿고의 문제가 아니다. 미국도 상황에 따라 세계 경영 방침을 바꿀 수 있다. 미국이라고 천년만년 한국을 지켜야 한다는 법도 없다. 미국은 강대국 론리를 즐기고 있다. 앞에서는 한국으로 하여금 대만해협 자유통행을 거론하게 하고 뒤로는 필리핀, 인도, 오스트랄리아까지 부추기지만 정작 중국 지도자 앞에서는 대만문제를 꺼내지 않는 미국의 전략을 숙지할 필요가 있다.

블링컨 미국 국무장관이 이달 중순에 중국에 다녀간 뒤 한국언론에서 흘러나온 동향이다. 언제까지 미국의 다리를 붙잡고 형님 살려주십쇼 하면서 살 생각이냐는 말을 다시 떠올리게 된다. 이틀전에는 한국 외교장관이 중국과 등을 돌릴 리유도 없거니와 그렇게 생각한 적도 없다는 립장을 밝혔다. 그사이 보여왔던 대통령의 미국일변도 강경태도와는 대조되는 미묘한 유화 움직임이다. 전에 한국주재 중국대사도 미국이 겉으로는 중국과 대항하는 것 같지만 물밑으로는 자기 리익을 위해 할 걸 다 하고 있다고 귀띔했었다. 머스크에 이어

빌 게이츠의 중국방문도 직관적으로 보여지는 례의 일환이다.

지구촌의 아웅다웅은 결국 자원 재분배를 위한 리익다툼이다. 그리고 사람은 기껏 머리를 굴려봐야 100년도 못산다.

6월도 며칠 남지 않았다. 올해도 반이 훌쩍 가버렸다. 지난해 12월에 대면적으로 파급됐던 코로나도 언제 적 일이였나 싶게 사람들의 기억 속에서 희미해져가고 있다.

오늘 아침의 상서로운 운을 받아서 좋은 일이 많은 무탈한 하반기가 됐으면 좋겠다.

집수속 체험기

20년을 넘게 쓰고 산 집을 팔려고 하니 회사에서 분배한 집이라 우선 시장에서 류통할 수 있게 전환하는 수속을 밟아야 한다. 그 수속을 예약하는 데 한달이 넘게 걸렸다. 드디여 예약일이 와서 아침 일찍 지정장소에 도착했다. 예약시간은 8시 반이지만 8시도 안됐는데 문 앞에는 벌써 사람들이 줄을 섰다. 모두가 머리가 희끗한 로인들이다.

경비가 8시 20분이 되니 문을 열어준다. 이 때 조금전까지만 해도 얌전하게 줄을 서있던 뒤의 할머니가 갑자기 앞으로 걸어가더니 새치기를 시도한다.

"거 참 줄을 좀 섭시다."

"이젠 나이도 먹을 만큼 먹은 사람들이 참 안됐네."

사람들이 술렁인다. 그러나 여론이야 어떠하든간에 할머니는 꿋꿋하게 끼여들어간다. 사실 줄을 선 사람이 그렇게 많지 않아서 안달을 할 필요도 없는 상황이다. 질서를 지키는 대부분 북경녀성들에게는 안된 일이지만 다른 장소에서도 북경아주머니들이 줄을 잘 지키지 않는 현상들을 여러번 만났다. 멀리까지 갈 필요가 없이 최근에 병원에 다니면서도 만났다. 결제창구에 불과 3명이 줄을 서서 기다리는데 그것도 참지 못하고 은근슬쩍 새치기를 하는 아주머니가 있다. 그 뒤의 사람들은 눈을 흘기면서도 결국 허구프게 웃으며 넘어간다. 옛날처럼 거스름돈을 찾아주는 번거로움도 없어서 금방금방 결제가 완성되는데 그걸 못 참는다는 건 인내심보다는 그냥 쭉 그렇게 살아왔다는 얘기다.

창구가 여러개여서 순서가 빨리 오기는 했는데 창구직원이 서류를 뒤적이더니 복사본을 가져와야 되는데 이건 스캔한 것이라며 다시 해오라고 한다. 스캔과 복사가 동시에 가능한 기계에서 출력했다고 해명해도 소용없다.

“그럼 어디에서 복사가 가능한가요?”

“…”

이런 질문도 많이 받았을 것이다. 금방 답이 나오지 않는다. 내 뒤에 서있던 아저씨가 대문으로 나가서 왼쪽으로 가면 맥도날드가 있는데 그 옆골목으로 돌면 복사해주는 곳이 있다고 알려준다. 이 아저씨도 여기 직원이 아니고 집수속을 하러 온 사람이다. 나는 오기 전에 창구 안에 당연히 복사기가 준비되여있을 것이라고 믿었었다. 왜냐하면 수속하러 오는 모든 사람들이 다 복사본을 규범적으로 구전하게 들고 온다는 보장이 없기 때문이다. 그렇다면 한달을 넘게 기다려서 왔는데 오로지 복사본 하나로 해서 다시 집에 갔다올 수는 없는 일이다.

대청에는 부동산중개회사가 두개 들어와있다. 그들에게는 복사기가 있는데 대외로 빌려주지 않는다는 종이를 붙여놓았다. 그전에 많이 찾아와서 시끄럽게 했나 보다. 중개회사의 립장에서는 사람들이 모여들면 업무에 방해되는 것도 문제지만 종이값도 예산에 들어가는 일이다.

중개회사 두개를 대청에다 세주었으면 세값도 만만찮게 들어올 건데 그 돈으로 복사기 몇대를 마련해둘 수도 있지 않을가. 무료는 바라지도 않고 돈을 받더라도 수속하러 오는 사람들에게 편리한 써비스를 제공해도 고마운 일이다. 공공기관이 적은 돈으로 민심을 사는 일을 왜 하지 않는지 그 속에 숨은 고초를 모르겠다. 요즘은 지하철 화장실에도 다 종이를 마련해두는 세월에 복사기 종이를 누가 가져갈 일은 없을 것이고.

수속은 한꺼번에 끝나지 않는다. 창구에 서류를 접수시키고 확인절차를 거친 뒤 대기해있다가 다시 호명하기를 기다려야 한다. 앞 10명의 서류 심사는 빨리 끝나서 20분 쯤 지나니 직원이 수속완료통지서를 들고나와 일일이 호명한다. 그런데 그 뒤의 간격은 2시간을 넘겼다. 두번째부터는 10명이 차면 들고나오는 게 아니고 두툼하게 쌓인 다음에 한꺼번에 가지고 나온다. 10명을 주기로 하여 여러번 나오는 것도 귀찮은가 보다. 하긴 모두가 집수속을 하는 거사를 치르러 온 사람들이니 그만한 인내심은 가져야 하는 것도 어찌 보면 당연한 일일 수도 있다.

창구업무는 별의별 사람을 다 마주해야 하는 특성상 거대한 인내심을 수요하는 직종이다. 매일 같은 업무를 수십건씩 처리하는 그들에게 있어서는 아주 쉽고 당연한 상식들이지만 평생 처음 찾는 사람들은 생소하고 우왕좌왕할 수도 있다. 그럴수록 여러가지 가능성을 열어두고 대비책을 강구하는 게 공공기관의 자세일 것이다.

옛날보다는 비할 수 없이 좋아졌지만 공공기관의 써비스 개선에는 종점이 없다.

밥문제

오늘 아침에도 새벽잠이 없는 새가 지저귀는 소리에 필요 이상으로 일찍 깼다. 지하철역에 거의 도착하는데 어구의 계단에서 세명이 둘러앉아있다. 그중 어느 한명이 건강상태가 안 좋아서 계단에 앉혀놓고 보살피는 줄로 알았는데 가까이 다가가 보니 식사중이다. 아이는 웃계단에 앉고 그 아래에서 부모가 좌우로 나눠앉아서 햄버거에 컵으로 된 음료수를 들고 가족회식을 하고 있다. 도로 옆 잔디밭도 있고 장소를 찾으면 어디에 없으랴만 굳이 지하철 입구 계단에 앉아 식사를 하는 장면은 처음 만난다. 어찌됐든 맛있게 먹으면 되는 거고 꽤 단란한 가족식사다.

어제는 한국방송을 들여다봤더니 사회자가 게스트를 모셔놓고 10분을 넘게 라면애기를 다루고 있었다. 저게 과연 그렇게 중요한 애기일가 싶으며 두가지 생각을 했다. 하나는 라면값이 좀 오르는 게 공중파에서 큰 분량으로 다룰 화제냐 싶었다. 언론이 떠든다고 오르게 돼있었던 가격이 멈출 리도 없다. 그건 시장이 결성할 일이다. 다른 하나는 라면이 정말 한국에서는 중요한 물건이구나라는 생각을 하게 됐다. 음식 문화의 차이겠지만 나는 지금까지도 슈퍼에서 라면 한봉지가 얼마씩 하는지를 모르고 산다.

우리 나라에서도 현재 라면이 다양하게 잘 나오지만 전에 한국라면이 맛있기는 했다. 학교 다닐 때만 해도 라면은 뜨거운 물을 부어놓고 퍼지워먹는 줄로만 알았는데 그 때 이미 한국에서는 라면을 끓여먹고 있었다. 북경에서 박사공부를 하고 있는 한국인을 알게 되여 술자리를 자주 가지게 됐는데 음주 뒤 늦은 시간이면 숙소에서 라면을 끓이고 나중에 국물에 밥까지 말아서 먹었던 기억이 잊혀지지 않는다. 그 때 확실히 한국라면이 맛있기는 했다.

《로빈슨표류기》의 작가는 《설계잡담》이라는 책에 이

런 내용을 적었다. 작가이름을 밝혔으면 좋겠는데 네이버가 열리지 않은 뒤로 외국작가의 이름을 번역하기 어려워졌다.

어떤 동물도 먹지 못해 죽은 적은 없다. 자연계가 그들에게 먹을거리를 제공하기 때문이다. 내심의 자연본성은 그들의 일종 본능을 키워주어서 평생 먹을거리를 얻도록 지도한다. 그러나 사람은 반드시 일을 해야만 먹을거리가 생긴다. 그렇지 않으면 굶어죽는다. 그러다 보니 다른 사람의 눈치를 보면서 싫은 일도 해야 한다. 다른 사람의 지배도 받아야 한다. 그렇게 노력하더라도 어느 고리가 여의치 못해 나중에 돈이 없고 친구가 없고 건강을 잃으면 생존이 어렵게 된다.

사람에 비해 동물은 단순하다. 그냥 매일 배만 부르면 산다. 그들에게는 일이라는 개념이 없다. 따라서 누구 눈치를 볼 필요도 없다. 오늘 아침에도 인도에서 사람 눈에는 보이지도 않는 먹이를 찾아가며 쪼아먹는 비둘기 한쌍을 만났는데 참 여유가 있어보였다. 도심에서도 쉽게 만날 수 있는 참새와 까치들도 마찬가지다. 까치가 굳이 일을 한다고 치면 나무가지를 물어다가 집을 만드는 것밖에 없다. 그것도 자기가 살기 위한 집이 아니고 알을 부화하기 위한 것이니 엄밀하게 따지면 후대양성이지 인간이 흔히 말하는 일의 범주가 아니다.

우리는 로후준비라는 말을 자주 하는데 결과적으로 먹고 사는 문제다. 불투명한 로후에 대비해 젊었을 때의 시간을 투자하는 셈이다. 힘이 있을 때 좀더 고생해 로후를 보장받거나 거기서 더 추구하면 만년을 향수하겠다는 구상인데 누구도 오지 않은 미래를 담보하지는 못한다. 준비가 되지 않아 고생하는 것도 비참하지만 아글타글 준비를 했는데도 고생은 마찬가지라면 왜 젊음으로 이런 결과를 바꾸었을가라는 뒤늦은 후회까지 추가된다.

요즘은 아침에 걷는 거리를 늘이니 구내식당의 아침밥이 한결 맛있어졌다. 심지어 사무실로 걸어오는 과정에 아침을 먹을 생각을 하면 행복하다. 최근에는 원래 먹지 않았던 닭알과도 친해지고 나니 금상첨화다. 먹을 때가 기다려지는 행복이 가장 기초적인 것이기는 하지만 따지고 보면 또 가장 많이 만나는 행복이기도 하다. 거기에 좋은 사람들과의 맥주까지 한잔 곁들여지면 먹기 전부터 입고리가 귀에 걸렸던 세월도 있었다. 왜 과거형이냐 하면 요즘 혈당의 방해로 술이 자유롭지 않은 탓이다.

인간은 동물보다 일이라는 위대한 절차를 하나 더 추가하고 살아가는데 먹는 데서부터라도 행복해졌으면 좋겠다.

이야기

오늘은 이런저런 책에서 훔친 낡은 이야기를, 남의 창작물을 내 것인 것처럼 써먹기로 한다.

술을 빚는 공장 옆에 기가 막힌 술군들이 살고 있었는데 매일 밤 술공장의 술을 훔쳐마시고 있었다. 훔치는 방법은 벽에 구멍을 내고 빨대를 꽂는 것이였다. 어느 날 이들의 수법을 발견한 술공장 주인이 소변을 모았다가 독에다 채워놓았다. 그걸 알 리 없는 술군들은 여느 때와 마찬가지로 빨대를 꽂기 시작했다. 첫 사람이 빨았을 때 술이 아니라는 걸 금방 알아차렸지만 순간 왜 나만 당하겠냐는 생각이 뇌리를 스치면서 아닌 보살을 하고 "참 좋은 술"이라고 극찬한다. 그에 속은 두번째 술군도 같은 방법으로 세번째 술군을 속여서 마시게 한다. 나중에 셋은 씁쓸하게 허구픈 웃음을 지으며 서로를 쳐다봤다.

나만 손해보는 게 억울한 심리가 있다. 다른 사람까지 당하게 한다고 자기가 당한 게 없어지는 것도 아니지만 어쩐지 같이 당하면 위안이 되고 덜 손해본 것 같이 느껴진다. 내가 당했으니 제2의 피해자는 없어야 한다는 식의 고상한 인격으로 포장할 수도 있지만 모든 사람이 다 교과서 대로 살지는 않는다. 오누이를 키웠던 친구가 있다. 매번 엄마한테 혼났던 맏이가 어느 날 동생이 혼나는 걸 보면서 '그럼 그렇지. 너한테도 오늘과 같은 날이 오는구나'라며 깨고소한 표정으로 키득거리고 있는 맏이를 봤다는 친구의 얘기가 다시 떠오른다.

최근 한국에서 교육개혁을 하면서 학생들에게 혼란을 조성하고 있다며 여론이 시끄럽다. 그런 중에 학생들 속에서 이런 말이 나온다.

"내가 틀리는 것보다 다같이 맞는 게 더 무섭다."

교육방향과 시험기준에 따라서 기존의 상태가 깨진다

는 애기다. 례를 들면 원래는 열에서 두명만 합격할 수 있었는데 시험기준이 조절되면서 다섯명으로 늘게 된다는 것과 비슷한 론리다. 그렇게 되면 원래 두명은 상대적인 박탈감을 느끼게 된다. 원래는 상위 1%의 존재였는데 어느 날 아침 눈을 뜨니 범위가 2%로 넓혀지게 된 거다. 물론 나의 우수함은 변함이 없지만 그 우수함의 범위에 예상외의 약간명이 더 추가되는 셈이다. 술로 치면 원래 52도짜리 이과두주였을 때는 내노라 하는 술군이였는데 어느 날 38도짜리가 나오면서 술이 별로 세지 못하던 군체와 다같은 선상에 서버리게 됐다는 애기다.

두 친구가 어느 날 마루에 걸터앉아서 한담을 하고 있었다. 그중 한 친구가 몸이 가려웠던지 긁다가 옷 속에서 잡히는 것이 있어 꺼내봤더니 이다. 대략 난감해진 친구는 마루 아래로 이를 버려버리면서 이런 말을 보탠다.

"난 또 인가 했네."

그런데 이 때 옆의 친구가 마루에서 일어나더니 금방 버린 이를 집어온다. 그러고는 찬찬히 들여다보면서 한마디 한다.

"이가 맞네 뭐."

원래는 자연스럽게 넘어갈 수도 있었는데 고지식하다고 할가 아니면 집요하다 할가 그것도 아니면 지꿎다고 할가 아무튼 까밝혀진 친구의 립장에서는 영 멋적은 상황이다. 어떤 심리에서 행해진 행동이였든 관계없이 결론적으로 바람직한 결과는 아니지만 그런대로 덜 난처한 상황이라면 지꿎게 장난을 친 게 좀 낫다. 그런데 이건 아주 허물없는 가까운 사이여야만 통할 수 있는 장난이다.

연예프로에 출연한 게스트중에 '**맘'이라는 닉네임을 쓰는 녀성이 있었다. 주지하다싶이 '－맘'이란 닉네임은 '아무개의 엄마'라는 뜻이다. 이 녀성은 사교어플에서 몇백만의 구독자를 보유하고 있었는데 아직 독신이다. 그런데 닉네임을 저렇게 달다 보니 다들 아이 엄마인 줄로 알고 대시를 해오는 사람이 없다며 약간 후회한다는 말을 꺼낸다. 좌중에서는 그럴법도 하겠다며 수긍하는 가운데 웬지 내가 만약 게스트중의 일원이였다면 이런 말을 뱉었을 것 같다.

"그게 과연 닉네임만의 문제였을가요?"

그럼 이 녀성은 어떻게 반응할가? 연예프로인 것 만큼

다들 웃고 넘어갈 수도 있겠지만 상황에 따라서 껄끄러운 장면이 출연될 수도 있다. 말을 뱉은 당사자와 별로 친하지도 않았다거나 혹은 전에 받았던 인상이 안 좋았다면 시비가 생길 수도 있는 상황이다.

전에는 술상의 분위기를 위해 이와 비슷한 형태의 말들을 많이 했었다. 열에 아홉은 먹히는데 가끔은 반응이 싸늘해지는 걸 감지할 때도 있었다. 그러면 좀 취한 상태에서도 정신을 차리고 말을 자제하거나 사실은 웃자고 한 얘기라는 취지를 설명하느라고 애 쓴다. 그런데 엎지른 물을 다시 담을 수 없을 때도 있다. 혹은 이미 구겨놓은 종이를 다시 편다고 원 상태로 되는 것이 아닌 경우도 있다.

어떤 유머든 양복에 넥타이를 매고 근엄한 표정으로 날씨애기를 하면서 탄생하지는 않는다. 숨은 뜻이 있어야 하고 정상적인 사유를 깨는 반전이 있어야 한다. 그 과정에 잘못 튀면 오해를 낳기가 십상이다.

최근에는 술상에서 화제에 별로 끼이지 못하고 묵묵히 앉아 남의 말을 듣고만 있을 때가 있다. 그런 나를 보면서 왜 꼭 이런 자리에 와야만 했었나라는 생각을 하게 된다. 이어서 왜 화제에 어울리지도 못하는 처지가 됐는지 원인을 찾게 된다. 위챗 모멘트까지 닫아버리는 내가 간혹 우려스럽기도 하다. 세상과 점점 담을 쌓아가고 있는 건 아닌지. 하나하나 버리면서 여생을 살겠다는 생각을 실천해가고 있지만 그게 과연 맞는 길인지도 확고한 자신이 서지 않는다.

남의 이야기든 내 생활이든 재미가 결여돼서는 안되는데 말이다.

영정하의 아침

차를 타고 헬스장에 가서 운동하고 다시 차로 돌아올 거면 그 거리를 걸어가거나 달리기를 해도 그냥 운동이 아닐가 싶었다. 그런 생각을 했던 내가 오늘 동계올림픽공원에 운전하고 가서 걷기운동을 하고 왔다. 남의 말이라고 쉽게 하는 게 아니였다.

동계올림픽공원은 길 하나를 사이 두고 수도강철회사공원과 린접해있다. 수도강철회사다리가 영정하 우에 가로놓여있다. 그 우에는 자전거운동을 하는 사람들이 주렁주렁 서있다. 시내에서 여기까지 타고 오면 거리도 일정하게 달려왔으니 다리쉼도 할겸 넓다란 강을 바라보며 눈을 호강시키는 것도 일종 향수다.

영정하 연안을 따라 량켠으로 만들어놓은 산책로는 몇 킬로메터를 가도 신호등 하나 막히는 게 없어서 운동하기 딱 좋은 곳이다. 산들산들 아침바람에 강의 특유한 향이 풍겨오기도 하고 강을 가로질러 만들어놓은 낮은 땜 우로 강물이 떨어지면서 작은 폭포소리가 지속적으로 귀맛 좋게 들려온다.

배가 매집 좋게 나온 아저씨들이 축 늘어진 흰색 티에 반바지차림으로 산책하고 있는가 하면 프로선수차림으로 발폭도 절도 있게 움직이는 젊은이들도 있다. 특히 해빛가리개모자 사이로 긴머리를 날리며 건강한 몸매를 자랑하는 녀성들의 달리기는 관상가치를 뽐내는 데도 한몫한다.

도심의 공원이나 운하에서는 낚시를 금지한다는 패말이 세워져있는데 여기는 그런 제한이 없다. 물이 깊고 물살이 급하니 강에 들어가거나 고기를 건져올리지 말라는 경고패말은 있다. 낚시는 되지만 맨손으로 무리하지는 말라는 얘기다. 전동자전거를 타고 와서 안성맞춤한 곳에 자리를 잡고 앉아 낚시를 하는 사람들이 많이 보인다. 인간은 건강하게 오래 살겠다고 강 옆 산책로에서 땀 흘리며 달리기를 하고 물고기는 이른아침부터 날벼락으로 낚시에 걸려나올 위험부담을 안고 하루를 시작한다.

본인의 의사와는 상관없이 따라나온 견공은 나이 탓인지 뚱기적거리며 힘겹게 주인을 따라가고 있다. 그런 중에 좀 쉬였으면 하는 바람인지 세발작이 멀다 하게 주인을 올려다본다. 왼쪽으로 쳐다보다가 소용이 없자 이번에는 오른쪽으로 방향을 바꾸어서 쳐다본다. 견공의 눈빛이야 어떻게 애절하든간에 주인의 눈은 휴대폰에 꽂혀있고 발은 관성에 의한 움직임을 이어가고 있다.

다행히 앞에 벤취 하나가 나타난다. 주인도 쉴 시간이 됐는지 벤취에 앉자 그러기 바쁘게 견공은 앞발을 주인의 다리에 얹고 머리를 좌우로 흔들어대면서 입을 다신다. 그 신호를 주인이 알아채는지 가방에서 물을 꺼내 그릇에 담아주니 허겁지겁 혀로 감아올려 흡입한다. 견공은 산책중에 아무리 갈증이 나도 능동적으로 물을 마시지는 못하고 언제가 될지 모를 주인의 하사시간만 기다려야 한다.

물탕크를 실은 하북번호판의 트럭이 영정하에다 도관을 꽂고 강물을 끌어올리고 있다. 탕크에 물이 차는 사이에 운전사아저씨는 낚시하는 곳에 가 기웃거려보기도 하고 달리기를 하는 몸 좋은 사람들의 뒤모습도 한참을 바라다본다.

물을 끌어들이는 저 도관으로 혹시 물고기가 빨려 올라오지는 않는지 궁금했지만 끝내 물어보지는 못했다. 아침부터 자지도 못하고 일찍 나와서 나무와 잔디에 줄 물을 준비해야 하는 사람한테 엉뚱한 질문을 하는 것도 싱거운 일이다.

어떤 회사에서 직원들이 단체로 약속하고 나온 것 같은데 20여명이 한곳에 모여서 운동전 스트레칭을 하고 있다. 한주를 근무하고 간만에 찾아온 토요일에 시름 놓고 낮잠을 푹 자는 것도 향수련만 참 부지런한 젊은이들이다. 프로선수들처럼 로출이 많지 않고 되려 피부가 타지 않도록 꽁꽁 가리고들 나왔다. 신발이나 복장이 각각인 걸 봐서 그때그때 림시로 약속하고 만나서 운동하나 보다. 하기야 뭐 옷이 날개라는 말도 있기는 하지만 운동에 한해서만은 무엇을 입냐가 별로 중요하지는 않은 것 같다.

돌아오는 길에 주차장에 들어서는데 젊은 부부가 차를 세우더니 뒤상자에서 자전거를 꺼낸다. 부부가 다 몸에 착 달라붙는 전문복차림이다. 서로가 상대방에게 선크림을 발라주는데 거의 목욕하는 수준으로 구석구석에 푹푹 도배를 한다. 자외선이 무섭기는 한데 그렇다고 운동을 포기할 수도 없는가 보다. 그런 모순 속에서 할 수 있는 보호장치는 다 가동하고 있다. 해남도의 해수욕장에 몇시간씩 있어도 선크림이라는 걸 모르는 나로서는 희귀한 장면이다.

영정하의 주말아침은 약동 그 자체의 현장이였다.

만자의 노력

아빠트단지 동문 옆에 있는 호텔의 옆마당과 앞마당이 요즘 아이들을 데리고 나온 부모와 할아버지, 할머니들로 북적인다. 처음에는 옆마당에다 널판자로 바닥을 깔아놓아서 아이들이 앉아놀기 편한가 보다 했는데 이제 콩크리트로 된 앞마당까지 점거하는 걸 보면서 애를 보는 사람들이 무슨 귀신에 홀리기라도 했나 싶으며 리해가 어렵게 됐다. 앞마당의 주차장에서는 차들도 오고가야 하는데 애들이 뛰여다니니 운전자들도 매우 조심스럽다. 혹시 호텔 로비에서 에어컨바람이 흘러나와서 그걸 공짜로 향수하려고 몰리나 싶어 일부러 확인해봤는데 그런 것도 아니다. 아빠트단지 울안에도 널직한 공터가 많은데 왜 하필이면 남의 호텔 앞에서 죽치고 있는지 수수께끼다. 그렇다고 애들이 신나게 뛰여노는 마당에 호텔직원이 나와서 여기서 이러시면 안된다고 쫓아내기도 애매한 상황이다.

가는 날이 장날이라더니 오랜만에 서산 팔대처를 찾았더니 마침 음력 보름이다. 이른 시간에 웬지 차도 많고 사람도 많다 했더니 향을 올리러 가는 사람들이 일찌기도 찾아온다. 부처님한테 빌러 가는 사람들의 심리를 리용해 도로 옆에서 구걸하는 사람도 이르기는 마찬가지다. 대표적인 불교음악을 틀어놓고 나무아미타불을 반복적으로 되뇌이면서 행인들께서 자비를 베풀어주십사 구걸한다. 현금을 들고다니는 시절도 아닌데 누가 돈을 건네주겠나 싶지만 괜한 걱정이다. 위챗 큐알코드가 덩그러니 걸려있다.

가는 길에 있는 신강식당은 아직 6시도 되지 않았는데 벌써 문을 열고 아침손님을 맞이하고 있다. 주방에서는 키가 껑충한 젊은이가 뒤머리가 다 일어선 채로 서서 두 손을 부지런히 놀리고 있다. 아침에 샤와를 할 겨를도 없이 대충 세수만 하고 나왔나 보다. 아직까지는 손님 달랑 한명이 앉아서 음식이 나오기를 기다리고 있다. 혼자서 주방을 도맡은 젊은이에게 있어서는 손님이 적을수록 좋을지도 모른다. 어차피 가게수익은 사장의 몫이고 로임은 정해져있기 때문이다. 어느 식당도 접대하는 손님 수자로 직원 수당을 주지는 않을 것이다. 물론 어차피 새벽부터 일어나 일하는 김에 손님이라도 많았으면 보람이 있겠다는 생각을 가질 수도 있는데 그건 직원 개개인의 각오에 달린 문제이지 강요할 일은 아니다.

이른아침부터 바쁜 사람들이 또 있었으니 부근 공사장에서 일하는 근로자들이다. 이미 건물 외벽에 붙어 작업을 시작한 사람들이 있는가 하면 공사장으로 한창 이동중인 사람들도 있다. 삼륜전동차에 여러명을 태운 아저씨가 한손으로 핸들을 잡고 한손으로 전병을 먹으며 천천히 공사장으로 가고 있다. 아침을 먹는 시간도 절약하려고 이동중에 겸사겸사 식사까지 해결하고 있다.

인도 옆 월계화는 왕성하게 피여나던 시기를 넘기고 때이른 불볕에 더위라도 먹은 듯 듬성듬성 힘없이 처져있다. 전 같았으면 그중에서라도 골라 찍어서 위챗에 올렸으련만 이젠 관심이 확 식었다. 내가 식고 보니 그 때 당시 보는 사람들도 마찬가지였겠다는 생각을 하게 된다. 내딴에는 특별하게 눈에 들어오는 꽃송이를 골라서, 가장 좋은 각도를 잡아서 찍느라고 했지만 매일 같은 꽃을 만나는 '관중'의 눈에는 그냥 단순한 반복이였을 것이다. 이 사람이 왜 이러나 짜증이 올라오면서 블랙리스트에 넣어버리는 사람도 한둘이 아니였을 것이다. 멈추고 보니 전의 자기를 돌아보게 되고 일면식도 없이 위챗으로만 만났던 사람들의 눈살 찌프렸을 심리도 들여다보는 것 같다.

아침운동을 마치고 돌아오는 길에 길옆에서 삼륜차를 세워놓고 채소를 파는 아저씨를 만난다. 오늘도 오이며 감자며 도마도며 가지며 고추며 여러가지 채소를 가득 싣고 왔다. 우리가 흔히 말하는 '조선족오이'를 샀더니 제법 묵직하게 담아주는데 10원이다. 비닐주머니 밖으로 세여봤더니 통통한 오이가 10개다. 전체가 10원이라고 했을 때는 싸다고 생각했는데 정작 하나에 1원이라고 생각하니 또 그렇게 싼 것도 아닌 것 같은 느낌이다. 밤에 술 마시고 타는 택시는 100원 넘게 나와도 그런가 보다 하면서도 농민아저씨가 어렵게 농사하여 들고나온 채소에서는 1원을 단위로 꼼꼼한 암산을 하고 있었다.

동향이여서 아침해살이 강하게 비쳐드는 집 베란다의 다다미는 오전 11시까지 리용이 불가능하다. 베란다로 나가는 문을 열어놓고 방의 에어컨을 크게 틀면 덥지는 않은데 강렬한 볕은 어쩔 수 없다. 인터넷에서 해볕을 가릴 수 있는 검은색 비닐을 사서 창문유리에 걸어놓기도 해봤는데 제 역할을 하지 못한다. 다다미에 푹신한 의자까지 마련해놓아서 독서실로는 아주 적격인데 아까운 대로 오전시간은 그냥 비워둬야 한다.

대신 그 시간에 뭐라도 해야 되겠다 싶어서 노트북을 켜고 자판을 두드린다. 명확한 구상이 선 것도 아니지만 일단 시작을 해놓는다. 그러다 보면 어떻게든 한단락한단락 내려간다. 워드도 별도의 설정이 없이 그냥 켠 상태의 글자크기와 바탕 글꼴을 그대로 쓴다. 이제 눈이 거기에 습관이 되여 어느 정도에 내려가면 글자수가 얼마 된다는 짐작이 생긴다.

이번 주에는 그래도 만자를 완성했다.

시시콜콜 살아가는 이야기

올해 여름 더위는 성격이 무척 급해졌다. 유난히 날씨 변화에 집착하는 한국방송을 들여다보면 벌써부터 저렇게 호들갑을 떨어서야 앞으로 7~8월은 어떻게 하냐는 싱거운 걱정을 하게 된다.

태양이 발광을 한다고 해서 주말 이틀을 줄창 집에만 붙어있는다는 것도 갑갑한 일이다. 집안에서 에어컨이 시원하게 나오고 있으니 밖이 얼마나 뜨거운지 실감이 나지 않아서 결국 집을 나섰다. 엘레베터를 기다리는 복도에서부터 열기가 콱콱 안겨오는데 다시 들어갈 생각도 든다. 잠시 망설임 끝에 칼을 뽑았으면 무우라도 썰어야 한다는 생각에 결연히 외출을 시작했다.

볕이 뜨거운 가운데 바람이 솔솔 불기는 하지만 열을 식혀주지는 못한다. 그래도 길에는 사람들이 적지 않다. 차림으로 봤을 때 어디론가 목적지가 있게 가는 사람들도 있고 덥더라도 활동은 해야겠다는 생각에 산책을 나온 듯한 사람들도 있다. 꼬리에 꼬리를 잇는 차들이 이 열기에 더 가세하고 있다. 에어컨이 빵빵 터지는 차 안의 시원함은 결국 바깥으로 뿜어내는 매연의 대가로 바꿔온다.

목적지는 시원한 에어컨이 보장되는 백화점이다. 원래는 조이시티가 들어서면서 그리로 자주 가려 했는데 개업날에 크게 실망하고 나니 관심이 싹 사라졌다. 뻐스에 올라타니 에어컨이 잘 나온다. 전에는 에어컨이 나오는 뻐스만 따로 있어서 표값을 비싸게 받고 '에어컨뻐스'라는 표식도 달고 다녔는데 이제는 모든 뻐스에서 에어컨이 작동된다. 그런데 찬바람이 싫은 승객도 있었으니 어떤 에어컨 바람출구는 닫혀있다. 전에 개별적인 뻐스만 에어컨이 있을 때는 승객들이 바람출구를 다치면 백미러로 감시하던 운전기사가 손을 대지 말라고 경고했었다. 귀할 때는 고장이 날가 봐 운전기사가 관여했는데 이제 보편화되고 나니 그런 잔소리도 없어졌다.

마스크를 쓴 승객이 소수인 가운데 운전기사는 여전히 착용상태지만 안전원은 턱에다 걸고 있다. 감기에 걸렸는지 일정 간격으로 재채기를 해대는데 입을 막지도 않고 시원하게 비말을 분출한다. 전 같았으면 승객들의 눈총을 받을 일이고 옆에 있던 사람들이 '피난'을 했을 건데 지금은 다들 무덤덤하다. 아니지, 재채기를 할 상태면 뻐스회사에서 아예 근무를 못하게 원천을 차단했을 것이다. 나는 출근할 때 지하철에서 마스크를 쓰던 습관이 있어서 원래는 뻐스에서도 쓰는데 오를 때 깜빡하고 안 썼다. 그러다가 재채기를 하는 걸 보고서야 마스크를 안 썼다는 걸 의식하고 다시 주머니에서 꺼냈다.

백화점은 생각보다 에어컨이 세게 나오지 않는다. 가뜩이나 장사가 저조한데 전기세라도 아껴보자는 계산인지 아니면 에너지 절약 차원에서 관계 부문이 그렇게 요구하는지는 모르겠으나 백화점이 시원하지 못하면 고객이 더 찾지 않을 수도 있다. 전에 고객들은 마스크를 쓰나 안 쓰나가 선택이였지만 판매원들은 필수로 다 쓰고 있었는데 이제 그들도 자률적으로 선택해 쓰고 있었다. 이제 공공장소라고 하더라도 마스크를 쓴 사람이 더 이상하게 보이는 정상적인 일상으로 회복됐다는 얘기다. 벌써부터 그렇게 됐는데 그사이 마스크를 고집했던 나만 뒤처진 것 같기도 하고.

백화점에 가면 화웨이와 쇼미 가게는 꼭 한번 둘러보고 나온다. 무슨 새로운 제품이 나온 게 없나 살피고 특히 노트북이 어떻게 갱신되어가고 있는지를 들여다본다. 옆에 있는 애플가게에는 고객이 한명도 없다. 화웨이와 쇼미에서는 번마다 봐도 7~8명이 기웃거리고 있는 데 비하면 애플이 찬밥신세다. 내가 애플을 쓰지 않아서 그런지 괜히 '꼴 좋다'는 못된 심리가 생겨나는 걸 감출 수 없다.

백화점이 시원하면 더 머물겠는데 에어컨이 여의치 않아서 산책 삼아 3층까지 걸어다니다가 나왔다. 조이시티가 인상이 그닥잖기는 했지만 생맥주를 파는 가게 하나가 눈에 들어오기는 했다. 개업날에는 사람들이 너무 붐벼서 들어가보지 않았다. 날씨도 더운데 그리로 가서 시원한 맥주나 마시려고 발길을 옮겼다. 바깥의 더운 바람은 여전히 숨이 막히게 한다. 그늘을 찾아 걸어도 해빛만 가릴 뿐 얼굴에 확확 안겨오는 열기는 여전하다. 작업복차림에 수도관을 들고 잔디에 물을 주는 아저씨는 이미 얼굴이 새까맣게 탔다. 그늘 하나 없는 뙤약볕 아래에서 시원하게 뿜어져나오는 물줄기로 잔디의 더위를 식혀주고 있다.

생맥주고 뭐고 집에 가기로 했다. 집에 시원한 맥주가 없는 것도 아닌데 굳이 이 고생을 사서 하냐는 생각에서다. 마침 아빠트단지까지 가는 뻐스가 오길래 냉큼 올라타기는 했는데 멀리 에돌아서 가는 뻐스다. 집에 빨리 도착한다고 딱히 할 일도 없고 뻐스 안이 시원하기도 하니 얼마를 돌아가도 상관없다.

뻐스에 오르면서 검표기에 휴대폰을 갖다대니 소리가 이상하더라길래 나중에 확인해보니 갈 때 탔던 뻐스에서 내리면서 카드를 찍지 않았다. 그러면 다음에 탈 때 원래 뻐스의 제일 먼 거리로 계산해서 표값이 결제된다. 1원이면 탈 거리를 6원 내고 탄 셈이다. 택시를 타면 20원이 나오더라도 뻐스에서는 1원을 확인하게 되는 게 사람 심리다.

집에 거의 도착할 무렵에 휴대폰앱을 열어 에어컨을 켜놓으면 문을 떼고 들어서는 동시에 시원하다. 집에 들어선 다음에 부랴부랴 켜서 차거워지는 시간을 기다릴 필요가 없다.

그래도 집이 제일이다.

투자

33년전에 항공사로부터 비행기 평생 리용권을 산 미국의 한 남성이 해외려행을 밥 먹듯이 하면서 지구와 달 사이를 48번 왕복할 수 있는 거리를 탑승했다는 기사를 봤다. 물론 1990년에 29만딸라를 투자했으면 적은 돈은 아니다. 그러나 밑지지는 않았다.

이 남성은 2019년 한해만 해도 373차례 비행기를 리용했고 련 12일간 비행기를 갈아타면서 려행한 적도 있다. 비행기를 하도 많이 타다 보니 승무원으로부터 무료써비스를 제공받을 수 있는 요령도 터득해냈다. 처음 만나는 승무원이더라도 아는 체하면서 인사를 건넨다.

"지난번 써비스에 감사했습니다."

승무원의 립장에서는 그 많은 승객들을 상대하면서 자기를 알아봐주는 고객을 다시 만나서 인사를 받는다는 게 당연히 고맙고 흐뭇한 일이다. 살짝 미소 짓는 얼굴, 가벼운 고개 끄덕임, 짧은 인사말 이런 건 누구도 쉽게 할 수 있지만 이런 미세한 투자가 적재적소에 이루어지면 상당한 효과를 낳는다.

돈도 들지 않는 이런 투자를 현실에서 대부분 사람들은 할 줄을 모르거니와 하려고도 하지 않는다. 비행기에 탑승할 때 승무원이 입구에 다소곳이 서서 개개인에게 인사를 하지만 답례는 둘째 치고 알은 척을 하는 승객도 많지 않다. 승무원의 직업 성격상 인사는 의무적으로 행해지는 당연한 행동이라고 여기기 때문이다. 회사로 치면 직원은 아주 열정적으로 인사를 건네는데 상사는 심드렁하게 받아도 뭐라 할 수 없는 것과 비슷한 맥락이다. 비대칭관계에서 나타나는 우월감의 발로이기도 하다. 당연하다고 생각하는 심리가 고마움의 의미를 령으로 만들어놓는다.

그런데 감정투자라는 건 무형의 재산을 창출하는 소중한 투자행위다. 설사 그것이 무엇을 바라고 하지 않았다고 하더라도 받은 사람으로서는 차곡차곡 쌓아놓고 갚을 기회를 기다리게 된다. 우리는 길거리에서 쓰러진 할아버지를 도와 병원으로 이송했는데 나중에 알고 보니 재벌회장이였다는 장면을 드라마에서 만난다. 결과 어마어마한 경제적인 도움을 받게 된다.

반대로 시장에서 사소한 마찰이 생겼는데 그만 서로가 격해져 개니 소니 하며 싸웠던 아주머니가 나중에 만나고 보니 미래의 사돈이였다는 씨나리오도 드라마에서 심심치 않게 만난다. 자칫하면 마이나스투자를 하는 것도 경제면에서나 감정면에서나 존재할 수 있는 위험부담이다. 그게 투자의 속성이다. 아니면 세상이 다 부자천지여서 생태균형에도 좋은 일이 아니다.

우리는 십수년의 학교생활을 거치면서 많은 동창을 만든다. 하지만 어느 구름에서 비가 내릴지 모른다. 애들과 잘 어울리지도 않고 성적도 평범했던 친구가 후날 보니 과학자가 되여있을 수도 있고 싸움이란 싸움은 빼놓지 않고 찾아다니던 친구가 후날에 넥타이를 매고 몇백명의 직원을 거느린 회사 사장이 되여있는 것도 희한한 일이 아니다. 그래서 학교 때는 내가 재보다 훨씬 우수했는데 억울하다며 신세타령을 한다. 그럴 줄을 알았더라면 그 때 무시하지 말

걸 그랬고 적어도 적으로 만들지는 말았을걸 그랬다고 뒤늦은 후회를 한다. 사회에 나와서의 인간관계는 더 말할 것도 없다.

지금보다 로임이 훨씬 적었을 때 나는 오히려 술을 더 많이 마시고 살았다. 주변에서는 그 돈을 아꼈더라면 집도 큰 걸 사고 좋은 차도 샀을 것이라고 내 대신 계산을 해준다. 돌아보면 그 말이 맞고도 남는다. 그런데 그만큼 기분 좋게 놀았고 좋은 사람들을 많이 만난 것으로 만족한다. 더우기는 스트레스 해소에서 마멸할 수 없는 기여를 한 술을 고맙게 생각한다. 그 대가로 작고 낡은 집에 사는 유감이 있기는 하지만 후회는 없다. 다시한번 살라고 해도 같은 선택을 할 것이다. 그 당시에 무슨 성과물을 바란 건 아니지만 지금에 와 보면 그것도 투자였다. 지금 이 나이에 와서 돈을 트럭으로 실어다준다고 해도 당시의 호방함을 되찾을 수 없다.

그렇다고 건강이 크게 나빠진 것도 아니다. 술담배를 다 하는 위인들도 오래 산 례가 수두룩하고 술을 입에 대지도 않는 사람이 간에 문제가 생기는 것도 먼데 일이 아니다.

긍정적인 측면이든 부정적인 측면이든 투자는 반드시 효과를 산생한다. 좋은 결과로 돌아오면 우리는 덕은 쌓은 대로 간다고 하고 나쁜 결과가 생기면 뿌린 대로 거둔다고 한다.

어떤 결과든 본인의 몫이다.

알람을 자처하는 새

매일 이른아침에 독창을 하는 이름 모를 새가 오늘도 4시 27분이 되니 어김없이 목청을 돋군다. 어느 집에서 기르는 새인지 아니면 주변의 어느 나무에 둥지를 틀고 서식하는 새인지 알길이 없지만 반가울 때도 있고 좀더 잤으면 좋겠는데 그 소리가 신경 쓰일 때도 있다. 만약 가정집에서 기르는 새라면 그 이웃들은 어떻게 생각할가.

새삼스럽지만 아침 일찍 밖에 나오니 좋기는 하다. 지하철역에서 나와 5,000보를 걷고 사무실에 도착했는데도 6시 전이다. 구내식당이 문을 열기까지는 1시간이 남았고 출근 시간까지는 2시간 반이나 남았다. 이 많은 시간을 어디에 다 쓸가. 긴 하루를 가진 여유 가득한 아침이다.

열흘에 한번씩 물을 주는 화분에 1리터짜리 생수병 두 개의 량을 가득 부어주었다. 번마다 듬뿍 부어주는 물이 부담스러운지 잠시 거부하는 듯 표면에 고여놓았다가 천천히 흡수하여 소화한다. 물이 다 스며든 뒤 습기에 촉촉해진 흙표면을 보면서 앞으로 열흘은 갈증 걱정 없이 무난하게 보내겠구나라는 생각을 한다. 파릇하게 돋아나는 새 잎들은 다 내가 물을 명심해준 결과물이라는 생각에 흡족해 들여다본다.

혈당에 좋다기에 어제부터 구기자차를 마신다. 차는 첫 물을 헹구는 게 싫어서 손을 대지 않는데 건강검진에서 혈당수치가 높게 나온 뒤로 인터넷을 검색해 구입한 구기자다. 언제까지 견지할지는 모르겠지만 일단 시작은 했다. 맛도 괜찮다. 뜨거운 물을 부으면 마른 구기자가 점차 연분홍색으로 통통하게 펴지면서 컵의 웃쪽으로 동동 떠오른다. 단 걸 싫어하지만 건강에 좋은 것이라고 하니 또 거부감이 사라진다. 요상한 게 사람 심리다.

구내식당의 아침은 다양하게 나오지만 내 메뉴는 거의 정해져있다. 찐만두 두개에 닭알 하나, 우유가 아니면 두유 한공기 그리고 야채 밑반찬을 듬뿍 뜨면 완성이다. 사무실에서 나오는 시간부터 계산해서 다 먹기까지 10분 이내로 마무리한다. 식후 산책은 북문으로 나가서 남문으로 들어온다. 그사이에 장안가의 인도를 잠간 경유하게 된다. 중학교 한어 선생님이 북경에 다녀온 뒤 칠판에 그림을 그려가면서 천안문광장을 소개할 때 장안가를 언급했었다. 나는 언제 북경에 가보나 싶었는데 아침 식후 산책을 장안가에서 유유하게 거닐고 있다. 오래 살고 볼 일이다.

잔디밭에 물을 주는 아저씨의 자전거가 바뀌였다. 흙받이도 없는 바퀴는 보통자전거보다 좀 넓은 편이고 페달을 천천히 밟는데도 가볍게 잘 나간다. 손에 만홀뚜껑을 여는 쇠고리 하나를 들고 이곳저곳 수도관을 열어놓으면 아침 관개가 끝난다. 만홀뚜껑은 다 무거운 철로 되였는가 했더랬는데 행인이나 차가 지나갈 일이 없는 잔디밭의 만홀뚜껑은 비닐로 된 것도 있었다. 뚜껑에 난 구멍으로 손가락을 넣어서 가볍게 들어낼 수 있는 편리함이 있다.

사무실 청소를 하는 아주머니가 새로 바뀌였다. 7시 반도 되지 않았고 아직은 극소수 직원들만 출근했는데 벌써 청소를 하겠다고 노크한다. 전의 아주머니는 청소를 해도 되겠냐고 물어본 뒤 시작했는데 이 아주머니는 노크하기 바쁘게 문을 밀고 들어와서는 이곳저곳을 닦기 시작한다. 할 수 없이 일을 멈추고 사무실을 비워준다. 이 사무실에 이사온 지 9년이 좀 넘는데 그사이 기억에 남은 범위 안에서 6명의 아주머니가 다녀갔다. 그중 사천에서 온 첫번째 아주머니가 성격이 후더분하고 오래 근무했었다. 복도에서 마주치면 인사도 하고 친화력이 있는 아주머니였는데 그 뒤로는 당신은 당신 일을 하고 나는 내 일에만 충실히 하겠으니 우리 굳이 서로 알은 체하지 말자는 형태였다.

하긴 한층에서 일하고 있는 타부서 동료들중에도 안면몰수를 하고 다니는 직원들이 한둘이 아니다. 어떤 때에는 내가 주동적으로 머리를 끄덕였다가 뻘쭘해진다. 순간 나도 이제 나이를 먹을 만큼 먹었는데 굳이 먼저 인사를 해서 받을 년배가 아니라는 생각이 들면서 얼굴에서 웃음을 많이 거두고 다닌다. 알은 체하면 받고 아니면 나도 모른 체한다. 어찌 보면 그게 상대방을 배려하는 것일 수도 있다. 싫다는 인사를 굳이 옆구리를 찔러서까지 시킬 필요가 없다.

떡도 없는데 김치국만 마시는 것도 싱거운 일이다.

내가 만드는 행복

에스빠냐국왕 라만 3세가 이런 말을 했다고 한다.

나는 승리와 평화 속에서 50년간 전국을 통치했습니다. 국민들의 애대를 받았고 적들의 간담을 서늘케 했으며 친구들의 존경을 받았습니다. 부와 영예, 권리와 향수는 원하기만 하면 가질 수 있었고 인간세상의 복지는 결핍해본 적이 없었습니다. 이런 상태에서 평생 진정으로 행복했던 날이 얼마나 되냐 계산해봤더니 겨우 열나흘이였습니다.

50년이면 1만 8,250날인데 모든 걸 다 가졌을 것 같은 지고무상의 국왕이 행복했던 날은 총날자의 꼬리수에도 미치지 못했다. 나는 행복했던 날이 저 국왕과는 비교도 되지 않게 많았더랬는데 그럼 내가 국왕한테 엄청 미안해해야 되는 걸가. 어차피 고인이 된 사람이니 굳이 비교를 할 의미는 없다.

요즘은 퇴근해 집에 들어가면 흑맥주 딱 한캔에다 밥을 먹는다. 원래는 기본으로 3캔은 마셔야 마신 것 같고 그게 아니라면 아예 시작을 말자는 게 내 맥주 기조였는데 이왕의 그 구도가 깨졌다. 뜨거운 차물을 호호 불면서 입술에 발라가며 빨아들이듯이 조금씩 마신다.

어제 후배가 단체방에서 번개팅으로 한잔하자고 제안한다. 그런데 다른 후배가 선약이 있다고 해서 무산됐다. 전 같았으면 술 제안을 한 후배한테 단독으로 문자를 해서 우리끼리라도 마시자고 했을 건데 어제는 그냥 모르는 척하고 넘어갔다. 하루 안 마시면 하루가 남는 거라는 생각을 하고 있었다. 그러는 내가 스스로도 놀랍고 리해가 가지 않을 정도로 생소하게 변해가고 있었다.

전에는 웃고 떠드는 술자리 자체가 즐거운 건 당연한 일이고 잡힌 약속 시간이 다가오는 과정도 행복했다. 그런데 그런 성격의 행복이 색 바래가고 있다. 안타까운 일이지만 나는 이미 충분히 체험하면서 살았다고 생각한다. 그래서 유감은 당연히 없고 그 당시 '충실하게' 보낸 시간들만으로도 충분히 만족한다.

행복은 아침 산책길에 사람이 가까이 다가가도 전혀 두려워함이 없이 먹이를 쪼아먹기에만 몰두하는 비둘기한테서도 읽히고 나무가지에 앉아서 깍깍거리는 까치소리에서도 느끼고 잔디밭에서 퐁퐁 뛰여다니는 참새에게서도 전달받는다. 벤취에 앉아 휴대폰을 보고 있는 주인 옆에 턱을 고이고 편안한 자세로 엎드려 휴식을 취하고 있는 강아지한테서도 행복이 전해진다. 마치 "뭘 그렇게 내려다봐? 개팔자가 상팔자라는 걸 이제야 알았냐?"라고 물어보는 것 같기도 하다.

저녁 퇴근길에 아빠트단지 대문 앞에서 어린 딸을 데리고 나온 엄마가 아이와 5메터 거리를 두고 마주서서 가위바위보게임을 하고 있다. 아이가 보를 내는데 엄마가 가위를 내서 이긴다. 그랬더니 아이가 변명한다.

"원래 주먹을 낼가 생각했더랬어요."

"그럼 왜 안 냈어? "

"…"

"진 건 진 거야. 깔끔하게 승복하고 넘어가자."

원래 내려 했던 주먹을 보로 바꿔내서 진 데 대해 아쉬움이 남았는지 아이는 잠간 억울한 표정이다. 하지만 다음 판이 시작되면서 언제 그랬냐 싶게 다시 얼굴이 밝게 핀다. 날씨가 무덥지만 그 속에서도 행복은 단순한 게임 하나만으로 만들어지고 있었다.

어제 초읽기 시계를 구입했다. 명사화된 이름이 '초읽기'로 되여있어서 그렇지 사실은 분초를 다투는 시간 계산이 아니고 날자를 기록하는 용도로 샀다. 보통은 대학입시에 참가하는 학생에게 이제 시험날자까지 얼마 남았다는 걸 알려주는 역할로 쓰인다. 그런 용도의 시계를 내가 왜 샀냐 하면 퇴직할 때까지 날자가 얼마나 남았는지를 매일 체크하기 위해서다. 그걸 굳이 체크하는 데는 두가지 의미가 있다. 하나는 하루하루 줄어가는 날들을 소중히 여기자는 각성용이고 다른 하나는 언제면 기나긴 직장생활을 마무리하고 내가 하고 싶은 일만 하고 사나 손꼽아 기다리는 의미도 있다. 아침에 사무실에 들어서니 마지막 자리수가 엄연히 하나 줄어있다. 눈앞에서 떡하니 확인이 되니 정말 하루가 줄었구나라는 실감이 난다.

최근에 시급히 해결해야 할 과제 하나를 안고 있다. 나와 조금이라도 다른 의견을 내놓는 사람을 만나면 정서가 급격하게 변하면서 화에 가깝게 변해버린다. 이게 화를 낼 일이냐고 자신에게 반문하면서 금방 정신을 차리지만 다음에 같은 상황을 만나면 또 그렇게 돼버린다. 인정하고 싶지 않지만 갱년기증상인 것 같기도 하고 오히려 그 원인이였으면 좋겠다는 생각도 한다. 그 나이대가 지나가면 자연스럽게 나아질 증상이라고 여기고 싶기 때문이다.

로마의 한 철학자는 이런 말을 했다.

> 한 사람의 무례함으로 하여 화가 날 때 자신에게 이렇게 물어보세요. “저 무례한 사람이 세상에 존재하지 않을 가능성이 있는 걸가?” 그게 불가능하다면 포기하고 차분해지세요. 나쁜 사람이 징벌을 받지 않아도 된다는 얘기가 아니고 분노의 피해자는 결국 본인이기 때문입니다.

화의 브레이크는 결국 내 발 아래에 있다. 운전은 가속페달보다는 브레이크에 반응하는 민첩함에서 수준이 갈린다.

인간관계

초읽기 시계는 하루씩 줄어드는 날자를 알려주는 동시에 오늘 밤 12시까지 남아있는 시간도 표시된다. 6시에 사무실에 들어서면 18시간이 남았다고 나온다. 오늘이 이제 시작이니 시간이 많이 남은 것 같아 좋은 가운데 그 옆에서 부지런히 떨어져가고 있는 초수는 0이 되는 순간 분수도 1이 줄어든다. 남은 날자수 옆에서는 작은 역삼각형 모양의 커서가 깜빡인다. 카운트다운을 하고 있다는 표시다. 시간은 그렇게 보지 않을 때에도 무심하게 흘러가고 있었거니와 들여다보면 더우기 맥박처럼 톡톡 튀면서 아래로 떨어지고 있었다.

오늘은 7.7사변 86주년이 되는 날이다. 로사의 소설이 생각난다. 제목을 어떻게 번역할가 생각하다가 직역하는 게 빠를 것 같아서 《사세동당》으로 한다. 할아버지부터 증손주까지 사세대가 한 울안에서 산다는 뜻으로 된 제목이다. 드라마로도 유명해진 지 오랜데 그 유명한 것을 나는 최근에야 읽었다. 하긴 아직까지 《홍루몽》도 읽지 않은 위인이니 놀랄 일도 없다. 《사세동당》은 일본군이 북경을 침략해서부터 투항할 때까지의 북경 서민들의 생활상을 생동하게 그린 소설이다.

그런 각양각색의 인물들이 과연 침략을 받은 전쟁 시기에만 있었을가라는 생각을 하게 된다. 어릴 때부터 자란 환경, 받은 교육, 그로부터 형성된 가치관, 탐욕과 추구에서 비롯되는 사회생활의 형태, 허위와 진실 사이에서 분동을 가감해야 하는 인간관계의 천평, 권력과 인격 사이에서 갈등해야 하는 직장생활의 모순된 심리…다들 알록달록 원하는 천으로 감싸고 포장하려 애 쓰지만 보이지 않는 내면에서는 저마다 밖으로 내놓기 곤난한 일면을 안고 살아간다.

전에는 요청하면 적극적으로 응하지만 주동적으로 부르지 않는 친구가 있으면 참 섭섭하다는 생각을 했더랬다. 나는 자주 련락해서 만나야 하는 사이라고 생각했는데 상대방은 그렇게 여기지 않았던 것 같다. 그러던 어느 날 내가 그 친구처럼 되어있었다. 자기가 그 상태로 된 립장에서 생각해 보니 그게 또 이상한 일인 것만은 아니였다. 누구든 주변에 가까운 사람들로 형성된 '모멘트'가 있기 마련이다. 여러 '모멘트'가 교차되는 가운데 멀지도 가깝지도 않은 어정쩡한 존재라는 게 있다. 쉽게 말하면 내가 상대방을 생각하는 정도와 상대방 마음속 나의 무게가 같으라는 법이 없다는 얘기다.

그런데 젊었을 때는 이런 생각을 하지 않았던 리유가 체력과 정력이 쌍으로 왕성했기 때문이다. 북경의 순환도로로 치면 가까운 제2순환도로도 중요했지만 멀리 제5순환도로까지도 다 체크할 수 있는 넘치는 열정과 여유시간을 갖고 있었다. 그래서 모든 교집합에 다 달려갔고 주동적으로 불러서 새로운 교집합을 만들기도 했다. 일주일이 너무 짧은 게 한스러웠던 시기였다.

그 수많은 인연들이 지금은 어떤 상태이며 지금까지 남아있는 인연은 또 얼마나 될가. 장기간 련락이 없다가 뜬금없이 갑자기 전화를 하기도 싱겁고 만약 한다고 쳐도 웬일이냐고 의아해할 과거의 인연들이 수두룩하다. 한때는 2차까지면 너무 빨리 끝났다며 밤을 불태웠던 인연들이다. 도리

대로라면 시간이 흐르면서 쌓이는 인맥은 점점 더 넓어져야 하는데 급속도로 줄어들고 있다. 정확하게 말하면 내가 줄이고 있다. 무소식이 희소식이라며 몇달 가도록 련락을 하지 않고 살아도 친구는 어디 가지 않는다는 극소수를 빼고는 이미 다시 련락할 일이 없는 과거형 인연들을 조용히 묻고 살아간다.

외가집 친척들 단체방이 있는데 시종일관 한마디도 하지 않는 외사촌형이 한분 계신다. 너무한다고 생각했는데 요즘 내가 크고작은 단체방에서 침묵으로 일관하고 있다. 여기저기서 생일을 축하한다는 열띤 축하메시지를 전달하는 마당에도 한 글자 끼이지 않는다. 그 방에 계시는 어른들은 섭섭할 수도 있고 그 어른의 자식들은 례의가 없다고 할 수도 있다. 그걸 감수하면서 잠수하고 있다. 고향방언으로 하면 이 나이 먹고 '화작'을 피우는 게 싫다.

응보에는 인과가 있는 법이다. 이렇게 매정하게 변해버리면 동시에 대접을 받으려고 하지 말아야 한다. 한국에 살고 있는 사촌녀동생이 있는데 결혼해서 몇년은 남편과 함께 명심해 설인사전화를 했더랬다. 그런데 모르는 사람과 통화하는 것보다는 조금 나을가 말가할 정도로 서먹서먹하게 통화가 진행이 되니 어느 해 설부터는 끊겼다. 립장을 바꿔 생각해봐도 괜히 설날부터 어색한 상황이 연출되는 게 부담스럽기는 하다.

원래는 7.7사변을 계기로 특수 력사시기의 사람들과의 비교 속에서 현실 사람들을 살펴보려고 했는데 주제에 넘치는 것 같아서 그냥 무난한 자기를 들여다봤다. 남의 심기를 건드려서 좋을 게 없다.

조용히 살아야지.

국산

일본의 샤프 텔레비죤이 인기몰이를 하던 시절이 있었다. 출국로무를 갔다 오면 면세점에서 저런 텔레비죤을 한대 살 수 있게 허가했다. 학교 때 미국 싸이판에 로무를 나갔다가 돌아온 친척 형을 따라 면세점에 갔던 적도 있다. 그 무거운 텔레비죤을 샀는데 들고 갔던지 부쳤던지는 잘 기억나지 않는다. 아무튼 살 수 있는 자격을 가졌다는 건 대단한 혜택이였다. 고향에 돌아가서 집에다 버젓이 얹어놓으면 동네에서 커다란 자랑거리였다.

지금 우리 집에서 쓰는 가전제품중에는 외제가 하나도 없다. 애써 찾아봤더니 면도기가 필립스와 파나소닉 두가지 브랜드가 있었는데 그것도 최근에 국산으로 바꿨다. 국산이

배터리가 더 오래가고 더욱 중요한 건 USB로 충전이 가능하다. 출장을 나가면 충전기도 짐인데 이건 휴대폰 충전기가 통용되니 별도로 챙길 필요가 없다. 가격상으로도 비교가 되지 않게 우세다. 목에 거는 것도 아니고 손목에 차는 것도 아니고 발목에 걸치는 것도 아닌데 혹시 과시용으로라도 비싼 외제를 살 필요가 없다. 하물며 아이폰을 쓴다고 하여 화웨이를 쓰는 사람 앞에서 우월감을 가지는 시대도 아니다.

그런데 아직까지 차는 좀 애매하기는 하다. 요즘 우리나라에서 전기차들이 잘 나와서 국면을 많이 돌려세우기는 했지만 기름차는 아직도 수입제와 합자와 국산 사이에서 선입견이 완전히 사라지지 않은 상태다. 벤츠를 만나면 사람들은 무조건 뒤쪽을 돌아가본다. 하나는 영문자모가 뭐냐를 확인하고 다음 하나는 한자가 붙어있냐를 본다. 그래서 아예 이 두가지를 다 떼여버리고 다니는 사람도 있다. 물론 눈 가리고 아웅이지만 말이다.

우리 나라에 자가용이 보급되지 않는 20세기 90년대에만 해도 한국인들은 국산차에 대한 사랑이 대단했다. 도로에서 간혹 외제차를 만나면 잘난 척한다고 욕을 할 정도로 '애국심'이 강했다. 지금처럼 일본의 핵오염수 방류도 허용하겠다고 애 쓰는 그런 시대가 아니였다. 그러다가 중국에서 거의 모든 고급 브랜드의 차가 합자로 나오면서 '국산 외제차'를 타고 다닌다고 우리를 인정하기 싫어했다. 후날 한국의 도로에서도 벤츠와 BMW가 많아지면서 외제차가 일종 체면을 세워주는 신분 승격으로 변했다. 지인의 아이가 국제학교에 다니는데 다들 고급 외제차로 아이를 데려다주는 가운데 자기 차는 그 축에 끼이지 못한다고 멀리다 차를 댔더랬다는 얘기를 들었다. 지금은 벤츠로 교체해서 당당하게 대문 앞까지 운전하고 가서 아이를 내려놓고 있지만 말이다.

요즘 아이들은 유난히 차 브랜드를 잘 식별하고 있는 것 같다. 그러다 보니 아무개네 엄마는 포르쉐를 몰고 다니오, 아무개네 아빠는 람보르기니를 타고 다니오 하면서 저들끼지 한담을 하고 있다. 물론 아이의 단순한 마음에서는 그 차의 가격이 얼마나 비싸다는 게 핵심이 아니고 그냥 브랜드를 알고 있어서 표달하는 것이지만 부모의 생각은 또 그렇지 않다. 차에서 애가 밀리게 하고 싶지 않다. 이 면에서 북경의 부모들은 참 편안하게 사는 것 같다. 전동자전거 뒤에다 애를 태우고 학교에 바래다주는가 하면 자기절로 공용자전거를 타고 등교하는 학생도 있다. 심지어 비교가 생긴다고 학부모의 차가 대문 앞까지 오지 못하도록 규정하는 학교도 없지 않다.

그런 중에 한국은 아직도 고기를 비롯한 식자재에서는 국내산을 선호하는 의식이 지배적이다. 한때는 상추 한묶음을 팔아도 국내산이요, 어느 나라 산이요 하면서 차별을 놓았던 시기가 있었다. 고기집 같은 데서 수입고기를 국내산으로 속여서 팔았다가는 큰일난다. 나만 그런지 모르겠지만 아직 우리는 일반식당에 가서 불고기를 먹으면서 국내산인지 수입산인지를 따지는 습관이 없다.

달도 외국의 달이 더 밝다는 말을 접해본 지도 오래됐다. 지구촌이라더니 네 거 내 거의 선이 점점 희미해져가고 있는 시대를 살고 있다. 지구촌은 크고 인생은 짧다. 어떤 선택은 내가 하는 게 아니고 운명적으로 만나게 된다. 그 시대에 살고 있다면 그에 순응하는 선택을 하는 게 편안한 삶이다. 뱁새가 황새를 따라가다가 가랭이가 찢어지는만큼 황당하고 억울한 일도 없다.

시골집에서 아버지가 큰 마음을 먹고 구입해서 애지중지 아꼈던 반도체라지오가 생각난다. 당시 하향했다가 도시에 돌아가기를 포기하면 현금으로 보조해주는 정책적 혜택이 있었다. 숙모가 그에 해당해 큼직한 라지오를 장만했던 삼촌집이 많이 부러웠었다.

세상이 어떻게 바뀌여도 욕심에는 천장이 없다.

자원의 힘

블링컨 미국 국무장관에 이어 옐런 미국 재무장관이 중국에 다녀갔다. 미국 고위층의 련이은 방문에서 미국의 정책은 탈동조화가 아니라고 재삼 확인했다. 누가 물어봤냐고? 실제적으로 중국주변의 나라들을 긁어모아 공급사슬을 끊으려고 애 쓰면서도 겉으로는 아닌 보살을 하고 있다. 그러나 최종적으로는 아쉬운 쪽이 먼저 손을 내밀기 마련이다. 일본도 슬슬 중국과의 물밑거래를 멈추지 않고 있다. 그런 가운데 미국의 뒤만 바싹 따르고 력사적인 문제를 감안하면서까지 일본에 적극적인 신호를 보내고 있는 한국의 귀추가 주목된다.

반도체를 비롯한 현대핵심기술의 발전은 희토류를 떠날

수 없다. 이런 상황에서 희토류 15가지를 포함한 핵심 원자재 51가지중 우리 나라가 세계시장 1위를 차지하고 있는 광물만 33가지에 달한다. 1위를 차지한 것만 해도 세계의 3분의 2에 가깝다는 얘기다. 특히 희토류중 원자번호가 높은 테르비움, 디스프로시움, 에르비움, 루테시움을 비롯한 10가지는 우리 나라가 100%를 장악하고 있다. 최근에 우리 나라가 세계시장의 94%를 차지한 갈리움과 83%를 차지한 게르마니움 수출을 제한할 것이라고 발표한 뒤 서방세계와 일본이 민감하게 반응하는 리유가 바로 여기에 있다.

로씨야가 지난 토요일까지 장장 500일간의 군사행동을 취하면서도 올해 상반기 경제가 성장을 이룩한 중요한 원인의 하나가 바로 거대한 석유와 천연가스 자원 보유량이다. 현재 한국은 천연흑연 93%, 수산화리티움 87%, 영구자석 87%를 우리 나라에 의존하고 있다. 그런데 한국내 일반인들은 이런 상황을 알 리 없고 알 필요도 없다. 자원의 힘은 의식형태나 자존심만으로 무마할 수 있는 게 아니다.

학교 때 반의 짱이 "오늘부터 재랑 놀지 마."라고 하면 시비곡직을 불문하고 그 뒤를 따라서는 애들이 있다. 그러던 어느 날 짱이 왈: "후에 보니 재도 괜찮은 애더라." 상황이 이렇게 반전되면서 짱은 개와 화해하고 친해지는 가운데 그사이 맹종했던 애들이 애매하게 된다. 이 때 와서야 정신을 차리고 우리도 이제 친해지자고 한들 상대방이 꼭 받아준다는 보장이 없다. 락동강 오리알이 다시 둥지를 찾는다는 건 이미 물 건너간 일이다.

건강도 실력이라는 말을 한다. 나이가 들수록 건강이 얼마나 중요한 자원인지를 느끼게 된다. 밭을 갈고 씨를 뿌리고 호미질을 하는 육체로동이 필요로 하는 건강은 더 말할 것도 없거니와 나이가 들면 가만히 앉아 책을 읽자고 해도 신체적인 자원이 필요하다. 일단 글자를 읽을 수 있는 시력이 바탕이 돼야 하고 다음은 읽으면서 사고하고 기억에 남길 수 있는 뇌 건강이 안받침돼야 한다. 줄줄이 많이 읽기는 했는데 책을 덮고 나면 뭘 읽었던가 싶으면 결국엔 도깨비 기와장을 번진 셈이다.

나이 들어서 젊은이들처럼 쌩쌩하게 달리기를 할 수도 없고 관절보호를 위해서는 등산도 자제해야 한다. 나중에 젊은이들이 보기에는 운동도 아닌 걷기운동의 선택만 남는다. 그런데 그것마저도 지속시간이 길어지면 허리가 아파난다. 건강검진에서 뼈의 밀도가 낮아진 것으로 나왔는데 바이두에 검색해봤더니 허리통증을 유발할 수 있다고 한다. 밀도가 낮으면 뼈가 취약해져서 충격에 견디는 능력이 처지는 줄로만 알았는데 허리에 영향줄 줄은 생각지 못했다. 운동의 최저선인 걷기운동까지 불가능해지면 그 다음부터는 건강이 복합적으로 영향받게 된다. 생명은 운동에 달렸다는 게 그 소리다.

한 사람의 자원은 평생을 가면서 쌓는다. 나이타령을 했는데 젊었을 때의 사회생활도 능력이라는 자원을 떠날 수 없다. 직장생활을 례로 들면 대체로 업무능력과 사교능력으로 나뉘는데 결과적으로는 업무가 결정적인 역할을 하게 된다. 사교능력으로는 여기저기 잘 보여서 일시적인 혜택을 볼 수도 있지만 궁극적으로 피곤한 일이다. 다른 건 제쳐놓고라도 인적 쇄신이 이루어질 때마다 그 관계를 재건해야 하기 때문이다. 그 과정에 대접을 받아온 사람도 상대방이 나 자체보다는 나의 직위를 보고 접근한다는 걸 잘 알고 있다. 일단 자리만 뜨면 차가 식는다는 걸 아는 이상 마음을 쉽게 열지 않는다. 이건 의리나 정의 문제라기보다는 자아방어에 가까운 선택이다.

그러나 업무능력은 어디에 갖다놓아도 걱정이 없는 주

추돌이다. 상사가 어떻게 바뀌고 배가 산으로 가도 업무를 떠난 관리는 있을 수 없는 일이다.

신기루는 아무리 이뻐도 일시적인 현상일 뿐이다.

유일 시원한 아침시간

집 근처 운하가 최근에 줄곧 많은 물량으로 무게 있게 흐르고 있다. 해마다 물밑으로부터 자라나는 수초는 올해에도 어김없이 왕성하게 넘실거리고 있다. 낚시를 하는 사람들에게 있어서는 아주 껄끄러운 존재다. 아니나 다를가 아침 일찍부터 낚시대를 드리운 아저씨가 갑자기 아래로 쑥 빠져 들어가는 찌를 발견하고 황급하게 낚아챘더니 기다린 풀이 걸려나온다. 괜한 흥분 끝에 실망이 따르지만 그래도 풀이 끊겨서 올라온 게 다행이라고 봐야 한다. 낚시가 걸려서 빠지지 않으면 그 상황이 더 골치 아프다.

방역 기간에도 단속원들의 눈을 피해 운하 옆에서 아침 시장을 열었던 사람들이 최근에는 더 편안한 마음으로 잡동

사니들을 내다가 판다. 낡은 정도로 봤을 때는 그냥 버려도 될 물건들이지만 지나간 어느 한 시대에 썼던 물건이라는 의미가 부여되면 가치가 달라진다.

"이거 얼마예요?"

"15원입니다."

"20원으로 하세요."

흥정은 보통은 물건값을 깎는 게 정상이지만 지나가던 어떤 할아버지가 값을 올려서 팔라고 권장한다. 자기가 살 것도 아니면서 말이다. 그냥 지나가면서 심심풀이로 물어보고 덤으로 가격까지 올리 붙여놓는다. 저 낡은 물건들을 누가 사랴 싶지만 그래도 시장이 있길래 주말마다 줄느런히 진렬해놓고 팔고 있을 것이다.

얼마전에 물건정리를 하면서 오래전에 썼던 낡은 휴대폰 다섯개를 수리소에 가져가서 팔았더니 20원이라고 한다. 그래도 다섯개인데 그것밖에 안하냐고 했더니 30원 이상은 못 주겠다고 해서 그 가격에 팔았다. 아침 고물시장에 가져다 그냥 주기만도 못했다는 생각이 든다. 고물은 가치를 인정받는 곳에 있어야 되는데 말이다. 누구도 그 휴대폰을 다시 충전해 쓸 사람은 없다. 그냥 옛날에는 이런 휴대폰도 썼더랬다는 잠간의 추억을 불러일으키는 심리상의 역할만 할 뿐이다. 그런데 그 심리상의 역할이 가치로 환산될 때 고물시장도 판로가 생긴다.

아침 산책길에서 오고가는 사람들의 신발을 살폈다. 인터넷에서 보면 마음에 드는 신발이 많던데 정작 백화점에 가서 신어보면 건질 게 별로 없다. 그래서 다른 사람들은 어떤 신발을 신고 다니나 봤더니 어쩐지 내가 머리 속으로 그렸던 그런 모양새들이 많이 보인다. 남의 떡이 더 커보인다는 게 이런 경우를 두고 하는 말일 것이다. 전에 북경시민들의 대표적인 신발로 인정받았던 바닥이 얇고 검은 천으로 된 몇십원짜리 신발도 괜히 다시 들여다보게 된다. 바닥의 두께상 발이 편안할 리가 없지만 시각적인 효과는 좋기만 하다.

운하 옆에 대면적으로 들어선 보험산업단지는 주말이라 조용하다. 건물 사이로 시원하게 빠진 도로에는 차가 거의 없다. 그러나 신호등은 어김없이 작동한다. 이른아침이라서 그런지 신호등을 지키는 사람이 거의 없다. 차 한대 보이지 않는 도로에서 횡단보도의 빨간 신호등이 언제 바뀌나 기다리는 시간은 유난히 길다. 그래서 대부분 사람들은 좌우를 확인하고 차가 없으면 그냥 지나간다. 나도 따라 하고 있다.

전에는 저 멀리 아빠트 창문에서 도로를 내려다보고 있을지도 모르는 아이가 빨간 신호등을 위반하면서 지나가는 어른들을 보면 나쁜 교육을 받는다는 례도 들었었지만 말이다.

날씨원인으로 주말이면 아침산책을 나갔다 오는 외에는 외출엄두를 내지 못한다. 집에 박혀있다 보니 간만에 교양프로를 들여다봤다. 애도 다 키우고 직장에서도 정년퇴직을 한 아버지들의 심경을 다루는 프로다. 허리가 휘면서 애한테 투자를 했더니 나중에는 그 나이 되도록 아빠는 모아놓은 돈도 없었냐며 자식들이 의아해하더라는 망연자실의 심경을 털어놓는다. 설상가상으로 이제 출근을 하지 않아도 되니 안해와 친구하려 했더니 그것도 아니였다.

긴 시간 집에서 애를 키우면서 안해에게는 나름 대로 형성된 시간표가 있었고 여가시간을 보내는 로정도도 그려져 있다. 그런데 어느 날 갑자기 '큰애'가 집에 죽치고 앉아서 같이 놀자고 매달리니 거치장스럽다. 남편의 립장에서는 당연한 동반자라고 생각했는데 안해의 립장에서는 그사이 구축한 아줌마들의 체계가 따로 있었다. 십수년간 형성된 리듬이 깨지는 게 습관이 되지도 않거니와 달갑지도 않다. 돈의 약발은 그렇게 길게 먹히지 않았다. 그래서 어떤 나라들에서는 한달을 주기로 하지 않고 일주일에 한번씩 로임을 내주나 보다.

좋기는 일당이 제일 효과적이다.

치례

개인사업을 하는 형이 경찰동생에게 요트와 자동차를 선물하는 드라마를 봤다. 월급을 받는 경찰로서는 요트라는 게 굉장한 사치다. 그런데 동생이 생각했던 것처럼 차도 고급차인 건 아니였다. 그래서 동생이 묻는다.

“요트가격에 비하면 차가 너무 허술한 거 아니예요?”

“동생이 모르고 하는 소리여. 사람들이 왜 고급차를 타려고 해? 다른 사람한테 보여줘야 하니까. 그래서 차에 한해서는 저자세일수록 좋은 거야. 그런데 요트는 오로지 본인이 향수하기 위한 것이거든. 망망대해에서 아무도 보는 사람이 없잖어. 그래서 호화로울수록 좋은 거구.”

회사에는 같은 동네에 사는 타부서 동료가 있다. 아주머니가 사무실을 청소하는 사이에 그 동료한테 건너갔다.

“우리 동네에 개업한 조이시티에 가봤어요?”

“다 돌아보지는 않고 지하의 슈퍼에만 가봤는데 왜요?”

“조이시티답지 않게 엉성해요. 관리문제인지 리념문제인지 하여튼 개업날 빼고는 찾는 고객이 얼마 되지도 않고요.”

“개업날에는 각종 할인행사가 있어서 사람이 많았을 거예요. 요즘 다 인터넷으로 해결하는 마당에 누가 이 더운 날에 쇼핑쎈터를 찾겠어요? 더 중요한 건 이제 사람들이 몸에 다 명품을 감고 다니는 시대는 갔어요. 길거리에서 명품투성이를 하고 다니는 사람을 보면 촌스럽지 않아요? 다른데는 모르겠고 적어도 북경은 그런 것 같아요.”

순간 내가 입고 있는 티에 아무런 상표도 없었던 게 얼마나 다행이냐는 생각을 했다. 물론 남이야 누데기를 걸치고 다니든 보석을 도배하고 다니든 다 제멋이지만 말이다. 원래 나는 명품이 싫은 것보다는 ‘내가 명품’이라는 표시가 유표하게 알리는 게 싫다. 대표적인 것이 옷으로 치면 노란색 바탕에 줄무늬가 있는 원단이고 벨트로 치면 량켠에 동그라미가 두개 있거나 H자를 옆으로 늘여놓은 것 같은 설계다.

아이보다 배꼽이 큰 광고비도 원가거니와 명품이 재래시장에 들어가 싸구려를 웨치지는 않는다. 결과 비싼 가게비도 종국적으로는 소비자의 몫이다. 장사군이 절대 밑지는 장사를 하지 않기 때문이다. 닭알만 했던 밀가루덩어리가 빵기계를 거치고 나오면 주먹만 하게 커진다. 크기도 모양새도 몰라보게 탈바꿈한다. 그런데 내용물은 그냥 밀가루덩어리다. 밀가루덩어리를 그대로 익혀서 팔아서는 사는 사람이 없지만 빵으로 변신시키면 금방 임자가 생긴다.

아침 출근길 지하철에서 인터넷을 뒤지다가 항일전쟁주제의 영화나 드라마에서 나오는 녀배우들의 얼굴화장에 대해 꼬집은 글을 봤다. 당시의 화장술도 대단했거니와 전쟁마당에 나가는 녀성이 꼭 저러고 다녀야겠냐는 게 요점이다. 옛날소재의 드라마뿐이 아니다. 요즘 드라마에서도 신혼밤을 보낸 신부가 립스틱 하나 변함이 없이 풀화장상태로 아침을 맞이하는 화면으로 떡하니 시청자들을 만난다. 그야말로 그냥 손만 잡고 잔 지고지순의 신혼밤이다.

생성형 GPT가 단순반복작업 속성의 여러 직종에서 인간을 대체할 것이라는 우려는 하루이틀의 일이 아니다. 한시기 자동차전시장에서 녀직원이 아이스크림을 무상으로 나

눠주다가 외국인과 내국인을 차별대우를 해서 인터넷을 시끄럽게 했던 적이 있다. 오로지 생김새만 보고 사람을 차별시했다는 얘기다. 상황이 이러니 사람이 치장을 하지 않고 다니겠냐고? 매부리코에 파란 눈은 어떻게 하지 못한다고 하더라도 하다못해 머리를 노랗게 만들 수는 있다. 이 때 자동차회사가 불끄기에 나선 공지문과 인공지능이 작성한 공지문 사이에 판이한 차이를 보이면서 GPT의 문장력이 돋보였다.

그럼 인공지능은 어떻게 사람머리보다 더 월등하게 비상상황에 대처할 수 있는 걸가. 설명이 복잡해지지만 핵심은 사용 빈도와 확률이 높은 단어를 골라서 사용한다는 데 있다. 인공지능의 기능 속성상 인터넷에 올라와있는 수십억개의 문장을 기억하고 있는 건 일도 아니다. 그런 문장의 바다에서 빛나는 좁쌀알을 어떻게 찾아낼가. 바로 사람들이 선택하기 좋아하는 인기 단어와 표현의 사용확률에 대한 포착이다. 고객의 량해와 용서를 받아내기 위해서는 력사적으로 어떤 단어와 표현들을 가장 많이 사용했는지를 인공지능이 짧은 시간내에 계산해내게 된다. 결과적으로 무감정의 로보트도 자기 인상에 자주 들어왔던 형태를 잘 기억한다는 애기인데 인간은 더 말할 것도 없다.

아침에는 안개비가 내렸다. 우산을 들지 않아도 될 적은 량이다. 그런데 잎이 우거진 가로수 밑을 지나다가 후드득 떨어지는 비방울에 놀랐다. 갑자기 비가 커지나 했는데 결국 나무잎에 엉켜있던 물방울이 집중적으로 떨어진 결과였다. 넓다란 하늘에서 내리고 있는 가느다란 비줄기보다는 일개 가로수의 좁은 면적에서 쏟아지는 비줄기가 더 강하게 인상을 남긴다.

조용히 살려니 사람들 눈에 튀지 않게 살기도 어려운 게 인간세상이다.

교육의 미로

영국시인 밀턴이 대학을 졸업했을 때 그의 아버지는 취직을 시킨 게 아니고 시골에 내려보내 5년간 책만 읽게 했다. 우리가 이른바 최고학부라고 하는 대학은 단지 학문을 위한 기초를 마련하는 단계일 뿐이고 대학을 졸업한 다음부터야말로 학문의 시작점이라는 걸 잘 알고 있었기 때문이다. 밀턴 아버지의 원견성 있는 판단과 선택이 후날 위대한 시인을 탄생시켰다.

이 대목에서 아버지 생각을 다시 하게 됐다. 아버지는 대학을 졸업한 다음이 아니라 아예 초중 2학년에서 나더러 1년을 더 다니라고 했다. 락제점수를 맞아서 아래반으로 내려가면 어쩌나 하는 걱정을 하는 학생들도 있는 마당에 아버지는 성적이 멀쩡한 나더러 주동적으로 1년을 내려앉으라고 했다. 리유인즉 초중 2학년부터 새로 생기는 물리과를 1년 더 공고히 하고 넘어가라는 사려 깊은 계산에서였다.

당시 아버지는 이 생각을 물리선생님과도 충분한 상의를 거쳤다. 물리선생님도 좋은 생각이라고 적극 옹호해서 그렇게 된 거였다. 물리선생님의 립장에서는 본인이 가르치는 물리과를 이렇게 중시하는데 굳이 반대할 리유도 없었을 것이다. 두 어른의 긴밀한 협상이 자주적인 결정권이 없는 한 아이를 하루아침 사이에 '묵은 학생'으로 만들어버렸다. 스스로에게 쓰는 표현이니 순화해서 그렇지 당시 항간의 통속적인 표현으로 한다면 '묵은 돼지'였다. 지금에 와서 아버지를 원망해서가 아니고 오늘 밀턴시인 아버지의 교육사례를 읽으면서 다시 생각나더라니 적을 뿐이다. 이 결정을 내려놓고 아버지는 건강이 안 좋아서 타지 병원으로 치료를 떠났고 다시 돌아오지 못했다.

가족의 결정으로 1년이라는 반복되는 시간을 가졌다면 후에는 학교의 결정으로 문리과의 분기점에서 다시한번 기로에 섰다. 때는 이미 시골학교를 떠나 도시학교로 전학한 뒤였는데 원래는 고중 2학년부터 나누던 문리과를 갑자기 1학년으로 앞당겨놓았다. 교육기관의 지침이였는지 아니면 타지의 어떤 학교의 경험이였는지 아니면 결정권자가 간밤에 무슨 꿈을 잘못 꿨는지 알길이 없지만 이는 학교사상 전례없는 개혁이였다. 어느 날 생각지도 않았던 갑작스러운 선택을 해야 되는 학생들을 앉혀놓고 교무처장이 앞당기는 리유와 좋은 점을 장황하게 설명하는데 핵심은 아무래도 나눌 거면 빨리 나누는 게 낫다는 취지였다. 당시 아버지는 이미 안 계시고 엄마한테는 여쭤봐도 답이 나올 수 없는 상황에서 나는 '폼'이 나는 쪽으로 선택할 수밖에 없었다. 사회의 보편적인 인식상 리과를 높게 보고 문과를 하대했던 시기였다.

수학은 문제가 없었고 물리도 아버지가 초중에서 이미 기초를 닦게끔 만들어준 덕인지는 몰라도 역시 무난했다. 문제는 화학과 생물이였다. 노력을 한다고 되는 게 아니였을 때 사람은 좌절이라는 걸 감수하게 된다. 이 두 학과는 녀선생님이 가르쳤는데 그들도 왜 성적이 안 나오는지 모르겠다며 머리를 갸우뚱했다. 몇해전에도 고향 출장길에 화학선생님을 만나서 자정 넘어 새벽으로 가는 술을 마시면서 학교때 얘기를 나눴었다. '그 때 그게 왜 그렇게 어려웠을가'라는 게 현재로서도 리해가 가지 않는 그 선생님의 생각이였다.

애초에 리과라는 선택이 잘못된 것이였고 체면이 밥을 먹여주지 않았다. 어린 놈이 무슨 사회상의 중리경문의 영향을 받아서 되지도 않는 선택을 했는지 지금 생각하면 허무하지만 그 때는 그런 허영심을 지적해줄 사람이 주변에 없었다. 그게 후날 2년이라는 시간을 더 허비하게 만드는 결과를 초래한다. 물론 이런 기초가 후날 살아가면서 만나게 되는 화학 기호나 명칭이 낯 설지 않은 우점을 부여하기는 했지만 말이다. 마치 중학교 때 쭉 일어만 배우다가 대학교에서 돌연 영어로 바뀌면서 큰 성과는 없지만 그래도 영어가 낯 설지는 않을 정도로 만들어준 것만으로도 고마워해야 하는 것과 같은 도리다.

가정의 구실, 학교의 변명을 댔다면 사회에 나와서는 어떤 상황이였는지를 돌아보게 된다. 진정한 학문의 시작은 학교를 졸업하면서부터라고 하는데 나한테는 적용되는 게 아니였다. 적어도 십수년은 신나게 놀기만 했다. 사회에서 배우는 지식이 서책지식보다 백배 낫다고 자신을 위안했다. 심지어 그냥 심심해서 마시는 술도 그 자리에서 뭔가 얻어들을 게 있을 것이라는 식으로 구실을 만들었다.

지금에 와서 정신을 차리는 중이지만 학교를 갓 졸업한

후의 5년과 사람 나이 50이 넘어서의 5년은 같은 시간이 아니라는 생각을 하게 된다.

늦었다고 생각하는 때가 가장 빠른 때라는 싱거운 말은 참 누가 만들었는지…

초원행

지인들과 함께 운전하여 하북의 초원에 다녀왔다. 길이 막힐가 봐 아침 5시 반에 떠나니 10시가 좀 넘어서 목적지에 도착한다. 중간에 휴게소에 들려 아침을 먹는데 음식이 맛있게 잘 나온다. 제일 비싼 료리가 38원이여서 가격도 적당하다.

고속도로에는 턴넬이 많은데 길이가 8킬로메터, 9킬로메터씩이나 된다. 이 안에서 차가 막히면 공기가 얼마나 나쁘고 공포스럽겠냐는 생각이 든다. 한편 턴넬을 뚫지 않았을 때에는 얼마나 먼 산길을 에돌아가야 했겠냐는 생각을 하게 된다. 좀 아쉬운 건 명색이 고속도로인데 제한시속이 100킬로메터다. 속력을 좀 낼가 하면 카메라가 보인다. 내비게이션이 카메라위치를 미리 알려줘서 찍힐 일이 없긴 한데 음성 메시지를 너무 자주 발산하니 귀가 좀 시끄럽다.

북경을 벗어나니 풍경은 물론 공기도 다르고 기온도 많이 떨어져있다. 겉옷을 챙기지 않았더라면 많이 떨었을 날씨다. 관광지로 개발되기 전에는 조용했을 작은 진이 초원 덕에 호텔과 식당들로 성업을 이룬다. 미리 예약하지 않으면 방이 없다. 가격도 600원이면 싸지 않다. 호텔 정원에는 상추며 열콩이며 여러가지 남새를 심어놓아 시골의 정취를 더해준다. 창밖으로 보이는 넓게 펼쳐진 밭에 심은 농작물들은 자람새가 좋아서 저 멀리 푸른 초원과 이어지면서 어디까지 밭이고 어디서부터 초원인지 경계선이 분명하지 않게 혼연일체를 이루었다.

음식은 통양구이가 특색이다. 한마리에 2,280원인데 15명이서 한끼에 다 먹지 못하게 량이 많다. 양 한마리를 구우면 거기에 따라나오는 료리도 풍성하다. 식당에서 일하는 젊은 친구들의 친절봉사도 사람을 기분 좋게 만든다. 시골식당 치고는 외국맥주도 팔고 있어서 연경맥주밖에 없는 북경의 여러 식당보다 낫다.

고속도로 휴게소에서부터 발견했는데 이곳은 말린 소고

기가 유명한가 보다. 가늘고 길게 말려서 파는데 거의 모든 가게가 말린 소고기 간판을 걸었다. 같은 물건을 파는 가게들이 저렇게 촘촘하게 들어서서 장사가 되겠냐는 생각이 들 정도로 많다.

시골이라 폭죽도 마음대로 터치우게 한다. 마침 일행중에 최근에 승진을 한 친구가 있어서 밤에는 폭죽을 한아름씩 사다가 축하했다. 다른 팀들이 터치우는 폭죽을 구경해도 충분하지만 자기 돈으로 사서 터치우는 느낌이 또 다르다. 우등불을 지펴놓은 마당에서 다른 손님들과 함께 손 잡고 둥글둥글 돌아가며 춤도 춘다. 어느 유치원에서 단체로 온 선생님들 같은데 춤사위가 례사롭지 않다. 돈을 좀 들인 동작들이다.

중간 폭죽타임을 마치고 다시 상에 돌아와 앉으니 그 다음부터는 기억이 없어질 때까지 음주가 이어진다. 밤에 별도 보고 아침에 초원의 일출도 본다고 하는데 나는 별로 관심이 없다. 몇시에 방에 들어왔는지 모르겠으나 아침에 눈을 뜨니 6시다. 아침식사까지는 한시간 반이 남아있어서 주변을 천천히 산책하면서 말구경을 했다. 편안한 자세로 땅에 배를 붙인 채 휴식을 취하고 있는 어미말한테 망아지 한마리가 다가가 혀로 머리를 핥으며 놀아달라고 반복적으로 스킨십을 한다. 어미는 그냥 쉬고 싶은지 핥고 있는 망아지의 혀를 애써 피한다. 그 옆에서 아버지로 추정되는 덩치 큰 말이 덩그렇게 서서 그 광경을 지켜보고 있다.

그 옆으로는 울타리를 치고 양을 키우는 목장이다. 부지런히 풀을 뜯고 있는 양들을 보면서 전날 저녁이 생각난다. 먹고 살겠다고 저렇게 아침부터 풀을 뜯고 있는데 어느 날 저녁엔가는 인간의 밥상에 오르게 된다고 생각하니 좀 그렇다.

주요볼거리는 입장료가 120원인 '백리천도'이다. 백리 하늘의 길이라는 뜻으로 지어진 이름일 것이다. 차를 운전해 가면서 풍경이 멋있다고 생각되는 곳마다 내려서 사진도 남기고 얼굴을 세차게 스치는 초원의 바람도 느껴본다. 개인 날씨가 아니여서 좀 유감스럽기는 했는데 바람에 흩날리는 잔잔한 안개비도 색다른 체험이다.

이튿날은 날씨가 개였다. 무료로 개방한 초원도 있었으니 완만한 경사도로 일정한 높이가 있어서 정상에 오르면 사면으로 펼쳐진 초원을 바라볼 수 있다. 파란 하늘에 떠있는 하얀 뭉게구름이 바람에 몸을 맡긴 채 천천히 이동하면서 초원에 비낀 그림자도 함께 움직인다. 휴대폰 카메라로는 초원의 넓이를 다 담지 못하는 게 안타깝다. 입으로는 감탄이 흘러나오는데 사진을 찍어서 자랑하기에는 카메라가 력부족이다. 두달째 위챗 모멘트를 닫고 있어서 어디에 자랑할 데도 없지만 말이다.

구경은 잘하고 왔는데 길에 널어놓는 시간이 많은 게 약점이다.

자리의 영향

량실추선생이 이런 말을 했다.

사람이 한자리하면 오염되기 쉽다. 생소하게 다른 사람으로 변하기도 한다. 어투가 바뀌고 얼굴근육이 달라지며 심지어 길을 가는 자세마저 바뀐다.

그래서 사람들은 항상 겸손하고 사람을 대함에 있어서 저자세로 림하라고 권장한다. 그런데 현직 '자리'의 속성상 원래의 자세를 유지하기에는 상당한 어려움이 있다. 한자리하게 되면 사람이 어느 정도로 바뀌냐는 문제이지 바뀌지 않는 경우는 없다. 그 자리가 사람을 그렇게 만들기 때문이다.

어떤 의미에서는 바뀌지 않으면 오히려 이상해지는 수가 있다. 이를테면 너무 자신을 놓아버리면 권위가 서지 않고 상명하복의 체계가 무너질 수 있다. 그렇게 되면 조직의 위계질서가 깨지고 구심력이 약화되는 결과를 초래한다. 이런 상태가 결과적으로 그 조직의 구성원들에게도 좋은 일만은 아니다.

그럼 어느 정도 바뀌여야 하냐는 문제인데 그 기준에 모범답안이 없다. 보통의 경우 한자리하면 일단 책걸상부터 바뀐다. 독칸을 배정하면 제일 좋고 조건이 허락되지 않으면 하다못해 앉는 위치라도 깊숙한 쪽으로 이동한다. 그 어떤 상사도 오고가는 직원들이 다 들여다볼 수 있는 복도 쪽에 앉지는 않는다. 본인은 고개만 들면 직원들의 상태가 일목료연하게 들어오지만 직원이 상사의 동정을 살피려면 머리를 돌려서 봐야만 하는 그런 구조다.

나이차이와 선후배관계보다는 직급이 우선으로 통하는 게 조직생활이다. 물론 나이에 대한 일정한 배려는 있겠지만 최종결정은 상사가 내리기 때문에, 또 상사가 내려야만 하기 때문에 그 과정에 감정상의 충돌이 생길 수도 있다. 그런다고 부러질지언정 굽혀지지 않는다는 괜한 자존심과 고집으로는 직장생활을 할 수가 없다. 사람마다 적성 대로 살게끔 세상은 그렇게 만만하지 않기 때문이다. 한편 결정권자는 시간의 흐름에 따라 이런 환경에 습관되다 보면 저도 모르는 사이에 '독단'이란 경향을 낳게 된다. 환경이 사람을 만든다는 게 이런 말이다.

조직생활에서는 아주 사소한 결정일지라도 결정권자의 한마디가 후속적인 집행을 동반하기 때문에 신중성을 요한다. 본인은 별 의미를 두지 않고 툭 뱉은 말이지만 청자의 립장에서는 그게 곧 조직의 결정으로 받아들여지기 때문이다. 결정권자는 별생각 없이 한 말이고 심지어는 자기가 했던 말이였다는 걸 잊어먹을 수도 있다. 결과 본인이 시켜놓고는 일이 꼬여버리면 누가 이렇게 하라고 했냐며 따지게 된다. 집행자로서는 굉장히 황당한 일이다. 하지만 당신이 그렇게 시켜놓고는 이제 와서 딴소리를 하냐고 따지기도 애매하다. 물론 하도 억울해서 따질 수도 있지만 결정권자가 시치미를 떼면 또 어쩌는 수가 없다. 칼자루는 늘 결정권자에게 쥐여져있기 때문이다.

상사들이 문서를 결재할 때 이런 문구가 자주 사용된다.

"규정 대로 처리하세요."

아주 쓸모 있는 문구다. 나중에 일이 잘 풀리면 결정권자의 영명한 결책에 따른 것이고 잘못되면 '규정 대로' 하지 않은 집행자의 불찰이다.

어떤 사회나 조직도 공평은 보편적인 수요이다. 한편 자로 재듯이 모든 구성원에게 똑같이 지켜지기도 어려운 게 공평이다. 이건 상호적이다. 사람마다 많게 적게 자기 중심의 생각을 갖고 살아간다. 상사도 상사로서의 립장이 있고 구성원은 구성원으로서의 비교가 생기기 마련이다. 상사는 다들 가만있는데 왜 항상 너만 억울하냐는 지적을 하고 직원은 왜 나만 갖고 그러냐며 하소연한다. 상사로서는 1 대 다수의 고려를 해야지만 개개인은 자신의 '밑지는' 감각에 더 민감하게 반응하게 된다.

사실은 일정한 나이가 되고 혹은 은퇴하고 나면 다 부질없는 일이라며 그 때는 왜 그랬는지 모르겠다고 하지만 사람의 인식은 신용카드처럼 미리 당겨쓰지 못한다.

량실추선생은 한 산문집의 제목을 이렇게 달았다.

《늙어가는 건 생명의 선물이다》

세월이 흐르면서 쌓이는 경력과 그에 따르는 지혜는 선물이 아닐 수 없다. 동시에 죽음으로 더 가까워졌다는 시간의 대가로 바꿔온 것이기도 하다. 그래서 더 값지고 소중하다.

우리는 앉을 자리 설자리를 가리라는 말을 한다. 그런데 사람은 수많은 판단과 선택을 하면서 살아가지만 종국적으로는 앉는 것도 서는 것도 아닌 누워서 마감하는 게 인생이다.

수용의 차이

사무청사 울안에서 반바지를 입은 녀성을 봤다. 순간 이런 생각이 들었다. 남자들이 반바지를 입으면 직장인으로서 단정하지 못한 차림이라고 하면서 녀성에 한해서는 왜 관대한 걸가. 사회적으로는 전에도 비슷한 례들이 많았다. 전형적인 례로 화장실이나 심지어 목욕탕에도 남자가 잘못 들어가면 큰일나지만 녀성에 한해서는 그냥 가벼운 실수로 넘어간다.

교양프로에서 101세의 할머니가 마을의 '로인유치원'에 다니는 걸 봤다. 늙으면 아이가 된다더니 여러 경우에 거쳐 이 말을 실증해주고 있다. 할머니는 유치원에 가는 통근차가 오기 30분전부터 밖에 앉아서 기다린다. 그러고 계시는 할머니에게 PD가 여쭤본다.

"할머니, 유치원에 가면 재밌어요?"

"재밌다기보다는 그냥 가서 이런저런 얘기를 하면서 시간을 보내는 거지 뭐."

반시간전부터 밖에 나와앉아 통근차를 기다리지만 그게 꼭 유치원이 간절해서가 아니라 그냥 살아가는 일상에서 생긴 관성이라는 얘기다. 많은 로인들이 공통으로 하는 말도 이 할머니 입에서 비껴가지 않았다.

"그냥 이대로 죽어야 되겠는데. 자식들에게 부담이 되지 말고…"

본인이 아픈 것보다는 자식한테 부담이 되는 게 걱정스러운 건 모든 부모의 공통의 심리인 것 같다. 물론 심청 같은 효녀가 없지는 않겠지만 자식이 부모 마음의 깊이 만큼 효도한다는 건 드문 일이다. 이 면에서는 역지사지가 잘 통하지 않는다. 그래서 부모님들의 입에서는 "너도 내 나이 돼봐라."는 말이 자주 등장한다.

그러면 안되지만 사람들은 도로에서 느리게 가는 차를 만나면 추월해가면서 혹시 녀성운전자가 아닌가 보자면서 머리를 돌려 확인한다. 그러다가 자기 판단이 틀리면 녀자도 아닌 게 왜 저 따위로 운전하냐며 자신의 오판에 수용의 여지를 부여한다. 차별시 발언이고 녀성들로서는 기분이 상당히 안 좋은 일이지만 현실에서 이런 인식이 개별적인 것도 아니다. 운전을 잘하고 못하고는 성별에 관계없는 일이지만 그리고 본인의 운전도 별로 시원치 않으면서도 사람들은 녀성운전자에 대한 편견을 갖고 있다. 그러다가 장안가에서 뻐스 두대를 붙여놓은 길이의 대형 공공뻐스를 능수능란하게 다루는 녀성운전자를 보면 존경의 눈길로 쳐다보며 감탄한다.

북경시는 식당에서 금연이다. 그러나 다른 사람한테 영향을 주지 않는 방에서 피우면 뭐라고 하지 않는다. 담배를 피우는 사람은 식당을 정함에 있어서 흡연이 가능하냐가 음식맛보다 더 중요한 조건으로 된다. 그런데 그 담배 '소굴'에 몇시간 동안 함께 갇혀있어야 하는 비흡연자에게는 상당한 시련이다. 그래서 담배 피우는 사람이 많다고 판단되는 모임이면 이튿날에 빨아야 되는 옷을 찾아서 입고 간다. 흡연외에 샤브샤브집에 가도 같은 준비를 하고 간다. 사람의 후각은 적응력이 뛰여나서 술을 마시는 동안에는 담배연기에 별로 민감하지 않은데 집에 오고 나면 옷은 물론이고 피부에서까지 담배냄새가 진동한다. 이건 그 자리에서 담배를 함께 피웠던 당사자들마저도 집에 가면 이마살을 찌프리는 상황이다. 스스로도 싫지만 감내해야만 하는 생활의 일부분이다.

지난 주말에 초원에 가면서 후배가 아이를 데리고 왔다. 초원에서 신나게 놀던 애가 갑자기 100메터 밖에 있는 수림쪽으로 달려간다.

"애가 체력이 좋구만."

"애들이야 밖에만 나오면 신나지."

멀리서 본 우리는 이렇게 생각했는데 사실 아이는 수림속으로 소변을 해결하러 달려갔다. 사람이 없는 망망초원에서 어린이가 돌아서면 화장실인데 굳이 먼곳까지 달려갈 필요가 없었다. 그런데 애엄마가 나를 보더니 이런 말을 한다.

"또 궁금이 글에 나오는 거 아니예요? 애가 로상방뇨를 한다고. 가정교육이 따라가지 못했다고."

앞에서도 우리 나름의 판단을 하면서 이야기했지만 나는 전혀 그런 생각을 하지 않았다. 그런데 애엄마가 그렇게 말하는 걸 보고 내가 다른 글들에서 얼마나 꼬집는 말을 많이 했으면 롱담이라도 저렇게 말하겠냐는 생각을 하게 되였다. 솔직히 음주가무후 밤 늦게 택시를 타고 귀가하면서 중간에 로상방뇨를 한 적도 없지 않은데 하물며 아이의 수림 속 방뇨를 내가 뭐라고 할 자격도 없거니와 오히려 멀리 달려가서 해결하는 게 대견스러웠다.

“수림에 비료도 되고 좋죠 뭐.”

옆에 있던 친구의 반응이 그래도 나보다 빨랐다. 나는 그냥 웃기만 하고 왜 친구와 같은 저런 답을 미처 하지 못했던지 그 애엄마한테 미안했다.

여름날 저녁의 사람들

3상 이상의 술자리에서는 눈치껏 술을 피해 마시라고 했던 권고가 지난 주 금요일에 여실히 실천되였다. 9시가 되여 화장실에 갔다가 나오면서 집으로 샜다. 그나마 정신이 흐트러지지 않았다고 생각되였을 때 홀연히 식당을 빠져나왔다. 그 당시는 물론 이튿날에도 어디 갔냐고 찾는 사람은 아무도 없었다. 어떤 때에는 있으나마나 한 존재였는데 괜히 중간에 튀면 다른 사람들이 섭섭해할가 봐 끝까지 앉아있는다. 그런데 결국에는 김치국을 마시고 있는 셈이였다.

전날 술자리에서 조퇴한 덕으로 이튿날 아침에 깨는 게 그렇게 힘들지 않았다. 하지만 어쨌든 마시기는 했으니 일정한 영향은 있다. 하루종일 책을 들기 싫다. 그렇게 되면 밖은 더워서 못 나가고 집에 박혀서 영양가 없는 드라마만 이리저리 돌려가며 보게 된다. 수많은 인력에 수많은 돈을 들여서 찍었겠건만 어쩌면 드라마 사이에서도 차이가 그렇게 많이 나는지 모르겠다. 문외한인 내가 봐도 한심한 장면인데 전문가인 감독은 왜 그냥 넘어갔을가 리해가 가지 않는 부분이 많다.

아침에 싫어서 못한 산책을 저녁에 나갔더니 그 덕인지 이튿날 아침 공복의 혈당이 6.4로 내려왔다. 지금까지 있어본 적 없는 좋은 수치다. 지난 주말에 초원에 가서 이틀간 음주했고 주중에도 두번을 추가로 마셨음에도 이런 수치가 나온다는 건 맥주가 혈당에 그렇게 엄중한 영향을 주는 게 아니라는 위안을 하게 된다. 물론 입쌀성분이 들어간 맥주는 아예 입에 대지 않고 밀성분이 들어간 건 차선택으로 하며 좋기는 보리가 주성분인 맥주로 지정해 마시는 조심성은 기하고 있다. 맥주를 아예 끊으면 깔끔할 걸 괜히 부산을 떨고 있다. 이런 까다로운 맥주 선택에 대해 친구들이 뭐라고 하지 않아서 그나마 다행이다.

저녁산책을 나가면 흔히 광장무라고 하는 춤을 추는 무용단체 두 팀을 만난다. 한 팀은 년령대가 좀 높고 한 팀은 상대적으로 젊다. 그런데 틀어놓는 춤곡은 나이 많은 팀의 절주가 더 흥이 난다. 동작이야 따라가든 말든 그건 추는 사람의 마음이고 일단 곡은 파격적이다. 대부분이 녀성인 가운데 동작을 어눌하게 따라가고 있는 남성들도 몇명 보인다. 그 광경을 전보다는 좀더 관심을 갖고 들여다보는 나를 발견했을 때 나도 언젠가는 저 단체의 일원이 되지 말라는 법도 없겠다는 생각을 하게 된다.

젊은 팀은 앞에서 이끄는 안무가부터 다르다. 눌러쓴 야구모자 뒤로 묶어서 뺀 생머리가 절도 있게 좌우로 흔들리면서 생기와 박력을 더해준다. 곡은 나이 많은 팀에 비해 부드럽지만 개개인의 동작에는 날렵함이 부여되여있다. 그 눈에도 젊음이 보이는지 5세 미만으로 보이는 꼬마도 이 팀에 끼여서는 되지도 않는 동작을 하느라고 애 쓰고 있다. 그냥 걸어도 땀이 나는 마당에 저렇게 과격하게 움직이고 집에 들어가 시원한 샤와를 하고 나면 잠이 잘 오지 않기도 힘들 것 같다.

부드러운 안면근육운동을 하는 아저씨들도 있다. 운하 옆에서 피리를 부는 아저씨는 악보도 없이 여러 곡을 련이어 연주하는데 곡마다 아주 완벽하게 소화한다. 원래 이런 곳에 나와서 악기를 다루는 사람들은 악보를 펼쳐놓고 호름이 삐걱거리면서 연주하는데 이 아저씨는 몸까지 자유롭게 놀리면서 피리를 능란하게 다루고 있다. 등에다 멘 가방에서 흘러나오는 배경음악까지 깔려서 산책하는 사람들에게 아주 완벽한 음률을 선사하고 있다. 틱톡에 쓰려고 그러는지 앞에서 이리저리 각도를 조절하면서 휴대폰으로 찍고 있는 사람도 있건만 연주에는 전혀 영향을 받지 않는다.

그에 비해 색소폰을 련습하는 아저씨는 아직 초보단계에서 헤매고 있다. 이날은 한명이 더 합류하여 이중연주를 하는데 두명 다 시원치 않다. 한명이 엇박자를 나가는 것과 두명이 제각기 삐걱거리는 연주는 차원이 다르게 혼란스럽다. 게다가 색소폰이라는 게 소리까지 굉장해서 그야말로 란장판이다. 다행히 주민구역과는 멀리 떨어져있어서 더 넓은 범위의 민페는 면했다. 아니면 집에서 휴식을 취하던 반려견들이 놀라서 짖어댈 상황이다.

저녁이면 건물 전체에 화려하게 조명을 밝히는 구 문화쎈터는 저녁 늦게까지 개방한다. 안에서 영화도 상영하고 도서관도 개방한다. 물론 다 무료다. 더운 날에 에어컨도 아주 빵빵하게 틀어놓아서 대문 앞 10메터 밖에서부터 시원한 바람을 감지할 수 있다. 대청의 의자에는 여기보다 더 시원한 곳이 있으면 어디 나와보라는 듯이 저마다 반바지차림으로 빈자리 하나 없이 빼곡이 앉아있다. 서로 모르는 사이들인지 대화도 없이 한결같이 휴대폰만 들여다보고 있다.

아빠트단지 옆 호텔 앞마당을 차지하고 아이들을 거느린 부모와 할아버지, 할머니 부대도 어김없이 출근도장을 찍었다.

23년의 마무리

출근길에 한개 역을 먼저 내려 걸어가는 습관은 계속 이어지고 있다. 수도박물관을 지키는 경비원들도 이른아침부터 달리기운동을 견지하고 있다. 다들 피끓는 청춘이지만 그중에는 대오에서 떨어져 가까스로 따라가는 약체력의 젊은이도 있다. 그런데 이상한 건 꼭 체력상의 원인이라면 시간이 갈수록 점점 멀리 떨어져야 하는데 간격은 계속 일정하다. 그렇다면 조금만 추진력을 발휘해 앞의 사람들을 따라잡은 다음 기존속도를 유지하면 될 텐데 그게 또 생각처럼 쉽지 않은가 보다.

장안가에서 갑자기 급한 경적소리가 길게 울린다. 안쪽 차로에 잘못 들어선 차가 우회전 선으로 빠지려고 실선을 넘고 있다. 갑자기 끼여드는 차에 놀란 뒤차 운전자가 급정거를 하며 경적을 자지러지게 울리고 있다. 결국 그 차는 실선 두개를 깔고 우회전 선에 들어서기를 고집한다. 이른아침이라 차가 많지 않은 대신 속도가 빨라서 굉장히 위험한 운전이다. 하물며 앞으로 100메터 가량 가면 다시 우회전할 기회가 한번 더 있건만 기어코 뒤차들에 페를 끼치며 위험운전을 하고 있다.

부동산중개소에 집을 내놨더니 어떻게 알았는지 다른 중개소 직원들이 줄을 지어 문을 두드린다. 당신들 중개소에만 집을 내놓았는데 다른 중개소에서 어떻게 알고 찾아오냐고 물었더니 자기네도 그게 미스터리라고 한다. 회사내에서도 업무를 접수한 직원 한명만 전화번호를 알고 다른 직원들에게는 비밀이라고 한다. 그렇다면 그 직원이 다른 중개사와 '내통'을 했다는 얘긴데 스스로 회사 장사를 망칠 리유는 없을 것 같고 아무리 빅데터시대라지만 이건 상도에 어긋나는 쟁탈전이다. 지금 그 회사가 아닌 다른 중개사 직원들이 모여드는데 어떻게 생각하냐고 했더니 어디든 집을 팔면 좋은 일이니 괜찮다고 한다. 이 바닥의 회사들은 포용력이 참 넓다.

지난 주말에 모녀간이 집 보러 다녀갔다. 집 보러 온 사람들이 많았지만 이 모녀처럼 무덤덤하게 보고 가는 손님도 흔치 않다. 중개사직원이 베란다에서 앞으로 막히는 집이 없어 전망이 좋다고 소개하는데도 별 관심이 없다. 다만 주방은 좀 유심히 살펴보더니 그냥 나간다. 느낌상으로는 여느 사람들처럼 그냥 스쳐지나가는 손님이겠거니 생각했는데 어제저녁에 갑자기 그 모녀가 계약을 체결하잔다며 중개소에서 련락이 왔다. 중개소에 갔더니 당사자는 없고 회사직원이 나서서 가격을 협상하고 금방 온라인으로 계약서를 체결한다. 그사이 이것저것 자세하게 물어보던 사람들은 감감무소식이고 무덤덤하게 주방만 한번 들여다보던 녀성이 과단성있게 계약할 줄은 몰랐다. 정말 적당한 비유는 아닌데 오로지 그 뜻으로만 표달하자면 무는 개는 짖지 않고 짖는 개는 물지 않는다는 말이 생각난다.

계약을 체결하고 집에 오니 밤 11시다. 아직 완전히 팔려나간 건 아니지만 그래도 23년을 살았던 집인데 이제 남의 집이 된다고 생각하니 기분이 좀 묘하다. 쓰레기를 복도에 내놓는 집에, 산책을 나갈 때마다 복도에서 짖어대던 개를 목줄도 하지 않고 다니던 주인에, 심지어 엘레베터 안에다 휴지를 버리는 사람들까지 줄줄이 마음에 들지 않았던 아빠트지만 ‘다시는 내 것이 아니'라는 느낌은 또 다른 갈래의 감수다.

팔면 또 사야 한다. 두가지 전제조건이 있다. 1순위는 고정 주차자리다. 현재 운전하고 다니지 않는 원인은 여러가지가 있지만 저녁에 돌아와서 차 세울 곳이 없으면 어쩌나 하는 걱정도 은근히 스트레스였다. 자정에 귀가하든 새벽에 오든 내가 운전하든 대리운전을 시키든 항상 비워놓고 기다리는 자리가 있다는 게 생각만 해도 마음이 편안해진다. 물론 비용은 한달 관리비가 현재 아빠트단지 1년 치 주차비에 맞먹을 수도 있지만 그래도 사람은 속이 편해야 한다.

두번째 조건은 서재가 있어야 한다. 크기는 상관없고 채광만 좋으면 된다. 대낮에도 탁상등을 켜야 하는 문제만 해결하면 된다. 탁상등을 켜고 책을 봐도 독서에는 지장이 없지만 시력이 나빠질가 우려됐었다. 이미 안경을 써야만 독서가 가능한 사람들한테는 미안한 일이지만 현재 아무 문제 없는 시력이 떨어지는 것도 당연한 걱정이다. 멍석을 깔아주면 못한다고 온갖 조건이 다 갖추어지면 오히려 책을 더 보지 않는 수도 있다. 다만 현재까지 생각은 그렇다.

비가 오던 날

어제는 딱 퇴근하려고 하니 비가 억수로 쏟아진다. 급하게 내리는 비는 빨리 멈춘다는 걸 알고 있지만 그 빨리가 얼마일지 불확실하고 집에 가는 것 또한 급하다. 얼마전에 새로 사서 사무실에 고이 간직해놓았던 우산도 써볼겸 용감하게 사무청사를 나섰다. 청사 문 앞에서 세찬 비줄기를 내다보면서 더 이상 나갈 엄두를 내지 못하는 사람들이 애꿎은 하늘만 쳐다보며 몰려있다. 그런 가운데 나는 고집스레 비속에 몸을 던졌는데 아니나 다를가 몇초 만에 신발이 흠뻑 젖어버리고 1분도 되지 않아 바지가랭이가 묵직하게 젖어올라온다. 우산은 머리와 상체만 간신히 가리고 있었다. 그것도 바람이 부는 방향으로 우산을 기울여서 들어야 상체만이라도 보존할 수 있다.

신발 안에서 젖은 양말은 느낌이 영 좋지 않다. 그런데 바지까지 젖고 나니 포기상태에 들어가면서 오히려 홀가분해진다. 지하철역 입구에 도착하니 감히 비 속에 뛰어들 엄두를 내지 못하고 몰려있는 사람들은 여기서도 마찬가지다. 혹시 무슨 일이 있을가 봐 역무원 두명도 올라와있다. 이 사람들은 승객들의 안전도 돌봐야 하지만 한편으로 비물이 역으로 흘러들 위험이 없나도 살펴야 한다. 물론 입구의 지붕밑이라 밖이나 다름없지만 그래도 흡연하는 사람들이 뿜어내는 연기는 이마살이 찌프려지게 코를 자극한다. 나야 들어가는 길이라 금방 지나가면 그만이지만 옹기종기 모여서 비가 끊기기를 기다려야 하는 사람들은 고스란히 감수해야 한다. 이건 우산으로 어떻게 막을 수 있는 게 아니다.

사실 퇴근하기 5분전부터 택시를 부르려 시도해봤었다. 가격을 올려달라고 하면 올리고 차종을 추가하라면 추가하고 플랫폼에서 요구하는 대로 순순히 다 수용했지만 응답하는 차는 하나도 없다. 이런 날에는 택시가 잡히지 않는다는 걸 모르는 게 아니였지만 그래도 혹시나 하는 사람의 요행심리는 지나온 시간이 남겨준 교훈을 희석시켜버린다.

택시를 부르는 사람들이 많으니 지하철은 상대적으로 적을 것이라고 생각했는데 평소와 별반 다름이 없다. 금방 밖에서 들어와 지하철을 탄 사람들중에는 물방울이 그대로 바닥에 떨어지게 우산을 쥔 사람들이 있는가 하면 비닐봉지에 넣어서 든 사람들도 있다. 유모차에 아이를 앉히고 탄 젊은 어머니가 다음 역에서 내릴 준비를 하자 한 아저씨가 친절하게 귀띔을 해준다.

“밖에서 비가 많이 내리는데 애가 괜찮겠어요?”

“그래요? 오늘 같은 비는 빨리 끊길 거예요. 혹시 아나요. 저희가 역을 나갈 때는 이미 끊겼을지도 모르죠.”

생면부지에 걱정해주는 것도 보기 좋은 그림이고 비가 무슨 대수냐는 어머니의 배포도 존경스럽다. 그에 힘입어 나도 바지가랭이가 다 젖더라도 일찍 나오기를 잘했다는 생각을 하게 된다. 밖에서야 어떤 광풍폭우가 몰아치든 지하철 환승역에서는 내 알 바 아니라는 게 또한 지하철의 우점이다. 이제 목적지에 도착하면 비가 아무리 기승을 부려도 집에 도착하여 샤와만 하면 바깥날씨는 래일 아침까지 안녕이다. 그런데 그 어머니의 말처럼 지하철역에서 나오니 거짓말처럼 비가 끊겼을 뿐만 아니라 오히려 해가 나

있다.

비 온 뒤의 날씨는 21도로 내려가면서 급격하게 시원해졌다. 저녁을 먹고 산책하기 좋은 날씨를 비가 선물해줬다. 어제는 식후 산책길에 세번째로 조이시티에 갔다. 볼거리는 없어도 실내 산책에는 적격이다. 그런데 이게 웬일일가. 고래등 같은 건물지붕에서 비가 샌다. 고급 쇼핑쎈터에서 바닥에 떨어지는 비물을 받는 대야가 한두개도 아니고 여기저기에 수두룩하게 놓여있다. 부주의로 고객들의 발길에 차일가 봐 '미끄럼조심'이라는 패말까지 세워놓아서 더 유표하다. 당장 비물이 떨어지고 있으니 일단 조치를 취할 수밖에 없지만 쩍하면 인터넷으로 확산되는 시대에 누가 찍어서 올리기라도 하면 어쩌나 싶게 내가 다 걱정이다. 시골의 초가집도 해마다 이영을 잘 이어놓으면 비 새는 걱정은 없었는데 이 광경을 보면서 말이 나오지 않는다.

개업날에는 줄을 섰던 금을 파는 가게에는 점원 한명만이 외롭게 서있다. 개업 첫날에 할인해서 팔 때는 긴 시간을 허비하면서도 흔쾌히 기다렸던 사람들이 후날에도 그날을 되새겨 고맙다면서 다시 찾지는 않는다. 원래부터 고객은 싸게 사려 하고 주인은 비싸게 팔려고 하는 관계가 장사의 속성이였다.

비 온 뒤에 땅이 굳는다는데 오늘의 기억이 쇼핑쎈터에서는 희석되지 않기를 바라는 싱거운 마음이다.

비가 오는 날

어제는 아침에 눈을 떴을 때부터 밖에서 비가 오고 있었는데 저녁에 자리에 누울 때까지 그치지 않았다. 베란다 다다미에 앉아서 희미한 창밖을 내다보며 비소리에 귀를 기울이니 시인들의 붓끝에서 묘사되는 비의 의미를 알겠다. 창문 유리에 동그랗게 매달려있던 비방울은 일정한 정도로 커지면 무게를 이기지 못하고 주르르 아래로 미끌어 떨어진다. 유리에 맺혀있는 수많은 물방울들은 언제 자기 순서가 될지 모른 채 최대한 오래 붙어있으려는 듯 가까스로 중력을 지탱하고 있다. 그걸 유심히 살피고 있는 나는 다음에는 어느 방울이 떨어질 차례일지 맞혀보기도 한다. 사람은 유명해지는 게 무섭고 돼지는 살찌는 게 무섭다더니 이 시각 물방울은 커지는 게 무서웠다. 내가 생각해도 어지간히 심심하고 싱거운 하루다.

비야 어떻게 거세지든 택배기사들의 일은 여전하다. 외식을 하는 사람이 적어지니 배달은 늘 수밖에 없다. 비가 온다고 배달원의 립장을 고려해 음식을 주문하지 않는 사람들도 있겠지만 다 그런 배려심을 갖고 사는 건 아니다. 비는 그대들의 사정이고 정해진 시간이 있는데 왜 이렇게 늦냐고 투정을 하는 사람들이 있는가 하면 비를 맞아도 좋으니 일감만 많았으면 좋겠다는 배달원도 없다고 할 수는 없다. 더우기 손님이 적어진 식당의 립장에서는 주문이라도 많이 받았으면 하는 바람을 가져볼 것이다.

밤중에 세번을 깼다. 개가 짖어대는 소리와 자지러지게 울려대는 자동차 경적소리 그리고 누구와 싸우는지 모르는 아주머니의 고성 련주포다.

이 날씨에 산책을 나오는 개도 있나 보다. 그런 중에 비 속에서도 서로 눈에 거슬리는 상대를 만났는지 아니면 줄기차게 쏟아져내리는 비줄기에 불만인지 개가 목이 갈리게 짖어댄다. 시골에 살 때 어른들이 이르기를 비 오는 날에는 개밖에 좋아하는 게 없다고 했으니 두번째 원인은 배제한다.

저녁 8시 반이 되니 어김없이 복도에서 짖어대는 개소리가 들리는 걸 봐서 현재 밖에서 일어나고 있는 현상도 이상할 게 없다. 애견인사들은 그야말로 비가 오나 눈이 오나 지극 정성이다.

그게 즘즉해지니 이 밤중에 어디를 가려고 나섰는지 차를 빼달라고 울리는 것으로 짐작되는 경적소리가 비소리를 삼켜버린다. 참다못한 어느 집 아저씨가 남들이 자고 있는 밤에 뭐하는 짓이냐고 꾸짖는 소리가 들려온다. 사실 나도 차를 명중할 수만 있다면 화분통이라도 내리던지고 싶은 심정인 건 욕하고 있는 아저씨와 마찬가지다.

개가 조용해지니 이번에는 어떤 아주머니가 고래고래 등장한다. 상대방의 목소리는 들리지 않는 걸로 미루어 판단했을 때 누구와 싸우는 것 같지는 않다. 그런데 무슨 맺힌 한이 그렇게 많아서 이 밤중에 이 비 속에서 그렇게 지칠 줄 모르고 고성을 지르고 있는지 모르겠다. 정말 궁금해서 베란다에 나가 확인하고 싶은데 그래도 잠이 더 소중해서 참았다. 얼마나 지속됐을가 비몽사몽간에 재잠이 들었다가 다시 깼을 때까지 그 한은 계속 분출되고 있었다. 다만 소리는 전보다 많이 낮아져있었다. 체력이 많이 고갈된 것 같은데 계속 이어가야 한다는 의지는 여전하다.

집에서 새는 바가지 밖에서도 샌다더니 지난 주에는 실내에서 비가 새던 조이시티가 이번에는 건물 앞마당에서 함몰사고가 발생했다. 이제 개업을 한 지 한달 반이 된 새 건물 지붕에서 비가 새고 앞마당이 함몰한다는 건 입이 떡 벌어질 일이다. 어떻게 변명해도 부실공사원인을 피해갈 수 없게 됐다. 가뜩이나 장사가 미미한 마당에 이런 황당한 일이 벌어지고 있으니 현재보다는 미래가 더 걱정이다. 북경시에서 세 번째로 개업하는 조이시티가 서부경제의 활성화에 큰 기여를 할 것이라고 내다봤는데 서부의 이미지에 영향을 끼치지 않으면 다행인 것으로 생각해야 할 상황으로 돼버렸다.

비는 이튿날까지 지속될 것이라고 하니 아침출근을 걱정했더랬는데 집을 나선 시간에는 잠간 멈춘 상태다. 비가 오는 날에도 사람들은 쓰레기를 바닥에 버리는 걸 잊지 않았다. 비닐로 된 긴 비옷을 입은 환경미화원 두명이 비에 젖어 바닥에 달라붙은 쓰레기를 목표로 비자루를 반복적으로 놀리고 있다. 지금은 비가 잠간 멈췄지만 완전히 지나간 건 아니라면서 빨리 쓸자고 서로를 재촉한다. 원래는 비가 오기로 예고돼있으면 전날 저녁부터 래일 아침에는 일을 나가지 않아도 되겠다는 안도감이 있어야 되는데 꼭 그런 것도 아니였다.

아침밥을 먹을 시간에 사무청사를 나서니 다시 비가 내리고 있다. 가까운 거리라 우산을 갖고 나오지 않는다. 우산에 비닐봉지를 씌워서 식당에 들어가야 하는 게 귀찮아서 아예 비를 맞고 만다. 몇분 거리에 비를 맞는다고 하여 큰일나지 않는다. 내가 무슨 녀성들처럼 머리모양을 보존해야 하는 부담도 없다. 기껏해야 사무청사에 들어서면서 손으로 머리를 한번 털어버리면 끝이다.

더울 땐 시원하게 비라도 왔으면 좋겠다고 하다가도 정작 구질구질 내리고 있으면 그것 또한 귀찮은 게 사람 심리다.

그 해에도 비가 많이 왔다

련 며칠 내린 폭우로 물피해소식이 속속 전해지고 있다. 통신사들은 따뜻한 메시지도 보내준다. 그 내용을 요약하면 가급적이면 재택근무를 하고 출입을 자제하라는 권고다. 이런 메시지에 대한 답글의 반응 또한 상이하다.

"누군 비 오는 날 나가고 싶어 나가겠냐고? 먹고 살아야 하잖어."

솔직한 말이다. 안일하게 앉아서 좋은 소리만 하는 건 누구도 할 수 있다. 말 한마디에 천냥 빚을 갚는다고 하지만 실제적인 사정을 헤아리지 않은 '따뜻함'은 오히려 역효과를 낳을 수도 있다. 아무튼 나는 나가지 말라고 했는데 니가 기어코 나갔으니 후과는 그대의 몫이라는 책임전가의 소지도 따른다. 잘되면 내 덕 못되면 네 탓이라는 아주 쉬운 생활철학이다.

한편 한 직장에서도 누구는 나가고 누구는 재택근무를 하냐는 문제가 존재한다. 실제적으로 이런 불리한 여건일 때마다 요리조리 몸을 사리는 사람들이 없지 않다. 나만 챙기면 되지 그로 인해 생기는 구멍은 다른 사람이 메워야 한다는 생각 따위는 뒤전이다. 그런데 세상이 아이로니한 건 이렇게 요령을 피우는 사람들이 별로 미움을 사지도 않는다는데 있다. 요령은 몸을 사리는 데서만 부리는 게 아니기 때문이다. 그렇게 형성된 머리는 요령을 피워서 미움을 산 부분을 다른데서 미봉하는 방법도 알고 있기 때문이다. 정직한 사람들이 보기에는 두 얼굴을 갖고 사는 게 피곤하지도 않냐 싶지만 그게 그 사람의 일상이다. 일상이라고 함은 공기와 같은 것이여서 평소에 의식하지 않고 산다. 보는 사람만 마음이 불편하지 정작 본인은 세상 편하게 산다.

이번 비를 겪으면서 여론에서는 7.21폭우와 비교한다. 2012년에 내렸던 특대폭우를 가리킨다. 그러고 보니 이미 10년전의 일이다. 지인중에 지금도 그날을 자주 외우는 분이 계신다. 폭우 전날 이 지인을 포함한 우리 일행 네명은 교외에서 골프를 쳤다. 원래는 하루 더 묵고 오기로 계획했는데 일행중의 한 친구가 시내에 들어가서 좋은 맥주를 마시자고 해서 앞당겨 돌아왔다. 시내에 들어와 맥주를 마시고 있는데 밖에서 비가 점차 거세지기 시작한다. 그 때까지는 큰물이 질 것이라는 생각을 전혀 하지 못했는데 이튿날에 뉴스를 보니 란리가 났다. 선견지명이 있어서 미리 돌아온 건 아니지만 아무튼 방을 물리고 먼저 오자고 한 그 친구 덕에 안전한 밤을 보냈다.

물론 당시에 골프장 호텔에서 묵었다고 해도 직접 피해는 없었겠지만 이튿날 교통이 단절돼 시내로 들어오지 못할 가능성은 아주 컸다. 하물며 전날까지 우리가 즐기며 멀쩡했던 골프장의 일부가 홍수에 밀려나가는 아찔한 상황도 벌어진 상태였다. 호텔까지 잡으며 골프 치러 갔는데 딱 한번만 치고 돌아온다는 게 아쉽기는 했지만 한편 결연히 돌아오기로 한 과단성에 박수를 보낼 만했다.

박수받을 일이 하나 더 있었으니 한개 홀에서 세명이 동시에 버디를 하는 쾌거를 이루었다. 사실은 버디를 하지 못한 친구가 평소 실력은 제일 좋았지만 이 홀에서만은 버디가 물 건너가고 파로 마무리했다. 이런 상황이 또한 혼자만 버디를 못한 본인이 벌주로 시내에 들어가 맥주를 산다는 결과로 이어졌다. 덕분에 하루 호텔비도 절약하고 홍수의 위협도 피해가게 된 셈이다. 잘될 놈은 뒤로 넘어져도 떡함지에 엎어진다는 게 이런 상태를 두고 하는 말이다.

그렇게 10년이 지나서 그번 비에 맞먹는 폭우를 만나면서 요즘 신발 두컬레를 물에 푹 적셨다. 어제는 그래도 퇴근해서 지하철역에 갈 때까지는 신발을 보존했었는데 목적지에 도착해서 역을 나오니 비가 더 거세졌다. 우산을 쓰고 고인 물을 요리조리 피해가느라 조심했지만 결국은 인도를 가로지나가는 물줄기를 어떻게 하는 수가 없어서 발을 들여놓으니 발목까지 푹 잠긴다. 이 동네에 20년을 넘게 살면서 이런 경우는 처음이다.

그런데 이 상황에서도 랑만을 즐기고 있는 남녀가 있었다. 바로 내 앞에서 산책처럼 비를 즐기며 걸어가고 있다. 녀성도 분명 손에 우산을 들고 있건마는 펼쳐서 쓰지는 않고 남자가 들어주는 우산 속에서 둘이 어깨동무를 하고 있다. 정말 좋을 때다. 남자는 녀자가 우산을 들고나오지 말기를 얼마나 바랐을가. 그런데 녀자 또한 눈치 있게 우산을 들고 나오기는 했지만 쓰지는 않는다. 도적도 손발이 맞아야 한다더니.

주말에 자주 찾았던 동계올림픽공원의 영정하가 불어서 량켠의 나무들이 다 물에 잠겨버린 사진을 봤다. 평소에 운동을 갔을 때에는 사람들이 낚시도 할 수 있고 수려한 풍경에 크게 한몫하던 강이였는데 폭우가 쏟아지니 무엇보다 무서운 시누런 흙탕물로 돌변해 량안을 삼켜버렸다. 주말운동으로 정이 든 공원이라 현 상태를 가보고 싶지만 가서 사진이나 영상을 찍을 상황이 아닌 것 같다.

대신 산책을 많이 나가는, 영정하의 물을 끌어들이는 인수로의 상태는 어떠한지 확인차로 저녁에 나가봤다. 수문을 막았는지 생각했던 것처럼 시누런 물이 무섭게 흐르지 않았고 오히려 원래보다도 물이 많이 빠져있는 상태다. 물량이 적어지니 바닥에서 자라난 수초가 더 유표해졌다. 그래도 인수로 연안의 인도는 들어가지 말라고 경계선을 쳐놓은 상태다. 하긴 옆 공원에 심어놓은 나무가 땅이 함몰되면서 내려앉은 걸 봤을 때 이 시기에는 어느 구간에서 무슨 일이 일어날지 모르니 대비해서 나쁠 게 없다.

오늘부터 비가 소강상태에 들어간다고 한다. 지속적인 폭우는 한 도시의 기반시설을 검증하는 시금석으로 되였다.

산간지대와 가까운 일부 교구에서는 불가항력적인 원인으로 피해가 있었지만 도심의 배수시설은 제 역할을 잘하고 있었다.

10년의 동반

어제 10년을 썼던 사무실 전화기를 바꿨다. 전화가 들어오면 벨소리가 딱 한번만 울리고 만다. 수화기를 들면 아무 소리도 없다. 통신과 직원이 와보더니 전지공급이 미약해서 그렇다고 한다. 10년간 건전지를 갈아넣은 적도 없거니와 전화기를 아무리 돌려봐도 건전지를 넣을 자리도 없다. 전화선으로도 전화기가 충전이 된다는 사실을 어제야 알았다. 전화기가 오래 되다 보니 충전이 잘되지 않으면서 문제가 생겼던 거였다.

원래는 까만색 전화기였는데 새로 바꾼 건 하얀색이다. 대부분 통화는 휴대폰을 리용하는지라 유선전화기는 별로 쓸 일이 없지만 그래도 새것으로 교체하니 괜히 수화기를 들고 싶어지고 어디선가 전화가 걸려왔으면 좋겠다는 생각을 갖게 된다. 새 신발을 사면 빨리 신고 나가고 싶은 것과 마찬가지로 새것이라는 데 대해 희열을 느끼고 아끼고 싶으면서도 또 그 용도를 충분히 활용하고 싶어지는 게 사람 심리인 것 같다.

새 전화기는 50개 전화번호를 이름과 함께 저장할 수 있고 이어폰으로 통화할 수도 있다고 설명서에는 여러가지 기능이 라렬되여있다. 그 많은 기능을 일일이 사용할 가능성은 거의 없지만 아무튼 유선전화기도 시대의 발전에 따라 여러 면으로 개선되고 있다. 나한테는 벨소리가 울리면 받고 번호판을 누르면 걸리는 기능만 있으면 되는데 업무에 따라서 추가기능이 필요한 사람들도 많은가 보다.

10년을 함께 했던 물컵을 교체했다. 원래 컵은 그제 아침에 뜨거운 물을 받으러 갔다가 손잡이가 떨어지면서 사용할 수 없게 되였다. 그게 아니였으면 언제까지라도 교체하지 않고 계속 썼을 것이다. 새걸 사고 보니 용적도 더 크고 차잎을 걸러주는 려과망도 한결 정교하게 만들었다. 원래 것도 쓰는 데는 전혀 지장이 없었지만 새것으로 바꾸니 어디에서든 우점이 보인다.

엎딘 김에 절이라고 어차피 택배를 받는 김에 보온병도 교체했다. 역시 10년 만이다. 컵처럼 쓸 수 없게 되어 교체한 게 아니고 그냥 오래 썼더라니 하다못해 물때가 침전돼도 바꿀 시기는 됐다고 구실을 찾으며 새것을 구입했다. 그런데 원래 쓰던 멀쩡한 보온병을 그냥 버리기에는 눈치가 보인다. 그래서 청소하는 아주머니한테 줬다. 나도 쓰지 않으면서 아주머니보고 쓰라고 한 건 아니고 쓰레기통에 버리면 보는 눈이 많으니 조용히 처리해달라는 의도에서였다.

지난 토요일에 수육을 파는 집에서 만난 사연을 써먹지 못해 아쉬웠는데 오늘의 10년 주제에 냉큼 끼워넣기로 한다. 10년이라 함은 올해가 위챗이 지불기능을 제공한 지 10년이 되는 해이다. 점심에 맥주가 마시고 싶더라니 밖에 나갔던 김에 족발 사러 갔다. 가게에 들어서니 앞에서 나보다 좀 어려보이는 아저씨가 손에 100원짜리 몇장을 들고 서성거리고 있다.

"100원 40전인데 백원짜리 하나를 더 꺼내기는 그렇고 그냥 100원으로 하면 안될가요?"

몇초를 머뭇거리던 점원은 웃으면서 그러라고 한다. 그런데 그 아저씨가 나가고 내 차례가 됐을 때 점원이 혼자말로 중얼거린다.

"사실은 60전이 모자랐는데…"

시기가 어느 때인데 아직 현금을 들고다녀서 60전이나 덜 받게 만드냐는 원망으로 들렸다. 내가 산 족발에 80전의 꼬리가 붙던데 앞에서 입은 손실을 나한테서 보상받지 않나는 괜한 의구심이 들게 만든다. 그나저나 요즘은 족발도 참 비싸다. 하나에 40원이 넘는다.

현재 사무실에 이사 온 지도 10년이 되니 책상 옆에서 무성한 잎을 자랑하고 있는 화분도 나한테 와서만 10년이다. 그사이 많은 화분이 죽거나 다른 사람한테로 가면서 이 나무 하나만 10년을 나와 함께 했다. 일주일 내지 열흘에 한번 꼴로 수도물만 받아다주면 다른 어떤 요구도 없이 묵묵히 잘 자라왔다. 휴가 같은 때에는 동료들한테 부탁한다는 걸 깜빡하고 보름을 방치해둬도 사무실문을 떼고 들어서면 별탈 없이 푸름을 유지하고 있었다. 고맙고 미안한 순간이였다.

10년이라는 게 100년을 산다고 쳐도 10번밖에 안되는 시간이지만 지나오고 나면 그렇게 길게 느껴지지 않는다. 나한테는 100세까지 산다고 욕심 사나운 추산을 해도 다섯번도 남지 않은 10년이다. 남은 시간을 어떻게 보낼지는 오로지 스스로의 몫이다. 누가 대신 살아주지도 못하거니와 남의 의지 대로 오래 산들 별 의미가 없다. 10년 뒤에는 어디에서 뭘하고 있을가.

물론 살아있다는 게 전제돼야 한다.

참빗 뒤의 거북등

'어린아이'라고 하면 아이가 그럼 어리지 늙은 아이도 있냐고 따지고 '추운 겨울'이라고 하면 겨울이 그럼 당연히 춥지 더운 겨울도 있냐고 트집을 잡다 보면 나중에 글에 주어와 술어만 남는다. 품사로 치면 명사와 동사만 남는 셈이다. 그렇게 깡깡 마른 글이 과연 보기 좋을가. 황당한 비유에서도 실없이 웃고 천방지축에서도 천진함이 비쳐지는 게 사람 냄새 나는 글이다. 모든 게 엄밀한 론리 대로 움직이는 건 요즘 류행하는 GPT에 맡기면 되고 사람의 글은 그래도 사람 냄새가 나야 한다. 무죄추정원칙은 법률에서만 통하는 용어가 아니다. 옆집 아저씨가 도끼를 훔쳐갔다고 의심하면 일거수일투족이 다 도둑 같아 보이는 법이다.

학습기능으로 따지면 사람은 죽었다 깨나도 GPT를 이기지 못한다. 한번 기억한 건 영원히 잊어먹지 않는다. 사람처럼 머리가 로화되지도 않는 건 물론 잠도 자지 않는다. 이런 시스템 앞에서 장사가 없다. 이길 수 있는 요소는 오로지 인간의 고유한 정감세계의 활용뿐이다. 그 정감세계를 섬세하고 생동하게 그려줄 수 있는 게 형용사의 은연의 힘이다. 음식을 가리는 사람들은 특정음식을 평생 먹지 않아도 아무 문제 없이 잘만 살아간다. 그렇다고 그 음식을 지구에서 파버려야 한다고 주장하지는 않는다.

우리가 매일 머리만 들면 보이는 하늘의 구름을 심종문은 지역에 따라 이렇게 구별했다.

> 우리 나라 북부의 구름은 두터운 무게감을 준다. 그래서 사람들도 후덥지근하다. 남방의 구름은 생기가 있어보인다. 그래서 사람들도 활발하다. 해변의 구름은 환상적인 가운데 발해와 남해의 구름이 또 서로 다르다. 두 지역 사람들의 정서가 다르듯이 말이다. 하남과 하북의 구름은 노란색을 띠여서 마치 옥수수가루떡이라도 만들 수 있을 것 같다. (한자음으로 워워터우라고 하는 노란색의 떡을 어떻게 번역할

지 몰라서 옥수수가루떡이라고 한다. 전에 시골마을에서 한족들이 먹는 워워터우는 노란색이였는데 지금은 음식점에 가면 나양한 색으로 만들어져나오기도 한다. 당시에는 잘살지 못해 먹있던 음식이지만 지금은 건강에 좋다는 잡곡으로 만들어 여러가지 색상까지 내고 있는 셈이다.) 구름이 거친 가운데 섬세한 면이 있듯이 이곳의 사람들도 호방하면서도 섬세하다. 호남의 구름은 회색을 띤다. 일년 가도록 회색으로 하늘에 걸려있어서 특별하지 않은 것 같지만 매운 맛이 선명한 고추가 이 지방에서 많이 나온다. 이런 고추를 성숙시킨 이곳 날씨는 사람들에게도 생명의 진보와 진취 정신을 부여해주었다.

다른 사람의 글을 인용하고 나니 축이 푹 났다. 다른 사람들이 두줄이 멀다 하게 타인의 글을 인용하면 나는 보통 그 부분은 뛰여넘어가면서 읽는다. 그런데 본인이 기다랗게 인용하고 보니 다른 사람들이 쓰는 그런 기법이 일정하게 리해는 간다.

다시 문맥으로 돌아와서 왜 저 부분을 장황하게 인용했냐 하면 같은 하늘 아래 구름은 거기서 거기라고 생각하면서 살았다. 그런데 예리한 관찰에 따라 그 구름이 그 구름이 아니라는 깨달음을 받았다. 표현의 다양성을 존중해야겠다는 생각을 하게 됐다. 알락달락 이쁜 수탉의 털을 다 뽑아버리고 일색으로 일관한 암탉으로 만들지 말자는 얘기다. 수탉은 친히 알을 낳지는 못하지만 수탉이 없는 암탉의 산란도 불가능한 일이다. 물 마실 때 우물 판 사람을 잊지 말라고 했다. 어떤 때에는 형용사가 그런 생기를 부여해주는 존재로서의 불가결의 역할을 한다.

애써 모양새를 내서 멋을 낸 머리를 무참하게 참빗으로 훑어놓아서 혀로 핥아놓은 듯 두피에 바싹 달라붙게 만들어놓을 필요가 없다. 그 상태에서 더 메말라버리면 가물에 한전이 갈라터지듯 거북등이 돼버린다. 물론 밭이 너무 질척거려도 작물의 자람새에는 좋은 일이 아니지만 촉촉한 수분은 필수다.

남의 얘기를 하고 있는 것 같은데 나는 요즘 "사람 정이 떨어지게 만든다."는 말을 자주 듣는다. 수식과 포장을 거치지 않은 말들을 대뇌의 려과 없이 해버리기 때문이다. 내가 고치겠다는 의지보다는 언젠가는 상대방도 알게 될 것이라는 소신에서 그런 형태를 고집하고 있다. 최악의 경우에 정말 하나둘 다 곁을 떠나갔을 때 나도 거북등 같은 한전에서

외로운 존재로 홀로 남는 날이 올지도 모르겠다.

싫더라도 좀 꾸미고 가꿀 줄 아는 노력이 절실한 시점이다.

나무아미타불

"호적선생은 종래로 다른 사람의 뒤담화를 하는 습관이 없었거니와 남의 뒤담화를 듣는 것도 싫어했다."

량실추선생의 말이다. 본인의 입으로 말하기보다는 제삼자의 입을 통해 듣는 게 훨씬 신빙성이 있다. 실제로도 호적 선생이 본인의 글에서 자기는 뒤담화를 하는 것도 듣는 것도 싫어한다고 쓴 걸 본 적이 없다. 어떤 우점은 그 당사자도 모를 때 더 빛이 난다. 한 사람이 상당히 우수한데 그걸 본인이 느끼지 못하고 있으면 자연스럽게 겸손하게 되고 그런 무의식적인 겸손이 갖는 매력은 옆사람들로 하여금 더 실감을 느끼게 한다.

말이 쉽지 다른 사람의 뒤담화를 하지 않고 산다는 게

웬만한 수련이 아니다. 살다 보면 불평불만이 없을 수 없다. 나는 하다못해 지하철에서 내리면서 정면으로 마주치는 사람을 봐도 짜증이 확 올라온다. 먼저 내리고 후에 오르라는 건 모든 대중교통에서 귀에 못이 박히게 하는 얘기지만 끝까지 그걸 지키지 않는 사람들이 있다. 역의 바닥에다도 내리는 사람의 방향과 오르는 사람의 방향을 화살표로 대문짝만하게 그려놓았건마는 그걸 무시하고 기어코 내리는 사람과 마주치는 정면으로 올라온다. 이런 현상을 나는 글에서 수없이 중얼거렸다. 일종 생면부지의 사람에 대한 뒤담화였다.

이렇게 생각 대로 되지 않는 게 생활이고 그러다 보면 이마살이 찌프려지는 게 자연스러운 정서다. 그 과정에 받는 스트레스는 어떤 걸로든 해결을 봐야 하는데 이 때 사람은 현재 나의 심경을 들어주고 리해해주고 동감해주기를 바라는 의존심리가 생겨나게 된다. 가령 벽에다 대고 얘기하듯이 상대방으로부터 아무 반응이 없을지라도 안 좋은 정서를 털어놓았다는 자체만으로도 어느 정도 해소가 된다.

사람은 자신의 약점을 다른 사람의 더 큰 잘못과 비교해서 최소화하려는 경향을 갖고 산다. 그래서 자기의 잘못이 지적을 받으면 아무개는 더하구마는 왜 나만 갖고 그러냐고 항변한다. 눈물이 글썽하게 세상 억울하다. 그런데 다른 사람의 더 큰 잘못을 방패로 내세운다고 하여 본인의 잘못이 무마되는 건 아니다. 그런 도리를 자신도 모르는 건 아니지만 그래도 억울한 건 털어놓아야 한다. 그 과정에 비교의 참조물이 되는 개체에 대한 성토라는 걸 하게 되는데 그게 곧 뒤담화다.

뒤담화를 하지 않는 게 일종 수련이라고 한다면 다른 사람의 뒤담화를 듣는 것마저도 싫어하는 건 일종 경지다. 물론 하소연을 한 주체로서는 공명을 얻지 못해 굉장히 섭섭하겠지만 다른 각도에서 생각해보면 맞장구를 쳐준다고 하여 바뀌는 건 아무 것도 없다. 말 그대로 뒤담화인만큼 내가 아무리 씹어도 정작 당사자는 아무 것도 모르는 상태다. 그러니까 괜히 나만 흥분하고 정작 당사자는 룰루랄라 그냥 살던대로 살아가는 셈이다. 그 꼴을 보면 더 속이 뒤집어진다. 스스로 찾는 불유쾌함은 이렇게 순환된다.

아는 주정이 무섭고 자는 척하는 사람은 깨우지 못한다. 나도 내 잘못을 알지만 난 쭉 그렇게 살겠다는데 누가 말리지 못한다. 그걸 바꾸려 하다 보면 결국 속 터지는 건 본인밖에 없다. 하물며 사람은 쉽게 바뀌지 않는다. 지난번 건강검진에서 혈당이 높다는 진단이 나온 뒤로 근 한달이라는 시간을 맥주에 등을 돌렸었다. 당시의 비장한 각오 대로라면 앞으로 여생을 술과 담을 쌓고 살 줄로 알았다. 그런데 시간이 약이라는 말이 딱 들어맞는 게 당시의 불안정서가 점차 희석되면서 다시 원래의 음주일상으로 돌아가게 되는 자신을 보게 됐다. 상처가 나으면 아픔도 잊혀진다는 게 그 말이다.

다른 사람이 바뀌지 않으면 나를 바꿔야 한다. 나도 똑같은 사람이 되라는 게 아니고 너는 너 대로 그렇게 살고 나는 나 대로 살면서 비교나 흥분 같은 걸 하지 말자는 방향으로 핸들을 틀라는 얘기다. 바꿀 수 없으면 즐기라고 하는데 즐기지는 못하더라도 외면은 할 수 있다. 무시가 곧 뒤담화를 해소하는 좋은 약이다.

물론 이게 녀성들한테 주어지면 흔히 이런 현상이 나타난다. 누가 해결해달라고 했냐고? 그냥 들어주고 하다못해 머리를 끄덕여주는 시늉이라도 해주면 어디 덧나냐고? 하여튼 사람의 염장을 지르는 데는 일가견이 있어. 어이구~ 이 원쑤야…

하지만 세월이 흐르면서 상전벽해를 거쳐도 이런 모순

의 드라마는 종영이 보이지 않는다. 할머니가 입버릇처럼 외우던 말씀이 있다.

"내가 빨리 죽어야지."

주말일기

1년이란 시간은 빨리도 흘렀다. 작년 이맘 때에는 아빠트가 개조에 들어가면서 한달간의 세집생활을 했었다. 덕분에 오피스텔이라는 곳에 처음으로 살아봤다. 그런데 하필이면 유독 내가 세를 맡았던 동에서 감염자가 생기면서 열흘을 집에 갇히는 경험도 했었다. 방역 3년을 통털어 내가 살던 아빠트단지는 한번도 봉쇄에 들어간 적이 없었는데 어쩌다 맡은 세집이 묘하게 당첨됐다. 사람의 명은 이미 정해져있고 주어진 시간표 대로 가고 있을 뿐이라는 생각을 하게 된다. 또 그렇게 생각하면 살아가는 과정에 만나는 모든 현상들을 받아들이는 게 쉬워진다.

요즘의 혈당은 집안의 온도계마냥 에어컨을 켜면 내려

가고 끄면 다시 올라가기를 반복한다. 의학적인 근거가 없는 내 짐작에는 혈당에서 온도계의 작용을 하는 게 운동인 것 같다. 아침에 일어나자마자 측정한 혈당은 8.2였는데 밖에 나가 한시간 반을 돌고 들어와 다시 재니 6.2로 내려왔다. 바이두의 지식에 의하면 혈당은 당을 많이 먹어서가 아니라 분해하는 능력이 떨어져서 수치가 올라간다고 한다. 그렇다면 음식조절도 중요하지만 운동이 더 효과적이라는 얘기다.

8월이 시작되면서 날씨가 갑자기 서늘해진 느낌이다. 특히 아침시간에 살랑살랑 불어와 얼굴을 기분 좋게 스치는 상쾌한 바람에서 선명하게 느끼게 된다. 아침 산책길에 오랜만에 모식구에 다녀왔다. 옛 거리를 복원하여 문화와 상업을 융합시킨 거리다. 갈 때마다 줄을 서던 전병가게와 튀김떡가게에도 이른 시간에는 사람이 적다. 도대체 어떤 맛이기에 평소에 줄을 그렇게 길게 서나 들어가봤다. 주방에서 한창 떡을 빚는 사람은 40대 초반으로 보이는 남성이다. 빚는 속도로 봤을 때 완성품이 빨리 나오기는 쉽지 않을 것 같았다. 빚은 뒤에 또 기름에 튀기는 시간까지 있으니 줄을 선 사람들은 일정 시간을 기다리는 수밖에 없었다. 찹쌀 또는 좁쌀로 만든 두가지 떡이 나오는데 안에 들어가는 소는 다 팥이다.

손에 기름을 바르는 게 싫어서 집까지 들고 와서 먹었는데 너무 달아서 내 입맛은 아니다. 그런데 단 걸 좋아하는 사람들에게는 줄을 설 만한 떡이긴 하겠다. 오죽했으면 몇개역씩 빠스를 타고 와서 사가는 사람들도 있다고 한다. 그렇게 먼 곳에서 오면서 들인 공이 있는데 달랑 한두개를 사고 가기에는 가성비가 맞지 않는다. 그러다 보니 한번에 많이 사게 되고 그렇게 되면 뒤에서 대기하는 사람들이 다음 떡을 기다려야 하는 시간이 더 오래 걸리게 된다. 이런 복합적인 원인으로 가게에 서는 줄은 길어지게 되고 길어진 줄을 보는 사람들은 떡이 맛있나 보다고 추측하게 만든다.

떡을 사고 나오는데 주변에 사는 회사동료를 만났다. 부부간이 산책을 나왔다. 나도 일찍 나왔다 생각했는데 그 부부는 나보다도 먼저 와있었다. 안해는 중학교 교원인데 만날때마다 아주 상냥하다. 나는 그냥 안녕하세요, 이르네요 정도로만 인사를 건네는데 그의 안해는 짧게 스쳐지나가는 사이에도 날씨를 평가하고 내가 미처 듣지 못하는 여러가지 말을 구사해서 인사를 전한다. 고3의 담임을 맡고 있다는데 그 반의 학생들은 참 친절한 선생님을 만나서 복 받았다.

인수로 옆의 아침시장은 어김없이 열렸다. 좋게 보면 옛

추억을 불러일으키는 물건들이고 나쁘게 보면 그냥 집구석에서 먼지를 뒤집어쓰고 있던 고물들을 저마다 들고나왔다. 어릴 때 즐겨봤던 그림책이며 시계추가 떨어진 벽시계며 모택동마크며 심지어 신던 장화까지 내다 판다. 가격은 물건주인이 정하는 게 아니고 사는 사람이 부르기에 달렸다. 주인의 립장에서는 어차피 집에다 둬도 자리만 차지할 물건들이니 얼마라도 받으면 팔아야 한다.

주말 이틀은 아웃렛 두곳에 다녀왔다. 운동장 같이 넓다란 주차장이지만 갈 때마다 차들이 빼곡이 들어서있다. 명품관에 줄을 서는 것도 영원한 주제다. 그런데 다른 사람은 가게에 들어서면 일 대 일로 점원이 따라붙던데 나는 원래 살 것 같지 않아보이는지 찬밥신세다. 나에게는 내버려두는 게 오히려 편하고 좋지만 곰곰히 생각해보면 무시당한 것일 수도 있다. 나는 명품이 표시나게 브랜드가 유표한 게 싫다. 그런데 또 표시가 없고 보이지 않는 곳에 영문자모만 새겨져있을 거면 몇천원, 몇만원씩 퍼주고 살 리유가 없다. 이런 모순 속에서 명품을 포기하게 된다. 점원이 아주 날카로운 눈으로 판단을 잘했다.

나이가 들면서 편안한 신발에 관심이 많이 쏠리고 있다.

이제 운동이 각별히 중요해지는 나이가 되면서 관절을 보호해야 하는 과제도 동시에 주어진다. 그래서 아웃렛을 찾는 주목적도 신발이다. 그런데 한가지 리유를 알 수 없는 현상이 있었으니 갈 때마다 보면 이상하리만치 유독 나이키가게에만 사람들이 바글거린다. 도대체 무슨 희한한 걸 팔길래 사람들이 저렇게 몰리나 들어가보려고 시도하지만 가게 안의 공기부터 좋지 않아서 입구에서 금방 돌아서 나온다. 방역 기간에는 저 많은 사람들이 어떻게 참고 살았나 싶다.

아웃렛에서 빈둥거린 시간을 빼고 남은 주말시간은 로사의 책에 빠져있었다. 전집 10권을 샀는데 이제 절반을 넘어 읽어가고 있다. 뒤로 갈수록 어떻게 하면 이런 매력적인 글이 나올 수 있을가 싶으며 탄복하게 된다. 심오한 도리도 없고 그냥 생활을 적었는데 읽는 사람을 편안하게 만들면서도 끌려들게 한다. 간혹은 입담이 좋은 북경의 택시기사아저씨들도 본인의 언어구사를 잘 정리하면 괜찮은 책이 나올 것 같다는 생각도 한다. 이건 아마 토배기 북경인들에게만 고유한 재산일 것이다.

립추

어제 날씨가 많이 서늘해졌다는 얘기를 했는데 오늘 보니 립추다. 아직 더운 날이 남기는 했지만 어쨌든 절기는 속이지 못한다. 특히 아침저녁으로 공기 자체가 다르다.

어제는 저녁산책을 나갔다가 비를 폴싹 맞고 들어왔다. 비 속에서도 강아지산책을 시키는 사람들은 우산도 없이 오로지 강아지의 소원만 만족시키는 자아희생정신의 소유자들이다. 비가 온다고 털이 젖을가 봐 걸음을 재촉하여 집에 빨리 가겠다고 서두를 강아지가 아니다. 주인이 자기 때문에 비를 맞는다고 걱정할 강아지는 더우기 아니다. 비도 맞고 눈도 맞고 바람도 맞으며 자연과 하나가 되여 살아야 할 동물인데 사람이 기어코 집안에 들여놔서 '배려'했을 뿐이다.

오늘은 내 생의 첫 직장에 입사한 날이다. 그사이에 직장을 옮겨본 적이 없고 앞으로도 그럴 가능성이 희박하니 사실은 첫 직장이자 마지막 직장이다. 장안가 옆에 위치했고 지난 세기 80년대 북경시 10대 건물의 하나로 뽑혔던 회사 건물 앞에 서니 자연스럽게 어깨가 올라가는 느낌이다. 경비가 지키고 있던데 모르는 척하고 들어가려고 했더니 엄연히 제지시킨다. 할 수 없이 전달실에 들어가 안에다 전화를 해서 상사가 직접 마중을 나왔다. 아래에 시킬 젊은이들도 있었건만 직접 나왔다는 건 성의 있는 영접이였다.

사무실은 1층에 위치해있었는데 에어컨은 없고 선풍기가 돌아가고 있었다. 책상은 11개가 놓여있었고 그중의 하나는 286컴퓨터와 프린트기계를 놓은 공용책상이다. 후에 보니 맞은편에 작은 칸이 하나 더 있었는데 거기에는 책상이 세개 놓여있었다. 지금 같았으면 작은 칸은 상사들의 사무실로 썼겠는데 당시에는 원로 두분이 사용하고 상사는 동료들과 한 사무실을 같이 쓰고 있었다. 호칭도 처장, 주임과 같은 직급을 붙이지 않았다. 상사의 후배들은 성씨에 선생을 붙여서 부르고 선배들은 직접 이름을 불렀다. 선생에는 '님'자도 붙이지 않았다.

전화기는 큰 사무실과 작은 사무실 통털어 한대를 쓰고 있었다. 휴대폰이 없던 시절이라 전화기 한대가 굉장히 바빴다. 장거리전화는 비밀번호를 입력해야 가능한데 그건 상사만 알고 있어서 나머지 사람들은 사용이 불가능했다. 입사하니 사무실에서 호출기를 쓰는 사람도 한명인가 두명밖에 없었다. 한명이면 한명이고 두명이면 두명이지 왜 모호하게 말하냐 하면 전에도 글에서 언급한 적이 있어서 그 때와 말이 달라질가 봐서이다. 같은 일에서도 사람의 기억은 시간에 따라서 바뀔 수도 있으니 안전성을 기해서 모호하게 처리하는 게 좋다.

당시 상사의 나이가 40대 초반이였는데 나의 눈에는 뭐나 다 알 것 같은 아득한 어른으로 보였다. 그런데 이제 와서 나도 그 사람들의 그 때 나이를 훨씬 넘기고 보니 별거 아니였다. 그런데 그 분들은 우리를 아주 어리다고 여기고 있었던 것 같다. 그 교훈을 섭취해 현재 입사하는 후배들과도 서먹서먹한 거리감을 두지 않으려 노력하고 있다. 물론 간격이 좁아지면 권위가 무너지는 위험부담은 있다. 그 때마다 올챙이 적 생각을 하면서 후배들과 립장을 바꿔서 생각하기에 노력한다.

숙소는 먼저 입사한 독신들이 사용하고 있는 려관이 있어서 세집을 구해야 하는 념려는 없었다. 지금 같았으면 걸어다녀도 되는 거리였건마는 그 때는 게을러서 그것도 귀찮았다. 걸을 시간이면 몇분이라도 더 자겠다는 계산이였다. 그래서 먼저 입사한 선배를 따라 중고자전거를 사러 갔다. 어느 골목길에서 파는데 몇십원을 주니 괜찮은 자전거를 살 수 있었다. 후에 그 자전거는 지금 살고 있는 집까지 모셔갔더랬는데 거기서 잃어버린 뒤로 자전거를 더 사지 않았다. 자전거 몇대를 잃어버려보지 않으면 북경사람이 아니라고 했던 시절이였다. 그러고 보니 이 도시에서 살면서 새 자전거를 단 한대도 사본 적이 없다.

매일 출근하면 첫 순서가 뜨거운 물을 길어오고 장대걸레로 바닥을 닦는 일이였다. 당시에는 청사 안에서 물을 받을 수 있는 게 아니고 밖에다 별도로 설치해놓아서 온 청사의 사람들이 전부 그 한곳에 가서 물을 받아왔다. 보온병 두개에 채워서 오는 간단한 일이였지만 그것도 상사가 아니면 우리 젊은 친구 셋의 몫이였다. 상사가 했던 이런 말이 기억난다.

“사무실에서 매일 비슷한 일을 하면서 누가 누구보다

일을 더 많이 한다고 나설 수 있겠어요? 물을 길어오고 청소하는 이런 사소한 일에서 다른 동료들과 구별이 되는 거예요."

이건 지금도 마찬가지다. 아무도 자기가 하는 일이 적다고 생각하는 사람은 없다. 다 자기가 하는 일은 바쁘고 남이 하는 일은 쉬워보인다.

세월이 많이 흘러서 이제 그 사무실에서 함께 일했던 동료는 나외에 한명만 재직중이다.

달력을 거슬러올라가보니 입사한 해의 8월 8일도 립추였다.

로화의 숙명

베란다 천장에서 물이 방울방울 떨어진다. 화장실이나 다른 곳도 아니고 베란다란 곳은 웃집에서 물을 쓸 가능성이 희박하다. 그렇더라도 우로부터 떨어지는 물이니 웃집이 원인제공의 가능성이 제일 크다. 관리소에 전화를 했더니 관리원아저씨가 올라와서 전지로 비춰보고 휴대폰으로 찍으면서 증거수집을 시작한다. 수사작업을 마치고 웃집에 올라간 아저씨는 집에 녀성 혼자만 있어서 남편이 돌아올 때까지 집안으로 낯 선 사람을 들이는 게 불편하다고 한다며 기다려 보자고 한다. 급할수록 돌아가라고 했으니 웃집 남편이 귀가하기를 기다리는 수밖에 없다.

드디여 웃집 남편이 왔는지 안해와 함께 우리 집에 내려왔다. 자기네 집도 웃집으로부터 화장실에서 물이 스며내려 오길래 우리 집도 그런 상황이려니 했는데 베란다라고 하니 고개를 갸우뚱한다. 왜냐하면 웃집에서는 베란다에 쌀을 놓아두고 있는데 물이 접근할 리가 없다고 한다. 그렇다면 수사는 다른 쪽으로 방향을 잡아야 한다. 웃집 남편의 추리에 의하면 지난해 아빠트개조공사를 할 때 외벽에 방한자재를 덧대면서 드릴로 뚫은 구멍들이 있는데 지난 주에 비가 크게 내리면서 그리로 물이 스몄을 것이라고 한다.

관리소 직원과 웃집 부부간이 왔다갔다 하는 과정에 시간은 밤 11시를 넘겼다. 문제발생의 대략적인 원인만 분석하고 해결책은 이튿날로 미룬 채 어쨌든 잠은 자야 한다. 그런 일이 머리 속에 남아있으니 잠이 쉽게 들지도 않는다. 걱정한다고 문제가 해결되는 것도 아니라고 애써 생각을 쫓아버리려 하지만 어떤 생각은 제동을 건다고 멈춰지는 게 아니다. 그럭저럭 잠은 들었는데 비몽사몽간에 물방울이 바닥에 떨어지는 소리가 계속 들려오면서 신경을 자극한다. 엄마가 고향에서 수도에 처음 올라왔을 때 비가 새지 않는 집에서 살게 될 줄을 몰랐다고 대만족을 하셨더랬는데 엄마가 가면서 비가 새지 않는 유효기도 지나가버렸다.

원래는 개조를 거쳤으니 새집이나 다름없고 앞으로 20년은 무난하게 견디겠다고 생각했는데 낡은 집은 결국 낡은 집이였다. 호박에 줄을 긋는다고 수박이 되지 않았다. 이런 불안한 요소가 추가되고 보니 이 집을 떠야겠다는 생각이 더 짙어지게 된다. 그사이 그래도 이런저런 우점을 생각하면서 이 집에 미련이 남았던 부분들이 없지 않았는데 하나하나 소진돼가고 있다.

로화는 생각을 적극적으로 가진다고 하여 멈춰지는 게 아니다. 이래 보여도 마음은 아직 20대라고 자칭하는 소리를 자주 듣는다. 이름하여 나이는 먹어도 마음은 늙지 않는다고 한다. 그런데 그 생각 자체가 늙은 생각이다. 우리는 방부제 미인이란 말을 하는데 이름 그대로 썩지 않도록 보장해주는 방부제 자체에도 유효기라는 게 있다. 그냥 로화의 흐름을 인정하는 게 제일 현명한 선택이다. 보톡스, 시술, 염색, 단장 모든 게 주변의 눈만 속일 뿐 물리적인 로화의 진도는 일초도 늦추지 못한다. 어떻게 해서 초하루는 넘겼다고 쳐도 저 앞에서는 또 보름이 떡하니 기다리고 있다. 갈수록 심산일 바에는 아득바득 빠져나오겠다고 발악하기보다는 산속의 일원으로 살아가는 것도 일종 지혜다.

요즘 한국은 야당 혁신위원장의 이른바 로인 비하 발언으로 시끄럽다. 의도야 어찌됐든 결과적으로는 로인들의 심기를 건드린 건 사실이다. 그렇다고 로인회를 찾아 사과하러 온 녀성위원장의 면전에서 그의 사진을 들고 수차 뺨을 치는 시늉을 하는 건 보기 거북했다. 이게 무슨 량반 시대도 아니고 아무리 말을 잘못했더라도 다 인격을 가진 사람들인데 그렇게까지 할 필요가 있었나 싶다. 사실은 엄정한 표정으로 재발방지를 요구하고 너그럽게 악수를 청해 사과를 받아들이는 게 더 어른스러운 자세였을 것이다. 그렇게 되면 사과하는 사람의 립장에서도 진심으로 더 깊게 뉘우쳤을 것이다.

나이로 어떻게 해보겠다는 건 삿갓차림에 곰방대를 물고 마루에 올방자를 틀고 앉아서 수염을 내리쓸며 헛기침으로 폼 잡던 시대에서나 통했던 행태다. “어디서 어린 놈의 새끼”라는 말은 이제 더는 통하지 않는다. 괜히 나이를 자본으로 삼아 각을 잡다가는 다시 내려올 계단을 찾기도 힘들다.

몸에서는 시시각각 신진대사가 이루어지고 세상은 하루별이 새롭게 변해가고 있다. 정말 아쉽기는 하지만 생떼를 쓴다고 시간이 멈추지 않는다. 한어권에서 사는 우리도 잘 알아듣지 못할 사자성어들을 한국에서는 많이 쓰던데 오늘 나도 한번 따라해보기로 한다.

추진출신, 파구립신, 토고납신, 제구포신…

직장생활 변곡점

나이는 먹어가고 후배들은 치고 올라오고…

퇴직으로 가까워가는 직장인들이 서서히 마주하게 되는 고민이다. 외자회사 같은 경우 더우기 그러하다. 회사에서는 나이에 맞는 대우는 해줘야 하는데 적은 인건비의 젊은 직원들과의 비교 속에서 가성비문제가 제기된다. 그렇다고 그사이 회사에 한 공헌이 있는데 인정상 혹은 로동법상으로라도 무작정 자를 수는 없다. 그래서 일정단계에 오면 눈치를 줘서 스스로 알아 퇴사하게끔 만든다. 이를테면 완성 불가능한 임무를 지속적으로 내준다든가 초과근무를 밥 먹듯이 시킨다든가 방법은 회사가 생각하기 나름이다. 이런 랭혹한 환경

속에서 눈을 질끈 감고 살아남으려면 주동적으로 나서서 로임을 적게 받겠으니 회사에서 계속 일할 수만 있게 해달라는 타협으로 이어진다.

신입일 때는 배울 것도 많고 열정도 팽배한다. 선배들을 깍듯이 모시고 하나라도 더 배워서 빨리 커야 한다는 성장욕과 업적을 올려야 하는 성과욕이 추가된다. 배우는 단계인 것만큼 보수에도 크게 련련하지 않는다. 입사하게 해줘서 다행이고 키워줘서 고마울 뿐이다. 이 때에는 회사에 일찍 나오지 말라고 해도 알아서 남보다 먼저 나와 앉아있고 눈치도 빠르고 엉뎅이도 가볍다.

그러다가 아래로 후배들이 들어온다. 때는 이 때라고 이제부터는 내가 너희들을 시켜먹을 차례라고 흐뭇해진다. 배운 게 도둑이라고 자기도 선배들이 시켜먹는 걸 눈으로 봐왔기 때문에 아래로 빨리 후배가 오기를 기다렸을지도 모른다. 그동안 내키지 않았지만 선배가 시키니 어쩔 수 없이 했던 일들이 많았는데 이제부터는 너희들 차례라는 자아보상심리도 작용한다. 그래서 선배나 상사가 뭘 시키면 그걸 2차 도급으로 다시 아래 후배한테 떠넘기는 게으름과 요령도 활용하게 된다.

다만 이 대목에서 조심해야 할 건 번마다 공 차넘기기를 반복하게 되면 어느 순간에는 중간단계를 거치지 않고 직접 그 아래 선에로 지령이 떨어지게 되는 위험부담이 있다. 물론 그렇게 되면 일을 맡기지 않아서 차라리 잘됐다고 생각할 수도 있지만 시간이 흐르면서 락동강 오리알이 되는 결과를 초래하는 수가 있다.

서당개 삼년에 풍월을 짓는다고 시간이 흐르면서 업무력이 향상됨에 따라 선배들의 능력도 별거 아니였구나라는 자만심리가 싹트기 시작한다. 이 단계에 접어들면 간혹 선배들한테 엇서기도 하고 왜 본인의 일을 남한테 시키냐는 불만심리도 표출된다. 이제 나도 나이를 먹을 만큼 먹었고 지금까지 쭉 시켜먹었으면 이제 그만할 때도 되지 않았냐는 반발이 생기게 된다.

이런 배포가 생기면서 금방 뒤따르는 건 점점 강해지는 자기 주장이다. 자기 중심으로 일과 현상을 해석하게 되고 스스로를 합리화하여 본인의 약점을 무마하려 시도한다. 그러다 보면 본인에 유리한 정보와 론거들을 대거 수집하여 자기에게 불리한 요소들을 방어하면서 현 질서에 도전장을 낸다. 이런 상황을 마주하는 선배들은 당혹스럽고 실망스럽고 심지어는 화가 치밀기도 하는 단계다. 호랑이새끼를 키웠다고 머리를 치며 한탄하기도 한다.

이어서 푸름은 쪽빛에서 나왔지만 쪽빛보다 더 푸르다는 단계가 앞에서 기다리고 있다. 이제 완전히 성장해서 능력이 충분히 선배들을 릉가했다고 자부하는 단계다. 지지점과 지레대만 주면 지구라도 들어올릴 것 같은 안하무인의 수렁에 빠지기 쉬운 단계이다. 이 과정에 선배들을 무시하는 경향이 스멀스멀 올라오기 시작한다.

롱담인 듯 진담처럼 이런 말도 등장한다.

"앞으로 퇴직해서 외롭지 않으려면 지금부터 후배들한테 잘 보이세요."

간담을 서늘케 하는 경고다.

그러나 화무십일홍이니 그러던 후배도 어느 날 지긋한 나이를 맞이한다. 이 때가 되면 나이는 그 나이지만 나는 전의 선배들과 다르다고 생각한다. 선배들로부터 싫었던 부분을 자기는 개선했다고 여긴다. 그래서 지금의 후배들은 본인이 전에 선배들을 대했던 것처럼 자기를 대하면 안된다고 여긴다. 그래서 또 그 유명한 대사가 되풀이된다.

"어디서 어린 놈의 새끼들이."

대비

8시부터 8시 반 사이는 맞은편 집에서 개를 산책시키러 나가는 시간이다. 어떤 날씨에도 변함이 없는 일정이다. 개는 행복하고 사람은 부지런하다. 그 부지런함이 주동적이든 피동적이든 아무튼 생활은 규칙적으로 이어지는 셈이다. 그게 만약 피동적이라면 개한테 고마워해야 할 일이다. 개가 본의 아니게 주인의 저녁활동을 끈질기게 도운 셈이다.

옆집 할아버지는 혈당이 높으시다. 그래서 그런지 재직때보다 살이 많이 빠졌다. 허리를 구부정하고 저녁마다 명심해서 산책을 나간다. 혈당을 낮추려면 저녁산책이 필수라고 한다. 쉬는 날에 보면 전에는 저녁뿐만 아니라 낮에도 옆집에서 문 여는 소리가 빈번하게 들렸다. 틈만 나면 바깥출입을 했다. 그런데 할아버지가 어느 날 밖에서 넘어지면서 다리뼈를 상한 뒤로 잘 보이지 않는다. 집에는 가사도우미도 청해놓은 상태다. 많이 걸으면서 건강을 유지하고 싶지만 그게 마음대로 되지 않는 때가 온다. 그걸 보면서 젊은 우리가 충분히 움직일 수 있으면서도 게으름을 피우는 게 얼마나 사치한 랑비며 배 부른 홍타령이냐는 생각을 하게 된다.

간밤에는 뉴스방송을 하는 꿈을 꿨다. 녀아나운서가 첫 건을 읽고 다음은 내 차례인데 좀처럼 시작이 떼지지 않는다. 밖에서 헤드폰을 가져다주면서 기사에 집중하면 나을 것이라고 알려준다. 헤드폰을 끼니 원고지를 번지는 소리와 같은 미세한 동정까지 다 파악이 된다. 내가 빨리 읽기를 기다리는 녀아나운서는 겉으로는 별다른 기색이 없지만 어쨌든 원고가 내려가지 않으니 답답한 건 분명하다. 그래서 결상에서 일어나 멀찌감치에 선 채 저 원고를 언제 다 읽나 거의 포기상태로 기다리고 있다. 그 와중에 복도에서 사람들이 떠들더라기에 그걸 또 나가서 제지시키고 오노라니 정신은 더 분산되고 원고는 더 읽혀지지 않는다. 뭐가 마려운 강아지마냥 난감한 표정으로 뭉개다가 결국은 알람소리에 깼다. 또 새로운 하루의 시작이다.

지난 주의 지속적인 비에 이어서 이번 주까지 그 여운이 남았는지 월요일부터 매일 시뿌연 날씨다. 해가 나지 않아서 뜨겁지 않은 건 좋은 일이지만 습도가 가득한 공기도 개운치만은 않다. 구내식당에서 아침을 먹고 사무청사 울안을 천천히 거닐면서 이런 생활도 언젠가는 끝나고 자동차와 전동자전거가 시끄러운 집 주변에서만 산책하는 날이 올 것이라는 생각을 하니 그 순간이 갑자기 고맙고 소중하게 여겨졌다. 모든 사람들이 이제 퇴직만 하면 마음대로 놀러 다니겠다고 벼르지만 동시에 그 때의 체력이 지금의 체력이 아니라는 생각은 미처 하지 못한다.

집 주변에는 로인 신발만 취급하는 가게가 있다. 대부분 신발이 헝겊 재질이고 가격도 싸다. 전에는 나와 상관없는 가게라고 무심했더랬는데 어제는 한번 들어가보고 싶었다. 대충 둘러봐도 눈에 들어오는 게 없어서 그냥 나왔지만 언젠가는 나도 저기 쭈크리고 앉아 이것저것 신어보면서 고민할 것이라는 생각을 했다. 그럴 수밖에 없는 게 산책길에 로인들의 신발을 살펴보면 나이키나 아디다스 같은 브랜드를 찾아보기 힘들다. 간혹 보이기도 하지만 한눈에 봐도 상표만 찍어넣은 짝퉁이다. 이런 브랜드들이 로인들을 상대로 하지도 않거니와 로인들도 마찬가지로 관심이 없다. 무슨 소리냐, 나는 줄곧 나이키나 아디다스만 신고 산다며 버럭 하는 로인들도 분명 계시겠지만 소수로 다수를 대표하지는 못한다.

엄연히 내 집인데 서서 소변을 보다가 마누라한테 들켰다는 슬픈 사연을 연예프로에서 접했다. 돈을 꼬박꼬박 벌어다 바쳤던 젊었을 시절에도 안해한테서 저런 구박을 받았을가 생각해보게 된다. 남자는 50이 넘으면 요즘 오줌은 제대로 나오냐고 묻는 게 인사라고 하는데 그것마저도 변기에 앉아서 해결하라고 하니 눈물이 날 일이다. 리유인즉 여기저기 튀여서 청소가 귀찮다는 거다. 강아지도 수컷들은 다리를 잔뜩 쳐들고 당당하게 일을 보더마는 한 집안의 세대주가 어쩌다가 저런 신세가 됐는지 측은지심이 올라온다. 샤와기를 한번 휘저어서 씻어내면 되는 일인데 마누라의 립장에서는 아예 근원적으로 차단하고 싶은가 보다. 늙는 것도 슬픈데 소변 구박까지 웬일일가.

젊었을 때는 마누라와 다투면 밥상을 밀어내며 먹지 않는다고 시위를 했다고 한다. 그러면 마누라가 놀라서 왜 그러시냐며 어르고 달랬는데 이제는 안 먹겠으면 말라고 상을 치워버린다고 한다. 그러면 굶을 수는 없으니 상당히 머쓱하지만 결국에는 꼬리를 내리는 수밖에 없다. 동물프로에서 늙은 사자가 암사자들한테 이리저리 뜯기며 줄행랑을 놓는 장면을 봤다. 아직도 외형상으로는 머리숱도 무성하고 위풍당당한데 나이는 속이지 못하고 있었다.

미래가 불투명할수록 지금이 소중하다.

세상사 소꿉놀이

사람은 살아가면서, 나라는 발전하면서 많은 선택이라는 걸 하게 된다. 그 선택이 옳은 것이였든 잘못된 것이였든 결과는 선택한 자의 몫이다. 다만 그것이 개인이라면 본인만 감수하면 되는 일이지만 그것이 나라라면 문제가 복잡해진다. 어릴 때 시골에서 피도 안 마른 녀석들이 '외목'이라는 걸 배워가지고는 자기 마음에 들지 않는 아이와는 놀지 말라고 선동하는 일이 있었다. 결국 이런 유치한 장난은 아이들이 커가면서 사라지고 후날에는 옛말을 하면서 웃지만 그 때 당시만은 진지하다. 현재 세계가 돌아가는 꼴을 가만히 들여다보면 웬지 우리가 어렸을 때 행했던 유치함을 다시 들여다보는 것 같다.

세계가 대범위의 전쟁만 두번씩이나 치르면서 그리고 그 뒤로도 수많은 나라들 사이에 무수한 마찰을 빚으면서 발전하는 과정에 얻어진 결론이 하나 있었으니 핵심리익문제에서는 영원한 적도 영원한 친구도 없었다. 동맹국이라는 개념도 먼저 내 리익을 전제로 한 뒤 여유가 있을 때 그 나머지 부분으로 베푸는 배려에 국한된다. 진주항 피습에서 무참하게 자존심을 구긴 미국이나 원자탄을 두개나 얻어맞은 일본이나 언제 그랬냐 싶게 현재는 세상 친한 척하는 동맹으로 포장하고 있다. 그런데 앞으로의 세상사는 아무도 모르는 일이다. 아무리 동맹이라도 내 코가 석자고 목구멍이 포도청이 되고 나면 언제 동맹국을 념려할 여력이 없다. 그 때 가서 의리가 없다고 울고불고 야단을 쳐도 빼스는 벌써 떠났고 배도 이미 산으로 간 상태다.

어제 우리 나라가 한국에 대한 단체관광을 푼다고 했더니 한국내 관광 관련 주가가 폭등했다. 면세점 매출비률의 80%를 차지하는 호텔신라주가는 17.5% 상승한 가운데 화장품, 카지노, 항공사의 주가가 일제히 폭등했다. 이쯤 되면 웃음주머니가 흔들거려야 되는데 이럴 때마다 꼭 태클을 거는 기사들이 등장한다. "탈중국 적응했는데 민폐 중국관광객 걱정"이라는둥 "한미일 동맹에 중국이 위기감을 느꼈다"는둥 하여튼 남이 잘되는 꼴을 못 보는 언론과 기자들이 어느 시기에든 존재감을 과시하려고 애를 쓴다.

어제 우리 나라가 발표한 단체려행이 가능한 나라는 미국을 포함한 78개 나라다. 다시말하면 한국은 78개 나라중의 하나에 지나지 않는다는 애기다. 마치 한국이 무슨 대단한 위치에 있어서 풀지 않으면 안될 것처럼 들 뜬 기자들이 있는데 자기의 존재를 너무 과대평가했다. 하물며 관광객이 나가면 그 나라에 가서 돈을 쓰지 벌어오지는 않는다. 상대국의 립장에서는 어떻게 생각해도 리득이 되는 일인데 닭알에서도 꼭 뼈를 찾아내겠다는 기자들은 무슨 심산인지 그 속내가 무척 궁금하다.

그 나라에서 살지 않음에도 방송에서 다루는 뉴스의 소재들을 들여다보면 내가 다 우울하다. 면적 대 사건사고 비례로 계산하면 한국이 마치 세계 최고인 것 같은 인상을 준다. 그것도 사건사고가 집중되는 어느 한 시기에 국한되는 게 아니고 일년 사철 쭉 변함이 없다. 그게 민생의 제일 관심사라고 할지라도 궁극적으로는 문제의 해결이 핵심이다. 꼬리에 꼬리를 무는 사건사고에 꽂혀서 이른바 알 권리를 고집

할 시간에 하나라도 해결대안을 제시하는 게 훨씬 도움이 되는 일이다. 한발 물러서서 그게 다 재발방지를 위한 노력이라고 치자. 그럼 수십년을 일관되게 우울한 보도만 해왔는데 왜 아직도 사건사고가 그치지 않으며 번마다 뉴스를 들여다보는 국민은 왜 늘 밥맛이 없어야만 하는 걸가.

사건사고는 사회의 필연적인 산물이다. 보도하든 하지 않든 일어날 일은 반드시 일어나게 되여있다. 하물며 사람마다 미디어의 주체가 되여 걸핏 하면 영상을 찍어올리는 시대에 그걸 막으려 한다고 가려지는 것도 아니다. 결과적으로는 어떻게 인도하냐의 문제다. 공포심만 잔뜩 자극해놓고는 해결책이 없는 일이라면 아예 모르고 편하게 살게 만드는 것도 나쁠 게 없다. 이건 마치 암환자가 스스로도 모르고 살다가 저도 모르는 사이에 병이 사라지는 것과 흡사한 도리다. 산속에 들어가 사는 자연인들의 대부분이 크게 한번 앓았거나 사업에서 좌절당한 사람들이 대부분인 것도 이런 리유에서다. 이런 경우를 일컬어 항간에서는 모르는 게 약이라고 알기 쉽게 표현한다.

가까운 이웃이 먼 사촌보다 낫다는 속담은 저기 태평양 건너편의 표현이 아니고 반도에서도 다 통하는 말이다. 우리는 뇌출혈환자는 시간이 생명이라고 한다. 급할 때는 옆집 문을 두드리지 고향에 있는 사촌한테 전화를 하지는 않는다. 어떤 일은 지연적으로 피해갈 수 없는 운명이라는 게 있다. 이건 자존심만으로 어떻게 밀어낼 수 있는 사안이 아니다.

정치와 외교도 경제라는 '밥'을 먹고 살아야 되는데 이 밥은 오기가 먹여주지 않는다.

나만의 공간

집 베란다에 다다미를 만들어놓은 뒤로 나는 우리 집이 두칸짜리에서 세칸짜리로 바뀌였다고 자랑한다. 크기야 어떻게 됐든간에 나만의 공간이 하나 생겼으니 무등 기쁘다. 다다미를 만들었으니 그에 상응하는 가구도 갖추어야 한다. 작은 책상과 편안한 쏘파 하나를 마련했다. 책상은 특별한 게 없는데 쏘파는 다기능이다. 일단 앉고 싶은 자세에 따라 등받이각도를 조절할 수 있고 필요시에는 180도로 눕혀서 침대로 만들 수도 있다. 다다미에 가구까지 해서 전부의 투자가 3,000원 미만이다. 한평에 몇만원, 십몇만원씩 하는 북경시 부동산 시세를 감안했을 때 3,000원에 방을 하나 더 가졌다는 건 대서특필할 만한 일이다.

처음에 만들었을 때는 여름엔 더워서 못쓰고 겨울에는 추워서 비우고 나면 결국에 활용할 시간은 봄가을 몇달만이라고 생각했었다. 그런데 지난해 아빠트개조공사를 하는 김에 교체한 에어컨의 기능이 하도 강력하여 베란다도 사철 방과 같은 온도를 유지할 줄을 몰랐다. 계절요소만 생각했지 도구에 의한 현 상태의 개변은 미처 생각지 못했다. 베란다와 방 사이 문과 창문을 다 열어놓으면 그냥 방의 연장공간이라고 보면 된다.

책상 모서리에 집게처럼 집어서 고정할 수 있는 탁상등도 구입했다. 전원을 련결하여 쓸 수도 있고 한번 충전하면 몇시간은 전기공급이 없이도 무난하게 리용할 수 있다. 69원에 구입했는데 유연한 자재로 만들어서 내가 원하는 모든 각도로 조절이 가능하다. 소중한 창의력으로 저렴한 가격에 수많은 사람들에게 편리를 가져다주고 있는 생면부지의 설계자들께 고마울 따름이다. 창의력이라는 게 알고 나면 별게 아닌 것 같지만 그 가치는 쓰는 사람이 잘 안다.

다다미는 세개의 여닫을 수 있는 널판자를 구들로 삼아 만들었기에 그 밑에는 물건저장도 가능하다. 그래서 내가 앉아있는 자리 밑에는 '보물'들이 많다. 전에 벽에다 진렬대를 만들고 줄느런히 올려놓았던 양주도 이제 이 밑으로 이사하고 몇년전에 더덕과 오미자로 만든 담금주도 이곳에 모셔두고 있다. 그외 평소에 자주 쓰지 않는 물건들이 이 다다미 밑에 차분하게 자리하여 주인이 다시 찾아주기까지 묵묵히 기다리고 있다. 그러니까 다다미 우는 내 작업실이고 밑은 작은 창고인 셈이다. 꿩 먹고 알 먹는다는 게 이런 경우를 두고 하는 말이다.

베란다는 동향이라 오전 11시전까지는 뜨거운 볕이 직사하는 문제가 있다. 그런데 이것도 해결해주는 방법이 있었으니 창문 유리를 가릴 수 있는 비닐 소재의 접착식 카텐이다. 고리 세개를 유리에 부착해놓고 거기에 카텐을 걸어놓으면 볕을 가려준다. 우리가 택시를 탈 때 기사가 차창 유리에 가설해놓는 카텐이라고 생각하면 리해가 쉬우려나 모르겠다. 해볕이 지나간 오후시간에는 림시카텐을 거둘 수 있어 채광을 확보하는 데도 편리하다.

빨래를 걸어놓는 날에는 그것도 일종 색다른 장식물이다. 건조한 날씨에는 자동적으로 가습기의 역할도 한다. 다다미가 일정한 높이가 있다 보니 앉은 자세에서 머리만 돌리면 직선거리로 20킬로메터도 더 되는 동3순환로 옆의

528메터 높이의 중신청사도 보인다. 주말 새벽에 잠을 설치고 다다미에 앉아서 자판을 두드리다 밖을 내다보면 오로지 가로등만 조명인 이 도시의 려명전 적막도 느껴볼 수 있다.

다만 나이가 나이인지라 다다미를 오르내리는 과정이 좀 조심스럽기는 하다. 창문틀을 짚고 자세를 낮춰서 먼저 엉덩이를 다다미에 댄 후 다시 두 다리를 바닥에 내려놓는다. 손을 헛짚거나 무게중심이 크게 앞으로 쏠리면 머리부터 바닥에 꽂힐 수 있는 위험부담이 없지 않다. 아직까지는 동작이 좀 느리더라도 팔다리가 그런대로 령활성을 확보하고 있지만 하루별이 새롭다고 어느 순간부터 어떻게 둔화될지는 모르는 일이다. 시원섭섭하다고나 할가 그 정도로 거동이 더 느려지기 전에 아마도 이 집을 뜰 것으로 보인다.

베란다의 이 다다미와는 이제 거의 1년을 함께 하고 있는데 나름 정이 많이 들었다. 넓지 않은 공간은 아늑한 우점을 갖고 있다. 유아독존이라고 하면 너무 가는 건지는 모르겠는데 혼자만의 작은 공간에서 벽이며 창문이며 천장까지 합심하여 나를 안전하게 감싸주는 듯한 포근한 느낌이다.

언제 한번 술이 많이 된 날에 이 다다미에서 자봐야겠다는 생각은 하고 있었는데 아직 실천은 못했다. 아무래도 침대보다는 불편할 게 뻔하지만 과음한 대가를 스스로 치러보는 것도 괜찮은 체험일 것 같다.

심리치유

퇴근해서 지하철역에 다 들어섰는데 사무실 컴퓨터며 전원을 끄고 나왔던지 확신이 서지 않는다. 퇴근하기 전 10분을 다른 생각에 골몰하다 보니 마지막에 어떻게 사무실을 나왔던지 공백이다. 집에 가서 밤새 사무실 전기가 속에 걸려서 내려가지 않을 바엔 다시 사무실에 돌아가서 확인하는 게 개운한 일이다.

그런데 사람의 습관적인 동작은 일관성이 강한가 보다. 전혀 기억이 없는 상태에서 퇴근했는데 사무실에 다시 돌아와보니 컴퓨터 2대를 다 잘 껐고 휴대폰 충전기도 안전하게 빼놓은 상태다. 싱겁게 다시 문을 잠그고 돌아서니 괜한 시간을 20분 랑비했다. 지하철역에 도착했을 때는 이미 승객들이 많아진 시간이다. 특히 방학 기간이라 아이들을 데리고 북경에 관광하러 온 학부모들이 지하철 안을 유난히 북적거리게 만든다.

요즘은 책을 읽으면서도 생각이 따로 노는 경우가 많다. 신기한 건 정신이 다른데 가있으면서도 모르는 글자가 나타나면 멈추게 된다. 사전을 찾아 음과 뜻을 공부하고 다시 책으로 돌아오면 금방전에 어디까지 읽었던지를 몰라서 한참을 헤맨다. 그냥 건너뛰여도 내용의 흐름에는 별문제가 없지만 그렇게 하면 속에 걸려서 안되는 강박증이 있다.

아빠트단지에 주차를 해놓고 집에 올라와도 차문은 잠궜던지, 창문은 닫았던지, 기어는 정차상태에 가져다놓았던지 미심쩍다. 이제 이런 걱정은 한두번이 아니여서 그냥 잘 닫고 잠궜을 것이라고 믿으면서 다시 확인하러 내려가지 않는다. 기껏해야 차 안에 먼지나 좀더 들어갈 것이다. 그런 여유를 가지니 마음이 많이 편하다. 아니나 다를가 다음날 확인해도 차는 꽁꽁 다 잘 잠겨진 상태다.

어떤 때에는 이렇게 나도 믿지 못하는데 남을 어떻게 믿겠냐는 자책도 한다. 사실 살아가면서 믿음이라는 게 없으면 행복하지 못한 건 결국 본인이다. 있지도 않은 일을 의심하고 추측하고 상상하는 건 굉장히 피곤한 일이다. 도리는 뻔한데 사람 마음이라는 게 마냥 엄밀하게 순리 대로만 흘러가지는 않는다.

《사색록》이라는 책을 뒤늦게 읽고 있다. 번역본이 수두룩한데 그래도 량실추선생한테 믿음이 가서 그의 번역본을 샀다. 1,800년전 로마황제를 지낸 마르쿠스 아우렐리우스가 무의식간에 남겨놓은 이 책이 후세에 소중한 귀감으로 될 줄은 본인도 몰랐을 것이다. 왕왕 무심결에 움직인 마음이 진실되고 소중한 것 같다. 량실추선생은 이 책의 번역본 서언에서 이런 평가를 했다.

> 자고로 본분을 지키고 수양이 깊은 철학가는 많았고 지고무상의 위치에서 천하를 호령한 황제도 한둘이 아니였지만 이 두가지를 다 겸한 사람은 아마도 마르쿠스 아우렐리우스가 유일할 것이다.

정신이 오락가락한다는 얘기를 하다가 왜 갑자기 《사색록》을 들먹이냐 하면 현재의 나의 상태를 얼마라도 합리화하고 위안을 찾으려는 데 그 목적이 있다.

> 이미 로년인 당신은 그 어떤 경우에든 노예가 될 필요가 없으며 각종 사욕에 묶인 괴뢰가 되지 말아야 합니다. 현세의 운명을 한탄해도, 미래의 운명을 걱정해도 별로 바뀌는 건 없습니다.

한마디로 무념무상으로 살라는 말인데 이건 《사색록》에만 고유한 주장이 아니라 수천년을 내려오면서 반복한 말이다. 그런데 말처럼 쉽게 실천되지 않으니 지금까지 외우고 있다. 사람은 복잡한 것 같지만 따지고 보면 결국 살과 피와 뼈로 만들어진 구조물이다. 그리고 그와 관련된 모든 부품들은 세월의 흐름에 따라 로화될 수밖에 없다. 그러는 가운데 '리성'이라는 이 추상적인 개념만은 오히려 점차 강해지는 쪽으로 세월을 역행한다. 범의 굴에 들어가도 정신만 차리면 산다는 게 이 말을 방증하는 하나의 례다. 그렇다면 리성을 강대하게 키워가는 것도 어쩔 수 없이 진척되는 신체의 로화를 상쇄하는 유력한 방법일 것이다.

한마디를 더 인용하면서 물리적인 로화보다 더 무서운 게 리성의 취약이라는 걸 인식하게 된다.

만약 다른 사람의 심리세계에서 벌어지고 있는 일에 대해 관심을 끄고 나면 유쾌하지 않기도 힘들다. 그러나 자기 심령의 동태를 밀접히 주시하지 않으면 반드시 유쾌하지 못하다.

동료, 친구, 가족 그외 기타 나와 련계를 맺는 모든 사람들의 마음을 추측하고 맞히려 하는 시간이면 본인의 고유한 심상에 관심을 기울이라는 말이다. 자기의 심리가 널뛰기를 하고 있는데 거기에는 무심하고 타인의 속마음만 들여다보려 하다가는 결국 집돼지든 메돼지든 다 잃게 된다.

진실된 내심에 충실하자.

혈압

오늘 회사 의무소에 혈압약을 떼러 갔더니 의사 처방에 찍힌 내 나이가 123세다. 머리가 희끗한 의사가 자기보다도 나이가 많다면서 이 정도면 나라에서 수당금을 발급해야 한다며 무등 즐거워하신다. 이 의무소에는 오늘 처음으로 약을 떼러 갔다. 전에는 얼마 되지 않는 약값을 결제하러 재무에 다니기 싫어서 그냥 약방에서 쉽게 샀다. 그런데 오늘은 다른 일로 근처에 갔다가 눈에 보이길래 들렸다.

"오늘 처음 오는데요, 혈압약을 떼려면 어떻게 해야 돼요?"

"회사 출입증 번호를 대보세요."

"궁금이님?"

"예."

"저 안쪽으로 왼손편 방 의사한테서 처방을 받으신 후 다시 여기로 오시면 됩니다."

그 방에는 아마도 다른 병원에서 은퇴하고 재취직한 것으로 보이는 의사가 앉아계셨다. 혈압약 이름을 대니 컴퓨터 자판을 두드리던 의사가 얼굴에 웃음꽃을 활짝 피우면서 오늘 장수로인을 만났다며 기뻐한다. 잘못 찍혔든 어쨌든간에 처방에 찍힌 건 분명 내 나이인데 나보다도 더 좋아하신다. 그러더니 결제창구까지 따라나오셔서 오늘 123세 사람을 만났다고 창구 안에다 대고 '자랑'한다. 안에 앉아있던 두 아주머니도 처방을 확인하더니 진짜 그렇다며 의사와 주거니 받거니 대화를 활발하게 이어간다.

창구에서 도장을 찍고 약을 찾으러 가는데 의사가 주동적으로 약방 창구까지 안내한다. 그러더니 약방 안의 의사들에게 또 123세 홍보를 한다. 그랬더니 세상에 어떤 사람이길래 그렇게 오래 살았냐며 확인이라도 하겠다는 듯한 녀의사가 복도까지 나와서 구경한다. 내가 마스크를 쓰고 머리를 짧게 깎아서 그러는지 그 녀의사의 대사 또한 기가 막힌다.

"총각, 어떻게 하다가 123살까지 살게 됐대요 그래. 나라에서 무슨 포상이라도 해야 되는 게 아니예요?"

혈압약을 10년 넘게 먹었지만 오늘 같은 대우를 받기는 처음이다. 처방을 떼면서 내가 앞으로 살게 될 예기나이까지 푼푼하게 쳐서 적어줬다는 건 복권수준이다. 어떻게 하다 보니 하루 사이에 지금까지 산 나이보다 앞으로 살아가야 할 나이가 훨씬 많아지게 됐다. 이 많은 시간을 어디에 다 쓸지 일시적으로 막막하다.

고혈압과 친해지기는 상대적으로 젊었을 때부터였다. 어느 날 회사에서 헌혈을 한다고 해서 용약 신청했는데 현장에 도착하니 첫 순서가 혈압측정이다. 수치가 얼마로 나왔냐 하면 저혈압 150에 고혈압 180이다.

"병원에 가 입원해야 할 사람이 여기는 왜 왔어요?"

의사가 황당하다는 표정으로 헌혈이고 뭐고 빨리 돌아가라고 한다.

한창 젊었을 때라 나는 혈압이 높을 거라고는 아예 생각지도 않고 살았었다. 그 때에도 해마다 회사로부터 건강검진의 혜택이 주어졌지만 나는 하지 않았다. 문제가 없을 거라는 확신도 있었거니와 굳이 병을 알아내서 고민거리를 만들 필요가 없다는 주장이였다. 그래서 혈압이 높은지 낮은지도 모르고 있었는데 헌혈을 하려다 자기가 고혈압이라는 걸 발견하게 될 줄은 몰랐다.

솔직히 정상혈압이 80~120이라는 건 중학교 생물과에서 배워서 알고 있었지만 150~180이라는 수치가 어느 정도 엄중한지는 느끼지 못하고 있었다. 그래서 자기 혈압 수치를 안 뒤에도 약은 먹지 않았다. 약이라는 게 어느 한곳에 좋으면 다른 곳에 안 좋다는 인식을 그 때부터 갖고 있었다. 특히 혈압약은 신장에 부담이 크고 한번 먹기 시작하면 끝까지 먹어야 한다는 게 싫었다. 지금은 하루에 한알만 먹으면 되지만 그 때는 얼마씩 먹어야 되는지도 몰랐고 만약 하루에 세 번씩이나 먹어야 된다면 그것도 귀찮은 일이라고 생각했다.

그러다가 주변에서 고혈압과 관련된 무서운 소리가 많이 들리면서 약을 먹기 시작했다. 병원에 가서 검사하고 의사가 처방하는 약을 먹은 게 아니고 장인이 복용하고 있던 혈압약을 그대로 받아서 먹기 시작했다. 주변에서 그러면 안 되고 병원에 가서 재면서 관찰한 뒤 맞는 약으로 먹어야 한다고 했지만 안 먹는 것보다는 낫다고 위안하면서 지금까지 쭉 무탈하게 왔다.

물론 혈압에는 짠 음식이 안 좋다는 건 또 어디서 얻어 들어가지고 음식을 조심하기는 했다. 그럼에도 술은 줄곧 끊지 못했다. 술이 혈관을 확장시켜 오히려 혈액순환에 좋다는 눈 가리고 아웅하는 식의 위안을 하면서 음주만은 포기할 수 없었다. 그러다가 올해 건강검진에서 혈당수치가 높게 나왔더라길래 음식조절의 강도를 높이고 운동도 더 부지런히 했더니 뜻하지 않게 혈압이 정상으로 돌아왔다.

123세, 오늘은 좋은 날이다.

집 딜렘마

지난 토요일은 눈을 뜨니 새벽 2시다. 한두번도 아니고 이 시간에 깨면 재잠이 들기 어렵다는 걸 잘 아는지라 주섬주섬 베란다의 다다미에 나가 로사의 책을 읽기 시작했다. 책을 읽다 보니 갑자기 떠오르는 령감이 있어서 노트북을 켰다. 그래서 완성된 게 앞에서 쓴 <나만의 공간>이다. 의도한 바는 아니였지만 새벽에 한건을 건졌으니 잠을 그냥 설치지는 않았다.

밖에서 내리고 있던 보슬비는 5시를 넘으면서 멈춘 듯하다. 땅은 아직 젖은 상태지만 우산을 든 사람은 없다. 하나라도 덜 더울 때 나가려고 아침산책을 나섰더니 바닥에서 비물이 신발 앞끝으로 튀여오르면서 적셔진다. 가급적이면 발을 수평으로 옮겨 디디면서 조심해 걸어서 뒤꿈치로 튀여오르는 건 막았지만 대신 앞쪽은 피해가지 못했다. 양말이 젖어드는 찜찜한 느낌보다는 새 신발이 더러워지는 게 더 아까웠다. 운동화라는 게 발만 편하면 되고 한컬레를 수십년 신을 것도 아니고 몇천원씩 하는 것도 아니지만 새것일 때에는 분명 아끼게 된다. 신발이 이러니 새 차면 더 그러할 것이다.

낮에는 집 보러 두곳에 다녀왔다. 한집은 문을 떼고 들어서니 다들 거실에 모여앉아서 텔레비죤을 보고 있다. 부부간에 딸 한명에 할머니까지 하여 네식구다. 20대 후반으로 보이는 딸이 문을 열어주는데 얼굴에 환한 웃음을 띤 게 첫 인상부터 상냥해보인다. 그런 가운데 바깥주인 한명만 자세 한번 고쳐앉지 않고 무표정한 얼굴로 텔레비죤 화면만 응시하고 있다. 원래 집 소개는 함께 간 중개소의 직원 몫임에도 엄마가 적극 나서서 안내한다. 집에 무슨 문제가 있어서 처리하는 건 절대 아니고 식구가 많다 보니 면적을 개선하기 위해 판다는 요지다.

거실 창문 밑에는 반려동물의 밥그릇이 놓여있는 걸 봐서 동물을 키우고 있는 것 같은데 보이지 않는다. 나중에 화장실의 불을 켜니 고양이 한마리가 샤와실에 얌전하게 엎드려서는 눈을 동그랗게 뜨고 쳐다보고 있다. 아무래도 집 보러 온다는 련락을 받고 고양이를 미리 화장실에 들여놓았나보다. 화장실에 갖다놓는다고 다시 나올 생각을 하지 않고 그 자리에 가만히 있는다는 것도 신기한 일이다. 이 집을 파는 데서 자기가 할 역할이란 주인이 시키는 대로 따르는 것뿐이라는 걸 터득이나 한 듯이 말이다.

다른 한집은 모녀간이 사는 집이다. 둘 다 건강한 몸집이라서 그런지 금방 봤던 집보다는 에어컨도 아주 빵빵하게 틀어놓고 있다. 모녀는 당신들이 알아서 보라는 듯 자리에 앉은 채 일어나지도 않고 구구절절 다른 설명도 없다. 마음에 들면 사고 아니면 말라는 그런 배포를 갖고 있다.

집 보러 다녀보니 우리 집을 보러 왔던 사람들의 마음을 돌이켜 생각해보게 된다. 나도 그랬었다. 중개소 직원이 안내해서 집에 들어오면 그들한테 눈길 한번 주지 않고 내 할 일만 하고 있었다. 보는 사람이 마음에 들면 사가고 안 팔리면 그냥 쓰고 살겠다고 생각하니 아쉽고 간절한 게 없었다. 절박하지 않으면 동력과 열정이 결여되기 마련이다.

이동중에 수도강철회사다리를 지나면서 홍수가 진 후로

처음 영정하를 보게 됐다. 물은 이미 다 빠졌는데 량켠 공원을 휩쓸고 간 흔적은 스산하기 그지없다. 원래는 강 덕분에 아름다운 공원이였는데 그 강으로 하여 공원이 초토화됐다. 그래도 꿋꿋하게 버텨준 나무들이 대견스럽다. 아직도 군데군데 고여있는 시누런 흙탕물은 자연적으로 증발하기만 기다려야 한다. 산책길은 단단하여 그대로 남아있다. 앞으로 흙만 제거해주면 별문제가 없어보여서 다행이다. 강은 아직 혼탁한 상태이고 물량은 오히려 홍수전보다 적어졌다.

백년일우의 폭우라고 하는데 문제는 다음 폭우도 백년 이후에라야 다시 온다는 보장이 없다. 그 주기가 50년일 수도 있고 당장 래년에 오지 말라는 법도 없다. 자연의 마음이다. 자연 앞에서 겸손해야 되는 리유이기도 하다.

아침에 휴대폰을 들여다보다가 <50이 넘으면 하지 말아야 할 일들>이라는 제목의 글을 읽었다. 여러가지를 라렬했는데 그중의 하나가 집을 사지 말고 차를 바꾸지 말라고 했다. 리유인즉 앞으로 집 시세가 저조한 가운데 사람들의 주거형태가 어떤 방향으로 바뀔지 모르니 돈을 꼭 안고 세집에서 사는 것도 나쁠 게 없다는 거다. 차는 뭐 워낙 소모품이니 더 말할 것도 없다. 그리고 이 나이 되고 보면 딱히 부러운 차도 없다.

그 주장을 완전히 믿는 건 아니지만 어쨌든 이런 글을 보고 나니 또 집에 대한 열정이 많이 식게 된다. 조선족연예인 김성은 한달에 10만원씩 하는 호텔 스위트룸에 살면서도 집을 사지 않는 리유에 대해 생활의 질을 높이기 위해서라고 했다. 집 사는 건 시간과 정력이 너무 들어가는 일이라고 하는 그의 말에도 공감이 간다. 한편 세를 들어 살면 자기가 원하는 임의의 곳을 선택할 수 있고 싫증이 나면 또 다른 위치로 옮기면 된다. 이사가 좀 번거롭기는 하지만 몇백만원씩 주고 집을 사는 정력에 비하면 일도 아니다. 하물며 요즘은 돈만 좀더 주면 이사짐회사가 포장부터 시작하여 풀써비스로 이사를 도와준다고 한다.

내가 팔랑귀라 이 말을 듣고 보니 또 그런 것 같기도 한데 아무튼 사는 거나 세 드는 거나 각자 우결점이 있을 것 같다. 다만 나중에 거동이 불편할 정도로 나이가 들었을 때는 고정된 집이 있어야 할 것이다. 그런데 앞에서 말한 것처럼 앞으로 주거형태가 어떻게 바뀌여갈지도 모르는 일이다. 아는 한국인중에는 잘 나가는 화장품회사 상무로 있으면서도 지금까지 집을 사지 않고 세집에 살고 있는 분이 있다. 당연히 집 살 돈이 없어서가 아니고 쭉 살아보니 세집이 편하다고 한다.

나라에서 부동산정책을 조절하고 있고 최근에는 대형업체의 부채설이 돌고 있는 마당에 도대체 어떤 선택을 해야 할지 갈피가 잡히지 않는다. 123세까지 산다면 몰라도 이제 얼마 남았다고 이런 천년고민을 하나 싶기도 하다.

개의 파생적인 의미

아침 출근길에 환경미화원이 삽으로 바닥을 자지러지게 긁으면서 개똥을 치우고 있다. 날씨도 더운데 신새벽부터 얼마나 짜증이 날가. 락엽 같은 건 비자루로 한번 휙 쓸면 해결되지만 이건 반복적으로 긁어도 흔적을 말끔히 지우기는 쉽지 않다. 개가 금방 해결했을 때의 변은 주인이 치우기도 쉽고 흔적도 남지 않을 수 있건마는 개를 끌고 다닌다고 해서 다 개보다 나은 건 아니였다. 그 똥이 시간이 오래 되면서 굳어지는 것도 문제지만 그사이 사람이 밟고 지나가기라도 하면 설상가상이다. 밟은 사람도 재수가 없거니와 그걸 바닥에 문지르면서 남기고 간 발자욱마다를 따라가면서 지워야 하는 환경미화원도 재수가 옴붙기는 마찬가지다. 그렇다고 똥을 밟은 사람더러 바닥에 문지르지 말고 고스란히 집까지 들고 가서 씻으라고 요구할 수는 없는 일이다.

개도 자기의 작품이 더럽다는 걸 아는지 일을 보고는 뒤발로 흙을 차서 덮는 시늉을 하는 개들이 있다. 개는 앞발로 똥을 주어서 쓰레기통에 넣을 능력이 안되니 뒤발로라도 최선을 다하고 있는 거다. 네발로 기여다니는 짐승도 그렇게 애 쓰는데 두 손이 령활한 주인은 왜 그게 안되는 걸가. 똥이라는 게 오줌 누듯이 그렇게 자주 배설하는 게 아니여서 하루에 한번 정도 치워주면 되는 일인데 그것마저도 외면하면서 개를 키운다는 건 너무 리기적이다. 바닥에서 똥을 긁어낸 환경미화원의 삽은 또 누가 닦아줘야 하는 걸가. 개도 민폐지만 사람이 더 문제다.

시골에서 개를 키울 때는 집을 지키게 하는 게 주목적이고 그외 팔아서 돈을 만든다든가 아니면 식용으로 잡는 경우도 있었다. 어떤 경우든 개가 구들에 올라오는 건 상상도 할 수 없는 일이였고 벼룩이 생긴다고 집에 들어오는 것조차 꺼려했다. 하도 추운 겨울에는 사람이 들어올 때 그 틈을 타서 집에 들어오면 몸이라도 덥히라고 좀 머물게 했다가 결국에는 밖으로 몰아냈다. 지금처럼 개가 주인의 얼굴을 막 핥고 비비는 그런 일은 상상도 할 수 없었다. 개가 똥을 먹고 다녔으니 코 이하의 친밀한 접촉은 있을 수 없는 일이였다.

시골에 사는 고모네 집에 누가 개를 선물했다. 방학이면 고모네 집에 다니면서도 돼지와 닭을 기르는 건 봤어도 개를 키우는 건 본 적이 없다. 그만큼 개에 대해 관심이 없다는 얘기다. 그런데 어느 날 누가 호의로 개 한마리를 덜컥 가져다 놓으니 이건 되돌려보낼 수도 없고 울며 겨자 먹기로라도 키워야 한다. 시골집이라 마당에다 풀어놓고 키워도 되겠건만 고모부는 목줄을 매놓았다. 온갖 곳으로 헤집고 다니는 게 싫으셨나 보다. 그런데 종종 할아버지 집에 오는 손자녀석은 개와 잘 놀아줬다.

원래부터 원해서 키운 게 아니다 보니 어느 날 고모부가 개를 잡기로 결정했다. 그 어느 날이 바로 친척들이 고모네 집에 모이는 공휴일이였다. 개고기를 끓이기는 했는데 개를 잡는다는 걸 사전에 알았으면 반대했을 손자한테는 무슨 고기라는 말을 하지 않았다. 지금까지도 손자는 그 개를 남한테 판 줄로 알고 있을 것이다. 지금 아이들의 의식에는 집에서 키우는 개를 잡아먹는다는 건 잔혹한 일이라고 생각하는 게 정상이다. 개는 인류의 충실한 벗이라는 말을 너무 많이 듣고 자랐기 때문이다. 순하디순한 양이나 묵묵히 일만 하는 소한테는 상당히 불공정하고 섭섭한 일이지만 만물의 령장이라고 자처하는 인간의 인식이 그렇다는데 어쩌는 도리가 없다. 그렇다고 할머니들을 비롯한 웃세대들은 개에 대한 정이 없어서가 아니고 그 당시 개에 대한 보편적인 인식의 차이였을 뿐이다. 그 때 어른들이라고 매일 꼬리를 살살 흔들며 살갑게 따라다니는 개를 매정하게 대할 리유는 없었을 것이다.

꼬리를 내린다는 말을 누가 만들었는지 특히 개한테 가져다대면 잘 어울리는 생동한 표현이다. 시골에서는 집집마다 키우는 개의 성향이 저마다 달랐다. 다른 애들 집에 놀러가도 그 집 개의 성향에 따라서 울안에 들어설 때 어떻게 대처해야 할지를 판단해야 한다. 어떤 개든간에 집울안에서는 주눅이 드는 법이 없다. 그런데 울바자 밖을 벗어나면 얘기는 달라진다. 미친개가 아니고서는 아무리 사나운 개도 마을길에서 사람과 정면으로 마주치게 되면 거개가 꼬리를 내리고 힐끔힐끔 눈치를 보면서 될수록 울바자 쪽으로 붙어서 피해간다. 그리고 마을의 개들은 돌에 맞았던 기억이 있기 때문에 사람한테 접근할가 하다가도 땅에서 뭘 줏는 시늉만 하면 급기야 줄행랑을 놓는다. 맞아본 적이 없는 현재 도시의 개들이 겁도 없이 사람한테 달려들지 그 때는 그런 세상이 아니였다.

세상이 어떻게 천지개벽을 해도 개는 개고 사람은 사람이다.

책임편집: 문　화　최　성
책임교정: 계　향
표지설계: 리　봉
출판발행: 민족출판사
주　　소: 북경시 화평리북가 14호　우편번호: 100013
홈 페 지: http://www.mzpub.com
인　　쇄: 북경중석유채색인쇄유한책임회사
판　　매: 각지 신화서점
출판회수: 2024년 6월 제1판　2024년 6월 북경 제1차 인쇄
절　　지: 880mm×1230mm　1/32　자수: 207천자
전　　지: 11.5
　　　값: 40.00원
ISBN 978-7-105-17267-2/I · 3293(조363)

잘못된 책은 바꾸어드립니다.
편집실전화: 010-58130534; 발행부전화: 010-64224782

图书在版编目(CIP)数据

无形的魅力：朝鲜文 / 好奇沙弥著. —北京：民族出版社，2024. 5. —ISBN 978－7－105－17267－2

Ⅰ. I267

中国国家版本馆CIP数据核字第2024HY7021号

责任编辑：文　花　　崔　星
责任校对：桂　香
封面设计：李　峰
出版发行：民族出版社
地　　址：北京市和平里北街14号　邮编：100013
网　　址：http://www.mzpub.com
印　　刷：北京中石油彩色印刷有限责任公司
经　　销：各地新华书店
版　　次：2024年6月第1版　2024年6月北京第1次印刷
开　　本：880毫米×1230毫米　1/32　字数：207千字
印　　张：11.5
定　　价：40.00元
ISBN 978－7－105－17267－2/I・3293(朝363)